爆款女王

鹿呦呦 _ 著

上海社会科学院出版社

图书在版编目（CIP）数据

爆款女王 / 鹿呦呦著 . —上海：上海社会科学院出版社，2020
ISBN 978 - 7 - 5520 - 3283 - 3

Ⅰ. ①爆… Ⅱ. ①鹿… Ⅲ. ①长篇小说—中国—当代 Ⅳ. ① I247.5

中国版本图书馆 CIP 数据核字（2020）第 145027 号

爆款女王

著　　者：	鹿呦呦
责任编辑：	霍　覃
封面设计：	郭　子　光影摇曳
出版发行：	上海社会科学院出版社
	上海顺昌路 622 号　邮编 200025
	电话总机 021-63315947　销售热线 021-53063735
	http://www.sassp.cn　E-mail:sassp@sassp.cn
照　　排：	上海紫焰文化传媒有限公司
印　　刷：	上海景条印刷有限公司
开　　本：	890 毫米 × 1240 毫米　1/32
印　　张：	9
字　　数：	248 千字
版　　次：	2020 年 10 月第 1 版　2020 年 10 月第 1 次印刷

ISBN 978 - 7 - 5520 - 3283 - 3/I · 410　　　　　　　定价：48.00 元

版权所有　翻印必究

目 录

CHAPTER 1 第一章 ------- 01

22 ------- CHAPTER 2 第二章

CHAPTER 3 第三章 ------- 42

62 ------- CHAPTER 4 第四章

CHAPTER 5 第五章 ------- 78

94 ------- CHAPTER 6 第六章

CHAPTER 7 第七章 ------- 108

122 ------- CHAPTER 8 第八章

CHAPTER 9 第九章 ------- 136

151 ---------- CHAPTER 10 第十章

CHAPTER 11 第十一章 ---------- *166*

183 ---------- CHAPTER 12 第十二章

CHAPTER 13 第十三章 ---------- *196*

214 ---------- CHAPTER 14 第十四章

CHAPTER 15 第十五章 ---------- *227*

244 ---------- CHAPTER 16 第十六章

CHAPTER 17 第十七章 ---------- *259*

271 ---------- CHAPTER 18 第十八章

Chapter 1
第一章

九月底的北京，开始微微发凉，老旧的红色城墙上伸出金黄色的银杏叶，红与黄，明晃晃却不俗套的颜色覆盖着整座城市。胡同巷子里炒栗子和烤红薯的香味伴随着此起彼伏的吆喝声，驯鸽亦穿梭在一丝一丝漏下来的日光中。整个世界如泼洒开的颜料，各司其职又交相辉映。

一辆黑色的商务车安静地穿梭在车水马龙的街道上，帝都的交通在下班高峰期依旧水泄不通，红绿灯两侧尽是面容疲倦的人群，唯一令人感到欣慰和舒适的是天边那抹还未散去的粉橘色余晖。

"伊总，您上次从Gucci那里采购的刺绣款卫衣在市场取得了不错的反响。"坐在车上的Vivi从巨大无比的墨镜里露出画着精致眼妆的双眸，低头来回看着iPad上的销售报表，目光犀利，连一个标点符号都不放过，她鲜艳的红唇如一朵热烈绽放的红玫瑰，"截至目前，Gucci卫衣盈利已经突破三百万，出现了供不应求的状况，是否需要再从Gucci总部进购一批货源？"

坐在Vivi身旁的男人闭眼沉思，眉毛紧蹙，他的脸色平静又心事重重，从拿到Gucci这款卫衣在中国的独家代理权到成功售出，他已经几乎三个月没怎么好好合过眼了。

良久，伊万抬起头，浓密的眉毛下是一双睿智的双眼，五官深邃立体，带着一阵海洋般的凛冽气息。他摇摇头："不用了，就是要饥饿营销，才会让顾客对我们的下一批货源有所期待。"他的嘴角扬起一抹若有若无的笑容，是那种透明而又锋利的年轻商人的自信。

伊万刚说完的下一秒就被"啪啪"打脸，只见一位穿着 Gucci 刺绣卫衣的中年大妈闯着红灯一闪而过；紧接着，一位浓妆艳抹的穿着同款卫衣搭配黑丝袜看上去傻气十足的年轻女孩子紧随其后；再然后，几个穿着同样款型卫衣的小孩子蹦蹦跳跳地踩着斑马线，一一从伊万的眼前飘过……

Vivi 的表情僵住，空气沉默得有些尴尬，仿佛电影播放时被按了暂停键，她缓缓开口问道："这……这款卫衣有儿童款的？"

伊万的脸色凝重，他紧盯着路人们身上的 Gucci 卫衣。

Gucci 的这款卫衣以精致的刺绣大受欢迎，刺绣的图案是白雪公主，除了面料的不同，唯一能识别的是白雪公主所使用的亮片，正版的亮片均为白色，盗版会出现颜色不统一的情况，甚至变成了"黑雪公主"。

可是眼前这款 Gucci 卫衣，似乎与正版没什么区别，如果说伊万能够理解这些路人也许都是自己的顾客，但小孩子身上的儿童版卫衣又作何解释呢？

伊万审度再三，如上帝般庄严而肃静地审判着善与恶，终于，他揪出了其中的不对劲所在！

——是鼻子，鼻子完全不一样！刚才那些卫衣的瑕疵之处在于白雪公主的鼻子！鼻孔是朝上的，仔细一看竟有点像猪鼻子？

感觉智商受到侮辱的伊万打开车门，作为拿下 Gucci 这款卫衣在中国唯一正品销售渠道的品牌经理的他，怎么能容忍盗版在他眼皮子底下大肆其行？

伊万怒不可遏地走到斑马线上，此时正在被城管追杀的岳崖儿拎着大包小包的高仿 Gucci 白雪公主刺绣款卫衣闯过红灯，在伊万站到路中间时猝不及防地撞了上去。她像是一只突然被子弹击中的小鸟，翅膀扑腾不停，身体大字形向后仰去，袋子被抛到空中，卫衣纷纷掉落到地上。

岳崖儿连忙蹲下身子去捡，手腕却被伊万紧紧地扼住，"谁允许你卖盗版的？"

"什么允许不允许的？"眼前这个男人来得莫名其妙，岳崖儿无暇顾及，用力挣脱开伊万的手掌。

伊万整个人向后趔趄了一下，他没想到这个女人的力气竟然有点大，站稳了之后，仍用冰冷的口气质问："你这样卖盗版，是对原创设计师的不尊重，知道吗？"

"正品要是没那么贵，谁愿意买盗版，我赚的就是中间商差价！"岳崖儿回得理直气壮，手忙脚乱地将卫衣塞回袋子里，并"一件、两件、三件、四件……"地数着有没有遗漏的。

来来往往行人的目光聚焦在两人身上，不是因为那个慌里慌张捡卫衣的女人，而是她身边穿西装的男人帅气耀眼得像个明星，眉眼之间尽显俊秀，加上他挺拔修长的身材，穿着一套黑色有质感的西装，气质不凡。

伊万被这些大大小小的眼睛盯得十分不自在，沉住气转为礼貌的口吻："请你跟我去工商局一趟。"

岳崖儿只当伊万是个神经病，回头一看城管已经追到了十字路口，她顺手把余下几件卫衣披到肩上，手臂也挽了几件，嘴巴里还叼了一件。

伊万就这样眼睁睁地看着一个女人以奇怪的造型背负着几十件卫衣，从他面前头也不回地跑走了。

伊万想追上去，但商务车停在路中间，已经引起了交通混乱，鸣笛声此起彼伏，伊万只好回到商务车里，喘着气。

Vivi问："刚刚那个女人是？"

"不管她了，还有重要会议，先去公司。"伊万低头看了眼劳力士手表，表情带着不甘与无可奈何，这个横冲直撞的卖盗版的女人，让他心烦意乱极了。

Vivi 点点头，并没有将岳崖儿放在心上。

黑色的商务车缓缓启动，向前驶去。

此刻的岳崖儿靠着多年来练就的飞毛腿以灵活的身姿穿越大街小巷，来到一座拱桥中央，弯着身子，累得上气不接下气。

岳崖儿一只手撑着栏杆，手臂上的一件卫衣顺着她的胳膊滑落，她正准备伸手去抓，但介于身上还"背负"着大大小小男女版、儿童版几十件卫衣，已经手忙脚乱应接不暇了，只好在极力挣扎与大幅度伸展身体中，在触碰到卫衣后又眼睁睁地看着它掉落水中，像电影里的慢动作一般。

岳崖儿整个人差点随着卫衣掉入水中，还好她机灵地往后拱了拱身子，打了个趔趄，后怕地一屁股摔坐在地上，身上的卫衣也抖落在地上。

岳崖儿跪在地上慌乱地一边捡起卫衣一边拍了拍上面的灰尘。

"啊！这是什么东西？"桥底下传来一阵尖叫声。

岳崖儿顺着声音望去，原来桥底刚路过一艘小黄鸭造型的小船，船上是对相互依偎着的情侣，正你侬我侬时被从天而降的卫衣打破了这静好的氛围。

卫衣罩在女人的头上，把她刚刚烫好的空气刘海弄得乱七八糟，她身边高高瘦瘦的男友穿着一身潮牌，弯着腰哄着女生，低低的帽檐看不清他的模样。

岳崖儿为自己失而复得的卫衣高兴不已，朝桥底下的情侣挥了挥手，蹦蹦跳跳像只吃到胡萝卜的小兔子："对不起啊，卫衣是我的。"

女人抬起头，双眼凶神恶煞地瞪着岳崖儿，像是要用眼珠子把她吃掉一般，岳崖儿只好嬉皮笑脸地苍蝇般搓手："小姐姐，实在是抱歉啊。"

女人身旁的男人抬眼瞥了一眼岳崖儿，随后又迅速地低下头，但这个细微的动作还是被岳崖儿捕捉到了。

"曹……曹群？"岳崖儿不可置信地将整个身体贴在栏杆上，她惊恐又仔细地打量着那个男人——体型和穿衣风格都与曹群无异。如果不是亲眼所见，她断然不会相信，今天那个出门前还亲着她的嘴说要开会不能接听电话的同居男友，竟然在这个地方、这种场合遇到了。

那么……他身边那个女人又是谁？

"曹群？曹群？"岳崖儿又喊了几声，她的声音在颤抖，她多希望自己看到的不是真的。

男人的身子越弯越低，整个人缩在那里，一言不发，一动不动。

"你们认识吗？"女人回头问男人。

岳崖儿的每根神经都在发颤："曹群？曹群？"

曹群忙转身坐下来背对着岳崖儿划桨，小黄鸭船因为失衡剧烈抖动，女生被晃得东倒西歪，气急败坏仿佛一只张牙舞爪的怪兽，朝曹群扑去，要将他活生生撕裂开来："曹群，你干吗？！"

"曹群，你给我上来！你混蛋！"岳崖儿手足无措，她想用尽全力向这个渣男挥舞拳头，可是打到的只是空气而已。她像是一个滑稽的小丑，在与可笑的事情认真对峙。

岳崖儿的情绪完全失控了，她随手抓起身边触手可及的东西——Gucci盗版卫衣，一件件朝船上的曹群扔去，像失去理智的老虎咆哮着："曹群，你这个渣男！混蛋！拿着我的钱去泡别的女人！你不要脸！你丧尽天良！你无情无义……"

曹群面对这漫天而来的卫衣有些招架不住，还在快速蹬着划桨板。一边是岳崖儿的撕心裂肺，一边是船上女人的质问与扭打，小黄鸭船慢慢失去重心。

船上的女人踉跄着，几乎摔入湖水中，曹群伸手去抓，哪知女人顺带着将他也拉下水里。两个人在湖里扑腾着身子，桥上的岳崖儿还在控诉哭喊，整个场面混乱得如同远古时期的浸猪笼。

岳崖儿瘫坐在地上哭着喊着，声音已经沙哑了，她望着湖中心死命挣扎的男女，大脑里四年来的记忆如潮水般奔涌而至。整整四年，她辛苦摆地摊卖盗版供给着曹群的学费和生活费，他用甜言蜜语哄着她一次次交出自己的金钱和底线，他用她的血汗钱买各种各样的潮牌和奢侈品装饰自己，他把自己打扮成一个人模人样的富二代却从不肯承认她的存在。

四年的青春和金钱，原来喂了这个狗都不如的男人，起码狗还忠诚。

路人围了过来，其中一个热心的中年壮汉一头扎进水里将曹群和女人捞了上来，湿成落汤鸡的女人没有第一时间感谢救他们上来的壮汉，而是拉着曹群的手来到岳崖儿面前，"她是谁？你为什么躲着她？"

曹群把头偏向一边，不去看岳崖儿。

岳崖儿心如刀绞，慢慢站了起来，眼前这个男人，从鞋子到衣服到帽子，无一不是用她的钱买的，包括他那露出边角logo的内裤。

岳崖儿再看向那个女人，她身上穿着Gucci白雪公主刺绣款卫衣，岳崖儿一眼便认出来这正是自己卖的盗版货，还有她脚上那双Guidi PL2黑色女靴，也似曾相识。

"你这款Gucci卫衣，是假的，和我卖的一样。"岳崖儿冷笑了一声。

"你什么意思？"女人转头看曹群，"曹群，她什么意思？"

"我是她女朋友，他大学四年，所有衣食住行的开销都是我支付的！还有你这双Guidi女靴，我在他的购物车里看到过，999包邮！当时我还以为是送给我的礼物，哪怕是盗版的，哪怕是拿我的钱买的！"岳崖儿越说越大声，把心中所有的不满都发泄了出来。

"爱是一道光，绿到你发慌。"岳崖儿原以为这是句笑话，但现在看来自己就是个天大笑话。

"去你大爷的！"女人听闻卫衣和女靴都是假的，直接将鞋子脱下来扔到曹群脸上，曹群的脸颊留下一个红色的鞋印。

女人彪悍地脱下湿漉漉的卫衣，甩在曹群的脸上，自己仅仅穿着一件文胸气愤离去。

曹群拿下卫衣甩在地上，指着岳崖儿的鼻子仿佛她才是那个做错事的人:"知道我为什么跟你逛街连手都不想牵吗?因为我嫌你丢脸!一个穿着淘宝几十块钱包邮货的女人怎么配做我女朋友!"他往地上啐了口口水,脸上带着厌恶的表情,随后追着女人远去的背影离开了,"Lucy,Lucy,等等我!"

岳崖儿望着曹群渐渐远去的背影和围观的人群,哭着哭着突然仰天大笑起来,四年来她辛苦摆地摊,留给自己的开销少之又少,只要曹群喊一句腻歪的"亲爱的"她就乖乖掏钱包当起自动提款机。可是曹群呢?从来没有送过她任何东西,除了自己送给他而他觉得太像女款的MCM钱包。

此时天突然下起了大雨,路人匆匆离去,湖水暴涨,飘在湖面上的卫衣被冲走。岳崖儿看着飘得越来越远的卫衣,雨下得越大,她就哭得越大声。

雨还在下,岳崖儿拖着狼狈的身子,两手空空地路过一个大商场,落地窗里整齐有序地排着各大奢侈品牌的商品。

那些耀眼而夺目的奢侈品,面露标准微笑的导购员,坦然自若试着商品的客人,一切看起来都那么美好而遥不可及。

一个年轻女孩揽着男朋友的手有说有笑地走进Prada店,女孩撩拨头发时无意间露出的珠宝首饰,衬得她整个人熠熠生辉,她挑选奢侈品时,就好像在菜市场买白菜一样从容随意,服务员们保持着适当的距离跟在身后,一脸恭敬的态度让人舒适。

除此之外,岳崖儿看到是落地窗反射出的自己邋遢的身影,半湿不干的头发,全身上下加起来不超过两百元的地摊衣服沾满了污渍。

岳崖儿为二十多岁拥有大好春光的自己活得如此狼狈和自卑而感到不公,她也想象那些经常出入奢侈品店的女孩们一样光鲜亮丽地活着,用最美的服饰去搭配青春靓丽的自己。她把这样的机会让给了曹群,自己却活得小心翼翼,到头来收获头顶一片青青草原,岳崖儿觉得可笑荒谬极了。

"知道我为什么跟你逛街连手都不想牵吗？因为我嫌你丢脸！一个穿着淘宝几十块钱包邮货的女人怎么配做我女朋友！"

曹群尖酸薄情的话萦绕在耳边，挥之不去。

这一刻，岳崖儿想要做出改变，想要当一个和从前不一样的自己，想要让曹群那个渣男刮目相看！

岳崖儿咬咬牙，下了很大决心一步步朝商场走去，带着她想要抛弃那段不堪岁月和重获新生的决然，带着她只想活成人上人的执念和孤立无援，勇敢地走进了 Dior 店里。

Dior 的品牌观念是"华丽名媛之爱"，Dior 能够挖掘女性天生就具有的令人陶醉的魅力气质，岳崖儿曾无数次地幻想成为电视剧和小说里那些衣香鬓影的名媛，青春的身躯享受着阳光般的滋润与照耀，可以说，Dior 一直是她遥远的一个梦想。

岳崖儿刚走进 Dior 店里，服务员便堆满笑容地迎了上来，她没有嘲笑岳崖儿一身的狼狈与污秽，而是热心地拿来纸巾给岳崖儿擦一擦，甚至还贴心地拿来塑料鞋套为她穿上。

"今天雨下得实在是太突然了，我送把雨伞给您吧。"服务员保持着微笑。

岳崖儿不禁有些感动，她定了定神，扫视周围一圈，目光落在店内正中央的秋季新款 Dior 手提包上。

红色小羊皮，五金的链子微微反着白光，就像是一个穿着红色晚礼服的精致女人——她背对着岳崖儿端庄而优雅地坐着，气定神闲，不慌不忙，只为等待意中人的到来。等女人渐渐转过身来时，岳崖儿看见的却是自己的脸，精致的妆容，和她从未拥有的温柔与妩媚。

那个女人慢慢地走到岳崖儿身边，轻轻凑近她的耳朵，"I Want you。"绵长的气息从耳朵直灌入胸膛，触电般的感觉让岳崖儿打了个颤，身上所有的细胞仿佛都被这只 Dior 包催眠了，呼之欲出的欲望在这里变得赤裸真实。

"女士？女士？"服务员不间断的呼唤声将岳崖儿拉回现实。

岳崖儿回过神后又继续陷入恍惚之中，在岳崖儿看向手提包的时候，手提包似乎也在看她。"Dior"式样的字母牌挂饰微微弯成了"I Want you"，飘浮在空气中，散发着迷人致命的气息，让人招架不住。

等岳崖儿再收回翩翩浮想时，服务员已经戴好手套将那只Dior包呈在岳崖儿眼前了："您的眼光真好，这是限量款，北京只有这一个。"

可是岳崖儿不敢去接。

"您可以试试看，不喜欢也不打紧。"

被服务员的话打动，岳崖儿小心翼翼地拿过包包，在触碰到包的一瞬间，她的心跳漏了一拍，岳崖儿拿包的姿势都跟平常不一样了，平时只会粗暴地将包包当作布袋使，但此时完全是捧着一颗明珠一般，全身被紧张感从头到尾结结实实地笼罩着。

岳崖儿仔细观察着包包，Dior的高仿品她不是没卖过，可是相比起正品，还是少了些感觉，岳崖儿说不上，也许是材质问题，又或者是内心在作祟。

"多……少钱？"岳崖儿的心里盛满了水，漾着不安。

"三万八。"服务员面带微笑。

岳崖儿深吸一口气，三万八……这是她摆地摊生意最好时三个月赚的钱。岳崖儿犹豫不决，但心里却似乎有千万条毛毛虫来回爬着，每一条毛毛虫都在对她说："买下吧""买下吧"……

只要买下，就能成为更好的人了吗？

"不可以少点吗？"岳崖儿听见自己声音里的哆嗦。

"这已经是最低的价格了。"

"你们这里可以手机付款吗？"

"当然了。"

岳崖儿感觉自己絮絮叨叨地问了一堆废话，在这个店待的时间越久，就越不想离开。一个贵妇模样的客人正在隔间试着香水，看到岳崖儿时，脸上是显而易见的不屑，这个目光让岳崖儿一瞬间有些泄气，她也想包里有钱，走进名牌店不卑不亢，可现实却很遥远。

"如果你想要做出改变的话，从一只 Dior 包开始，女人应该学会爱自己。"服务员轻声地说。

是啊，还在犹豫什么呢？如果没有撞见出轨那一幕的话，口袋里的钱大概又被曹群拿去肆意挥霍了吧，如果人生能够重来，应该好好爱自己才对。

岳崖儿闭上眼睛，良久痛定思痛地下了决心，所有高高筑起的自卑与胆怯的心墙在这一刻轰然倒塌："我买吧。"

岳崖儿假装镇静地拿着手机扫码，在输完密码收到银行扣款信息时，手和心都颤抖了一下。

"我帮您把包包好。"

"不用了！"

岳崖儿提起这个包包，她发觉自己整个人的气质都不一样了。店内有面及地的全身镜，岳崖儿站在前面，看着自己与包包不符的着装，明显拉低了品格和档次，生生把一个品牌大包背成了山寨款。

岳崖儿正要张口，服务员似乎看穿了她的心思，接话："服装区在二楼，鞋子区在三楼，化妆品在四楼。"

岳崖儿点点头，来到二楼的服装区，路过快消品店时她犹豫了一下，看了眼手中的 Dior 包，坚定地往 Burberry 店走去，紧接着买了条红色的连衣裙和绿色风衣。

红色和绿色的搭配是很危险的，但是岳崖儿选的这款连衣裙是酒红色，风衣是军绿色，两个颜色都偏暗沉，搭配鲜红色的 Dior 手提包，整个人的气质一下子提上去了。

随后岳崖儿去了趟 Chanel 店，挑了双细跟鞋，穿上之后感觉自己有一米八的气场。

在店员的建议下，岳崖儿还去了四楼的化妆品专柜化了个妆，并刷爆信用卡买了兰蔻、SK2、雅诗兰黛等贵妇级别的系列护肤品以及化妆品。

岳崖儿踩着高跟鞋走在商场的大理石上，"咯噔咯噔"的声音每响一下，脑神经都仿佛炸裂开来，她看着商场立体落地镜里与之前截然不同的模样，颇有都市白领的精致感和高级感，这是岳崖儿不曾有过的时尚装扮。

"请问您是时尚买手吗？"一个戴着黑框金丝边眼镜和略微有婴儿肥的女生问道。岳崖儿扫视了她全身一眼，对方虽然整体打扮偏朴素，但都是一些明眼可见的轻奢品牌。

"我叫李晓双，是FAS公司人事部的员工，现在负责公司招募时尚买手的工作。"

"什么是时尚买手？"岳崖儿还是第一次听说这个职业。

"现在国内确实有很多人不太了解时尚买手这个行业，时尚买手在国外已经有四五十年的历史了，但在国内，还是一个比较新生的行业。"李晓双咳了两声，一本正经地介绍起来。

"时尚买手是时尚潮流最前沿的一种职业，按照国际上通行的说法，是指往返于各地，时时关注最新流行信息和掌握一定流行趋势，追求完美时尚并且手中掌握着大批量订单，组织商品进入市场，满足不同需求的消费者。简单来说，就是根据市场潮流的判断买买买，采购商品并进行销售，时尚买手是时装业中下一个神话的缔造者！"

"总之，你要卖出爆款，成为潮流的引领者，自己也能成为爆款时尚买手！"

岳崖儿喃喃自语："卖出爆款？那不是和摆地摊差不多吗？"

"那可差远了，我们的工作地点在朝阳区SOHO写字楼，配备一流舒适的环境，我们品牌部坐镇着时尚界的两位大咖，完全高端大气上档次的职业怎么能说是摆地摊呢？"

"类似于白领吗？"

"唔……也可以这么理解吧，总之你要是对时尚感兴趣的话欢迎来FAS。"李晓双把一张个人资料表交到岳崖儿手中，"这周内带着个人简历来我们公司面试，来之前打电话跟我预约时间就行。"她指了指资料表背后的联系方式。

岳崖儿点点头，有些不可置信地问李晓双："为什么选我？"

李晓双顿了两秒，露出一个礼貌的笑容："因为您的打扮十分fashion，从您的身上我看到了潮流的未来。"

岳崖儿很满意这个答案，正沾沾自喜之时，见李晓双转身又拦住了一个身材和姿色都不如她的女人夸夸其谈。

毕竟对于李晓双来说，她今天的主要任务就是把手上的资料表发完，至于发放对象，是个女的就行……

岳崖儿回到家里，将大包小包的奢侈品往床上一扔，整个人疲惫不堪地坐在毛毯上，突然听到窸窣的动静，她睁大眼睛竖起耳朵变得警觉起来。

厕所门被打开，刚洗完澡的曹群从厕所里走出来，看着一身名牌的岳崖儿啧啧道："你又从哪里拿到盗版的货源了？哇，这个Dior包仿得也太真了吧？"

"你……"岳崖儿僵在原地，看着曹群随意打量着自己，脸上云淡风轻似乎什么事情也没发生过。

"那个女人只是我的一个朋友而已，你别误会。"曹群随意敷衍了几句，转身打开冰箱，"怎么都没吃的了？你也不多添点零食。"

不能一错再错了，岳崖儿的脸迅速苍白下去，目光渐渐无神，仿佛被人拉灭的灯泡，"曹群，我们已经结束了。"

"我都说了我跟她没什么。"曹群拉起岳崖儿的手，将她自然而然地揽入怀里，"别生气了嘛，宝宝，我真的错了，你原谅我吧，我不会再跟那个女人联系了，离开了你，我怎么活啊？"

"离开了我你确实没法活。"岳崖儿冷笑中带着嫌弃，她在这一刻突然清醒了，瞳孔"咔嚓"结成了冰，"你的衣食住行都是我负责的，现在老娘不要你了。"

仿佛含了刀片在嘴里，锋利尖锐却也割伤自己。

岳崖儿推开曹群，狠狠地扇了他一巴掌，歇斯底里，指向门口，

"滚!"

曹群显然没料到岳崖儿会打自己,一边骂着脏话一边正要还手,岳崖儿恐惧地往后退了几步,扬起手机高举在头上,嘴唇发青,"你再过来,我就打110了,告你入室骚扰。"

"哼,这房子可是我们一起租的。"曹群厚着脸皮。

"房租、水电费,你有付过吗?"岳崖儿咽了咽口水,极力控制住自己剧烈颤抖的身体和语气:"你给我出去!我再也不想见到你。"

"宝宝……"曹群不甘心地往前走了一步。

"滚!"岳崖儿用尽全力吼出这一句,窗子在颤抖,走廊的声控灯在一瞬间纷纷亮起。

"你会后悔的,臭婊子!"曹群努了努嘴,表情因为愤怒而扭曲,转身摔门离去。

曹群下楼的脚步声越来越模糊了,外面渐渐安静了下来。岳崖儿坐在屋子里,大脑一片空白和迷茫,手机震动了一下,显示信用卡上个月要还款而扣款失败的金额以及房东发来的催租信息。

岳崖儿想起自己放在柜子里的大衣里还有几千块钱,仔细翻了半天,怎么也找不见,可能被曹群给带走了。

岳崖儿掩面哭泣,小小的身影缩在床旁边,如同一只受伤的小野猫,倔强而脆弱。

大梦一场,原来不过是黑色梦魇。所有一切都结束了。

就像是火山喷发之后的万籁俱寂,天地皆被吞噬,留下的只有溃不成军的自己和茫茫然的黑色灰烬。

手机铃声不合时宜地响起,岳崖儿拿起来看了眼,是妈妈打过来的,她本想直接挂断,但想了想,还是抓了把纸巾抹干眼泪,深吸了口气按下接听键。

那边传来热热闹闹的气氛,妈妈对爸爸喊道把电视声音关小点,杂音慢慢减少了,妈妈还未说话,便被二姨抢过手机:"喂?崖儿啊?这么晚还没睡呢?在家还是公司呀?"

"家。"岳崖儿的声音有些哽咽。

但还好二姨没大听清楚,继续说道:"你什么时候回来呀,二姨可想你了,你不是七月份毕业吗?现在在哪里工作呢?"

岳崖儿瞥了眼角落里堆放的盗版 Gucci 卫衣,顿了顿道:"我……我在一家公司上班呢,工作挺好的,你们放心吧。"

"哇!做什么的?"

岳崖儿脱口而出:"时尚方面的。"

"时尚?那是啥?听起来好像很高端的样子啊!我们崖儿真棒!"二姨还在絮絮叨叨着,"你工作也别太辛苦了,要是觉得累就跟公司请假回来休息休息,你才刚毕业就工作了,压力太大了……"

岳崖儿一边听一边点头,先是二姨的唠叨,然后是妈妈的担忧,担心她吃不饱穿不暖,担心她一个女孩子北漂太辛苦,岳崖儿听着听着眼泪又掉了下来,她对家里向来是报喜不报忧,妈妈问她跟曹群发展得怎么样了,她也只是回应都还好好的。

都还好好的,没死就是还好好的。

妈妈和二姨最后终于以要睡觉了结束对话,岳崖儿挂断电话,哭得更厉害了。

这一刻她无比地想回家,想回到亲人温暖的怀抱里。

岳崖儿趴到床上抽噎着,窗外的雨还在淅沥沥地下,仿佛这场晚秋夜雨永远也停不了了。

"滴答、滴答……"一滴滴水溅在熟睡中的岳崖儿的额头上,卷起个小小的水花之后又欢快地向一旁弹去。

岳崖儿睁开眼睛,见天花板上已经出现了几条裂痕,蜿蜒指向床头,雨滴正是从墙角的裂痕里落下来的。

岳崖儿连忙爬起来,自己的被褥和枕头已经是湿漉漉的,整个房间如同被河水淹没过一般。

"啊!"岳崖儿尖叫了一声,忙去查看堆在角落的货源。那里已经变成了重灾区,各式各样的高仿品牌衣服都被浸湿了,可怕的是,这个房间的墙因为年代太老,修补的材料都是劣质的石灰,雨水一打湿,掺杂着雨水的石灰水都是暗黄色的。

岳崖儿一件件翻看衣服,每件都沾上了或多或少的水渍,岳崖儿手足无措地挠了挠脑袋,本来这些高仿衣服进价就不便宜,这下连本带利全赔了进去。

岳崖儿搓揉着衣服,想要把那些污渍全部搓掉,可越是拼尽全力越是枉然,有些事情早已尘埃落定。

她终于停下手,沮丧地低着头。失恋、信用卡刷爆、生意赔本,接二连三的打击,就好像自己身后跟了一个扫把星一样,怎么也甩不掉。

昨天买的正品?岳崖儿起身打开衣柜,见 Dior 包、Burberry 衣服、Chanel 高跟鞋都完好无损地摆着,还有来不及拆开的品牌购物袋。

岳崖儿的脑海里浮现出李晓双的面孔以及她说的时尚买手,自己天天与各大品牌的高仿品打交道,从来没有像一个高级白领那样去享受正版品牌的价值。

哪怕只有一次,能够像穿梭在写字楼里满身名牌的职场女性那样光鲜亮丽……

柜子里闪闪发光的红色 Dior 包似乎又像个女王一样君临臣下地注视着她,那只隐蔽在心里的小爪子,又开始露出一角用镶好钻的美甲挠着她。

岳崖儿下定决心,精心梳洗打扮一番,她的皮肤和气色很好,所以省去了一大笔遮瑕膏和 BB 霜的费用,只需要打个底、涂个口红就行,简单素雅的妆容,然后挑了件昨天买的 Common Unique 白色衬衫和 Benito 蓝色打底裙,Chanel 高跟鞋以及 Pinko 天蓝色燕子包,一身轻奢品的打扮,整体色调很小清新,富有小女人的魅力。

岳崖儿找来头绳,扎了一个比较高的马尾,清爽干练。她对着镜子里完全蜕变的自己微微一笑,笑容干净甜美。

岳崖儿来到李晓双给的地址，朝阳区 SOHO 的一栋写字楼，电梯门即将合上，岳崖儿连忙冲了过去，伸手挡住了电梯门。等她气喘吁吁地站稳时，才发现站在电梯里格外出挑、面容和身材都完美得无可挑剔的男人，正是她昨天在街上碰到的伊万。

伊万正低头看着手中 iPad 上的 Chloé 官网新品，没有注意到冒冒失失闯进来的岳崖儿。

岳崖儿把身子往后缩了缩，尽量屏蔽在伊万的视线之外，电梯里的人陆陆续续出去了，最后只剩下伊万和岳崖儿两人。

岳崖儿要面试的地点在 15 层，但为了不再和这个男人同处一个空间内，她决定在 14 层就下。

电梯在 14 层停下时，岳崖儿大步跨了出去，身体却被一个后力拉扯住，她低下头一看，自己的香奈儿高跟鞋竟然卡在了电梯门缝中。

电梯门受到阻力开开关关始终合不上，伊万从 iPad 上方抬眼扫了一眼岳崖儿，认出她，上下打量了她一番："这回舍得买正品了？可惜有些人是天生没好命穿好鞋的。"

岳崖儿没有理会他，一心想把高跟鞋扯出来。

"你先把鞋脱了。"

"什么？"

"让你把鞋脱了。"

"哦。"岳崖儿弯下腰，结果"咔嚓"一声，裙子拉链炸开了。这款包臀裙买小了一码，因为当时店里只剩下这唯一的一条了，岳崖儿本着"老娘身材全世界最棒，怎么可能穿不了"的信念强行把自己塞进了裙子里，无奈今天早餐吃得太丰盛……

伊万忙把头扭向一边。

"不许看！"岳崖儿用手挡住屁股，以扭曲的姿势站直了身子，用力将拉链往上扯。但拉链似乎卡住了布料，岳崖儿怎么使劲也没用。

"你这样会把拉链弄坏的，我来吧。"伊万实在是看不下去了，毕竟眼下的情况，他留也不是，走就更不好了。

"那你把头转到一边,不许偷看。"

"我也不稀罕看。"伊万把头扭到一边,另一只手拉着拉链,"你的屁股也太大了吧,往里收一点,再收一点。"

岳崖儿按照他的要求,将整个身子收到憋得面红耳赤。

在岳崖儿还没有反应过来,伊万迅速地将拉链拉到尽头,岳崖儿正想喘气,被伊万制止了,"如果不想再次拉开的话,就一直保持一口气憋着,Benito 的裙子是设计给上班族的,希望女性在上班时永远保持最完美的身姿。"

"你怎么知道这款裙子是 Benito?"

"就没有我不知道的品牌。"伊万蹲下身来,岳崖儿知道他要帮自己弄鞋子,连忙将脚抽了出来,结果猝不及防地给了伊万那张帅气的脸一脚丫子。

伊万整个人僵在原地,一副懵了的表情。

"对不起,对不起。"岳崖儿单脚跳到一边,场面一度十分尴尬。

伊万缓过神,恢复面无表情,垂下眼,冷静地像对待珍宝一样轻轻地握住那双夹在电梯里的香奈儿高跟鞋,轻轻地转动着角度。

岳崖儿由上而下看着这个男人的俯颜——真是俊美至极,一头乌发挡住了浓眉,长长的睫毛下是乌黑的眼眸,高挺的鼻梁,玫瑰花瓣一样的嘴唇,即使是板正的西服也无法遮盖他修长苗条的四肢和结实性感的身躯。

但岳崖儿总觉得这个男人有些眼熟,除了第一次见面,似乎还在哪里见过,或许是因为完美得像某个明星吧。

伊万将高跟鞋从电梯缝里抽了出来,摆到岳崖儿面前,然而还没等伊万反应过来,电梯门就直接合上了。

电梯往上升,岳崖儿连句"谢谢"都来不及说。

岳崖儿愣愣地站在原地,安慰自己这样也好,毕竟跟这种男人是不会再有交集的。

岳崖儿从楼梯步行至15楼，李晓双正在喊她的名字，岳崖儿就这样来不及准备，直接来到面试室里。

阳光从巨大的落地窗外照射进来，半个房间里洒落着金黄色的朝晖，温暖而明亮。

两个面试官坐在一张玻璃长桌前，岳崖儿一眼便被那个不苟言笑的女面试官给吸引住了——她跷着二郎腿，肩上披着一条灰色的满是LV logo的围巾，她的眼睛细长，鼻子高挺，面部轮廓清晰，颇有超模范。坐在她身边的男子自我介绍名叫孙宴，穿着一身枣红色的西服，绸缎面料，处处充满设计感。

"哇，是Vivi呀。"岳崖儿听见身边同样来面试的女生嘀咕道。

Vivi？中文名李薇薇，时尚界的女魔头，曾经为FAS公司拿下Hermès、Valentino、Versace等奢侈品牌限量款以及高定装在中国的独家代理权，一举坐实了她高级时尚买手的地位，挖掘她的人正是与她一同缔造神话与传奇的FAS公司首席时尚经理——伊万。

岳崖儿这才恍然大悟为什么觉得伊万眼熟了，原来自己最近经常在街边报刊亭的时尚杂志封面上见到他的肖像。他的那张照片背景是黑色的，半边脸隐没在一片黑暗中，与他另外半边白皙得如象牙色的脸形成强烈的反差，却更显得他俊美，浓眉微微蹙着，眼中却似有璀璨的星辰。

"现在你们根据后面给出的衣物自行搭配，将我当作顾客一样，来推销你们的想法。"Vivi的声音冷漠得不带一丝感情。

岳崖儿转身看到身后靠墙的地方是一排排的货架，整齐地陈列着各式各样的衣服、鞋子和包包，从质感上看，少说也是千元级别的。

这可难不倒老娘！岳崖儿在地摊市场里混了那么多年，虽然买的是盗版品，但也对各大品牌知识了如指掌，加上她这张巧舌如簧的利嘴，推销商品根本不成问题。

岳崖儿暗自窃喜，原来时尚买手并没有她想象中的那么难。

反观岳崖儿身边的女孩显得有些紧张兮兮，一直不停地搓着手，岳崖儿扫视了她一眼，总觉得有些眼熟，但一时间又记不起来。

"苏曼妮、岳崖儿、佩琪，你们谁先来？"Vivi看着名单上的名字。

佩琪？岳崖儿在记忆里迅速搜索这个熟悉的名字，初中同学佩琪？可是记忆中的佩琪眼歪嘴斜，常常被班上的同学嘲笑为猪八戒，眼前这个小美女除了能从大致的感觉和轮廓上找到老同学的影子，那精致的五官和面容简直就是大刀阔斧的整改啊。

"佩琪？"岳崖儿小小地唤了一声。

"岳……岳崖儿？"个子娇小的佩琪抬起头，看到岳崖儿，面露喜色，随后有些不自在地摸了摸脸，"好……好久不见啊。"

没想到曾经的丑小鸭完美蜕变了，也许没有白天鹅那么夸张，但是下血本调整了五官，加上会穿衣打扮之后，走在路上也有不少的回头率呢，难怪岳崖儿进门的时候没有一眼认出来。

严肃的声音打断了她们的对话，Vivi如鹰一般凌厉的眼睛盯着岳崖儿和佩琪："你俩瞎聊什么呢？这是在面试！"

岳崖儿只好转过身去挑选衣服，佩琪则更加紧张了，手心一直在冒汗，生怕碰坏了这些衣物。

另一个同组面试的女孩苏曼妮则显得大大方方，她下手精准，把岳崖儿中意的都率先拿走了。

"我先来吧，我叫苏曼妮，毕业于曼彻斯特大学的时尚管理专业，本硕连读，今年26岁，曾经在英国的Hermès有过两年的时尚买手工作经验。"苏曼妮自信满满道，"我选的这款衣服来自Balmain，在Balmain的世界，哪怕只是一件黑色的衣服，你都不会与庸俗为伍，即使身处高级写字楼和拥挤的人群，只要一件Balmain服饰，血液里流动的狂野因子就会让周围人有所察觉……"

岳崖儿已经挑选好自己所需要的衣物，站在一旁看着苏曼妮，显然这个女人很聪明，Balmain这个牌子非常适合女强人性格的Vivi，Balmain以狂野起家，近年来追求简朴高雅的风格，被时尚达人称为"新巴洛克风格"，市场上更是掀起了一股新式的华丽冶艳意大利风。

苏曼妮完美地演绎了自己的面试内容，Vivi的脸上除了冷漠依旧看不出其他表情，她身旁的男面试官孙宴则满意地点点头，"这组搭配很适合你啊，Vivi。"

岳崖儿见佩琪似乎还没准备好，便自告奋勇地往前走了一步："面试官好，我叫岳崖儿。"至于不知名的母校大学，岳崖儿直接略过。

"我相信每个女人的心底都藏着一个永远也长不大的小女孩，她们渴望浪漫、渴望被爱、渴望仪式感，每个女人都是千姿百态的，她们在职场上也许是叱咤风云的女英雄，但是回到生活里，一定是慵懒的、妩媚的，或者活泼性感的。"

见Vivi和孙宴都认真地盯着她，岳崖儿顿时充满了自信，继续滔滔不绝："所以我选取的这条Chloé纱裙，完美地诠释了每个女人内心渴望浪漫的元素。Chloé的鞋子和包包，给人不一样的感官刺激，它们艳丽夺目，时尚前卫，酷味十足，把女人们内心叛逆的一面恰到好处地宣泄出来。我认为Chloé具有普适性，它适合每一个女人，因为它精准地抓到了女人们的共性。"

此时Vivi的眼中才有了<u>一丝丝波澜</u>。

话音刚落，孙宴拍桌叫好。

苏曼妮的面试内容像是在迎合Vivi，根据她的喜好风格和个人气质去挑选合适的衣物；岳崖儿则直接抓住了买方市场，精准定位人群，这也是岳崖儿摆地摊多年推销产品练就的本领。

"下一个。"Vivi的表情很快又恢复了淡漠。

仅是刚刚那一闪而过的眼神，对于岳崖儿来说已经足够了。

佩琪抱着衣服紧张地往前走去，像是要赴刀山火海一般，岳崖儿在一旁看着都忍不住为她捏了一把汗。

"我、我叫佩琪，毕业于北京服装学院服装设计专业，我选取的是芙拉这个品牌，它……成立于20世纪，它的设计十分温婉优雅，颜色和款式也很丰富……"佩奇好像是在背教科书一般死板。

Vivi已经听得有些不耐烦了，低头看了眼手表，"你知道吗？你已经浪费了我两分钟的时间了。"

佩琪听闻这话，原来就紧张的她尴尬得一句话都说不出来。

"好了，你们这组的面试就到这里吧，回去等面试结果。"Vivi毫不留情地下了逐客令。

"我肯定落选了吧。"走出面试室，佩琪垂头丧气道。

"面试结果还没下来呢，一切皆有可能。"岳崖儿拍了拍佩琪的肩膀，安慰道。

"其实这个面试是我家人让我来的，他们希望我到正规公司上班。"

"那你现在……"岳崖儿注意到佩琪的裙子吊牌还没剪，伸手正要取下来，佩琪忙往后退了一步，"这条裙子是顾客的，可不能弄坏了。"

"顾客？"

佩琪拿出手机，打开微信："我现在在做海外代购，这条裙子是我帮客人买的。我加你微信吧，以后你想买什么都可以找我，代购价可比国内专柜价便宜多了呢。"

"卖的都是正品吗？"

"当然了，我最瞧不起盗版了。你呢？你之前在做什么工作呀？"

岳崖儿把正要说出口的"摆地摊"吞了回去，改口道："就随便卖点东西。"

"那你也可以从我这里进货去卖哦，我给你优惠。"佩琪顺势说道，完全不像刚刚在面试室里那个唯唯诺诺的小女生。

"做代购赚钱吗？"

佩琪点点头："月入过万肯定不是问题，只是我家人觉得要经常到处跑太辛苦了，而且也不稳定。"

佩琪上下打量着岳崖儿，"感觉你应该混得还不错的样子，一身名牌哎，鞋子还是香奈儿的呢，真舍得投资自己。"

岳崖儿自嘲地笑了笑，真是多亏了曹群那个渣男。

爆款女王

Chapter 2
第二章

"FAS公司是国内知名的时尚公司，跟诸多国际一线品牌如Armani、Prada、LV、Dior等均有合作，主要面向女性市场，从产品选择到进入市场，FAS具有敏锐的时尚嗅觉和前瞻性，而品牌部门则是FAS公司的重中之重。"

"你们这些时尚买手，必须具有非常敏锐的时尚意识，因为你们是引领潮流的神之手，我们采购产品的原则是时髦、高品位，总之，就是要拒绝low！"Vivi走在前面，一条黑色的紧身针织长裙，包裹着她前凸后翘的曼妙曲线，宛如昂首向前的黑天鹅一般，高傲、盛气凌人。

"我们FAS的口号是：所卖之物成为爆款，做爆款的时尚买手！"Vivi像打了鸡血一样激情澎湃。

岳崖儿看了眼和自己同期面试进来的新人，最惹人注目的是那天一起面试的苏曼妮，她披着一件粉色带蝴蝶结的斗篷款式皮草，还有一位造型异常夸张、高高竖起的辫子宛如天线宝宝的男同事云小虎。

Vivi突然转过身来，岳崖儿一个不留神撞了上去，差点踩到Vivi十厘米恨天高的鞋跟。

岳崖儿抬眼对上的是Vivi不耐烦且冷漠的眼神："FAS可不欢迎

冒冒失失的人。"

岳崖儿连连道歉，Vivi在她身上的目光却没有挪开："你这双香奈儿面试那天穿过了吧？在FAS，不允许穿重复的衣物，包括包包。"

Vivi话音刚落，身后的新人们一阵小骚动，Vivi提高了分贝："对于时尚人士来说，每一天都应该是新的，如果还重复昨天的话，那就out了。"随后又将矛头指向每一个新人，"你，打扮得太老土了，还有你，太浮夸了，时尚不是乱搭配，至于你……"Vivi的手落到苏曼妮的斗篷上，摸了摸，"是真皮草。"

苏曼妮轻柔一笑："Fendi 2018年秋冬款，不到四万，狐狸毛。"

Vivi的脸沉了下来："你难道不知道现在各大奢侈品牌都在抵制皮草吗？"

"啊……对，对不起。"苏曼妮连忙脱下皮草，她里面穿着一条白色的紧身连衣裙，凹凸有致的身材完美显现。

正在这时，窸窸窣窣的声音陆续响起，办公室里的人突然像上了发条一样迅速行动，一排排陈列着奢侈衣物的衣架推过，大家慌张地放下手中的工作，排成两列站到门口。

办公室里的人们都像等待皇帝到来般俯首称臣，就连Vivi的脸色也变得柔和下来，盯着门口的方向。

岳崖儿抱紧了手中的小笔记本，屏着呼吸，眼珠子一动也不动地看向门口。

一个高大英俊的男人出现在办公室门口，皮肤白皙，精雕细琢般的脸庞，俊美瘦削。他穿着一身Zegna定制西装，明眼可见的性感身材轮廓，完美得无可挑剔，难怪拥有"时尚界单身贵族"的称号。

"伊总好。"在整齐的问候声中，伊万与岳崖儿擦肩而过，而后脚下一顿，停在岳崖儿身边，与她四目相对，"你？"

伊万的这声质疑让所有人齐刷刷地看了过来，目光如炬，像武侠片里"嗖嗖"飞过来的暗器，杀人于无形之中。

成为人群关注焦点对象的岳崖儿脸唰的一下红到了脖颈。她没想到自己会被分配到伊万的部门,更没想到像伊万这样日理万机的人还会记得她一个摆地摊的路边小贩。

早知如此,进 FAS 前就应该多做一些功课,了解一下这个公司的背景。

岳崖儿战战兢兢地点点头,不敢抬起脸,望着自己的脚趾头发呆。

Vivi 上前一步,贴在伊万的身边小声地说:"她是品牌部新招的实习生。"

"你招的?"

"嗯。"

伊万瞥了 Vivi 一眼,微微蹙眉,声音听不出任何情绪,言简意赅:"你跟我来一趟。"

Vivi 身上的女强人气场瞬间消失了,跟在伊万身后像只柔顺的小绵羊。

"你认识伊万?"孙宴凑到岳崖儿的身边,开启吃瓜群众模式地八卦起来。

岳崖儿叹了口气,脸上的温度终于降了下来,但感觉自己还是像站在了死亡的独木桥上,进退两难。

"该不会是走后门进来的吧?"苏曼妮冷不丁地冒出这一句。

岳崖儿无语地看了苏曼妮一眼,苏曼妮翻着白眼走开了。

办公室里的人纷纷回到自己的座位上,继续手中的活儿,仿佛刚刚什么事情也没发生,一切恢复原状。

只有岳崖儿还站在原地,不知何去何从,她抬起头望着写字楼外立面的玻璃外墙,阳光照射在上面,发出强烈到让人无法直视的光芒。

有人住高楼,有人落深沟,有人光万丈,有人锈一身。

有人命中大象,有人命中蚂蚁,在大象眼里,树才是树,在蚂蚁眼里,草也是树。

岳崖儿不知怎么脑海里莫名其妙地浮现出这两句话,如魔音绕耳。

此时此刻的感觉就像是蚂蚁进了大象的世界,即使奋力向前也无法追逐大象的步伐，甚至随时都有被踩死的危险。

你可以用一身品牌去伪装自己，但是你无法洗脱长期的捉襟见肘给你带来的印记，那些贫穷的过往，都在你的一言一行中隐藏着，如沉寂的火山等待喷发的那一天，而你终将狼狈得无处可逃。

Vivi从伊万的办公室里走出来，表情淡漠地走到岳崖儿面前，扬起下巴，双手环抱在胸前一副居高临下的姿态，冷笑了一声，"我还真没认出来，原来你就是那个卖盗版Gucci的女人，FAS公司不欢迎卖假货的人，你走吧。"

可是即使身处泥沟，即使命中蚂蚁，也依然想要见到高楼之上的彩虹和大树之上的广阔天空。

岳崖儿沉默了一会儿，半晌抬起头，一双深褐色的瞳孔里迸发出坚定的信念，直起脖子，叫住刚抬脚准备离开的Vivi："等等！我是卖过盗版，可是……面试那天，你也认可了我的能力，不是吗？"

Vivi冷笑一声，"不可否认你是有能力，但是我们公司更注重的是人品。"

可是你根本不了解我的过往啊，又有什么资格对我的所作所为加以批判，Vivi高高在上的态度瞬间激发了岳崖儿辩驳的决心。

"难道卖盗版就没有人品了吗？"

"哦？"Vivi轻挑了眉，似笑非笑。

"我盗版卖得出去说明有需求的买方市场，盗版和正品又有什么不同呢？只是定位的人群不一样罢了。我可以把盗版当成正品来卖，那我也一样可以把正品卖得比盗版还好。"

办公室里的伊万听到这话时微微一愣，不可否认"没有买卖就没有杀害"是市场运行里一条尽人皆知的规律，岳崖儿看上去不过才二十出头，却能理直气壮地说清楚买方市场，即便卖的是假货，但也确实是个营销的好苗子。

他心里不禁生了几分兴致，从办公桌前站起身来。

外面的 Vivi 冷笑了一声,问岳崖儿:"你是不是觉得我特别盛气凌人?"

"是。"

"你会觉得我盛气凌人,是因为你还不够时尚,一套衣服,可以拉开阶层的差距,不同档次的时装,更可以拉开不同人的地位。当我穿着一身奢侈品的时候,面对你,我会有一种优越感,这就是时尚的魔力,而不是你为了努力挤进这个圈子,盲从的搭配。"

姜还是老的辣,Vivi 一眼便能看穿眼前这个女孩看似努力平静和镇定的面孔之下隐藏着的不安与自卑。

"我没有盲从,我也懂每件品牌背后的含义,只是我不够有钱而已。"岳崖儿说着,眼眶便湿润了起来。

她承认自己是自卑,也承认自己卖过盗版,可是明明没有伤天害理啊,难道不值得被原谅吗?难道就没有重新开始的机会吗?岳崖儿的心里有一万个委屈,苦水在胃里翻滚。

此时的伊万已经起身走到了办公室的门后,在他正要推开门的一瞬间停了下来,一只手停在半空中,那个女孩那句"我不够有钱而已"与 Vivi 高高在上的气势形成鲜明的对比,令人倍感心酸。即便没有看到她那张快哭了的脸,已经能想象到这个女孩子满腹的委屈和誓死往金字塔顶尖走的决心与勇气。

他有些动容,而后又听到那个女孩几乎带着哭腔说出的话——"拜托!请给我这次机会吧。"

他想了想,终于打开了办公室的门。

"留下她吧。"

一个低沉而醇厚的声音在岳崖儿身后响起,如同一把大提琴最饱满的弦,突然被拉开了。

伊万出现在岳崖儿身后,如山一般高大的身影挡住了照在岳崖儿身上的阳光。

岳崖儿隐匿在光影之下,听到耳后的男人一字一顿地说着,声音虽然好听，却没有夹杂一点感情，如冰山般刺骨。

"如果试用期通过不了，就走人。"伊万简单说完这句话，便转身回到办公室里。

那堵墙不见了，阳光又回到了岳崖儿的身上，岳崖儿垂着眼，在一片金灿灿的阳光中愣神，刚刚的一切如做梦般不真实。

Vivi 的脸仍旧绷直了，瞥了岳崖儿一眼，淡淡地说："算你走运。"

等 Vivi 走远，岳崖儿才想起一句姗姗来迟的感谢。

"谢谢。"

声音飘在空气里，不知与谁听闻。

新人们的办公桌前堆满了几大摞如山般的杂志和报纸，Vivi 拍了拍手，烈焰红唇衬得她皮肤白皙，修长的脖子仍旧天鹅般高傲地直挺着："这些是 FAS 公司二十年发展的历程，以及合作过的各大品牌的背景及故事，你们都需要熟背，三天后我会进行考核。"

Vivi 说罢，便利落地转身走了。

"三天……背这么多……"云小虎一头砸在书堆里，哀号着。

"这些不是进公司前就应该了解的吗？"苏曼妮的语气很轻松，随意拿起一本杂志翻了翻。

岳崖儿叹了口气，虽然得到了工作机会，但眼下又面临一个新的世纪难题，那便是工作着装，她上哪儿去找 365 天不重样的衣服、鞋子、包包，而且在 FAS 这种地方工作，还得是奢侈品牌的。

放眼望去，整个品牌部门，好像不穿一件上千上万元的单品就显得格格不入。

既来之则安之，岳崖儿总不能高举大旗与 FAS 的风气公然叫嚣吧，到时候她面临的可能就不仅仅是丢饭碗了，想想都觉得头疼。

岳崖儿突然想起佩琪这个人，她不是在做名牌代购吗？

岳崖儿抓起手机，给佩琪发了微信，她正好在澳门采购，佩琪给岳崖儿推荐了几款当下最网红的衣服，每一套都是上千元，贫穷使岳崖儿匆匆结束了和佩琪的对话，赶紧打开信用卡催债短信看一眼：这个月待还一万五。

算了算了，还是先认真工作吧。

岳崖儿收了心，随便抽了一本最新的FAS杂志，封面是伊万和Vivi参加上海时装周的合影。

照片中的伊万穿着Brioni黑色天鹅绒西服，高贵倨傲的气质在他身上完美展现，他身旁的Vivi着Oscar de la Renta白色礼服，黑色的长发高高盘起，华丽不失优雅，她的手轻轻地挽住伊万的胳膊，两个人如步入结婚殿堂的新郎新娘一般般配。

"我有一天也要出现在FAS杂志的封面上。"身旁的苏曼妮轻笑了一声。

岳崖儿咂咂嘴，她想自己可没那么大的抱负与伊万并肩同行，只要能兢兢业业地成为一个合格的时尚买手就知足了。

但时尚买手究竟是什么呢？

岳崖儿花了一下午的时间终于弄明白原来时尚买手远比她想象中的要复杂得多，摆地摊时，她总是凭感觉去服装市场和厂家拿货，可是时尚买手却不能用固有的思维和第六感去选货，因为这关系到公司的营业额，而是要系统化、数据化、专业化地针对客户和人群，去挑选商品。

时尚买手的眼光关系到一个公司的生存命脉，难怪品牌部虽然是FAS公司旗下的一个部门，却如同子公司一般拥有在建外SOHO的独立办公环境和管理系统。伊万虽是品牌经理，但也算得上是一家公司的CEO了。

等岳崖儿从书海里抬起头时，身边的苏曼妮已经换了一件粉色的Marni猫咪印花款外套，见岳崖儿有些错愕的眼神，微微一笑："在这样时尚的公司上班，一天一套衣服怎么够呢？更何况晚上还有新人欢迎会。"

说着，苏曼妮用Dior的口红补了补唇色，冲岳崖儿明媚动人一笑，这笑容，连岳崖儿作为一个女生都看得有些春心萌动。

随之而来的是巨大心理压力，与Vivi、伊万、孙宴和苏曼妮这样优秀的人同处一个品牌部门，岳崖儿无法想象自己今后的工作强度。

岳崖儿抬眼看向写字楼外的玻璃窗，正午强烈刺眼的阳光已经消失不见了，此时此刻镀上的是夕阳的余晖。岳崖儿不知道高楼之上的阳光与她平时摆地摊累得腰酸背痛时偶尔眯着眼看到的落在脏兮兮街道上的阳光是不是一致，就像她其实也不明白在一个又一个办公室格子里做着精美而枯燥的报表、PPT的白领与那些在工厂车间里手脚飞快地在缝纫机上裁着布料的女工又有什么样的不同。

这个写字楼里的每个人都很忙碌，忙碌到无暇发呆，就像上了发条飞快运转的机器人，一旦放松，将始终落后于人。

越来越多的人源源不断往北上广涌来，就像是拼命挤进4号线早晚高峰地铁的上班族，只要挤进去，就仿佛挤进了北京。

不知不觉，岳崖儿自己也变成了这样的人，一腔热血跻身上层圈子，那个属于伊万和Vivi以及苏曼妮的地方。

岳崖儿害怕这一生回首时，透支青春资本换来的只是血本无归，可是……如果能够发挥所长过自己想要的生活，又有何惧怕的呢？

想通了的岳崖儿"啪"的一声关上了笔记本电脑，对着写字楼外立面的玻璃窗上那抹快要消失的夕阳展露出大大的笑容。

就如曾经卖过盗版、摆过地摊的自己，也从未想过可以被贴上从前闻所未闻的"时尚买手"的职业标签，那么人生，也该有质的飞跃与改变才行。

加油吧，岳崖儿！

新人欢迎会定在胡桃里音乐餐厅，泛黄的用乐谱缝制的灯罩、缝纫机做的餐桌、雨靴变的花盆、充满回忆的黑白电视机和收音机，充满文艺气息的一切，让岳崖儿仿佛误入了绿野仙踪的故事中。

岳崖儿忍不住拿起手机"咔嚓咔嚓"拍了几张好看的照片。

苏曼妮脱下那件猫咪外套，里面穿着 Rosie Assoulin 白色吊带裙，简单随意的花卉图案，与餐厅的风格十分融洽，在一片盈盈绿色中仿佛童话故事里的花仙子。

"看来我们品牌部的颜值真是一年比一年高啊。"打扮得像迈克尔·杰克逊的孙宴不停地跟大家制造话题，炒热气氛。

伊万和 Vivi 是同时出现的。

伊万今晚的穿着很休闲，一件简单的 Roberto Collina 白色高领毛衣，下身黑色休闲裤，浑身散发着慵懒魅惑的气息，仿佛行走的荷尔蒙。

Vivi 穿着 Miu Miu 黑色连衣裙，造型致敬《蒂凡尼的早餐》里的赫本，低调奢华却不沉闷。

"呀，你俩总是同时出现，一个是越来越俊，一个是越来越美了。"孙宴嬉皮笑脸道，整个公司里也只有他这个副经理敢如此调侃伊万和 Vivi 了，"话说我有生之年能不能喝上你们的喜酒呢？"

Vivi 不自在地笑了笑，看向一旁的伊万，依旧面目表情，Vivi 聪明地转移了话题："今天欢迎会的焦点可不是我们。"

"哈哈，差点忘了。"孙宴拿着高脚杯站了起来，"大家面试的时候也都见过我了，我叫孙宴，是品牌部的副主管。你们都是我跟 Vivi 亲自挑选的，时尚圈里没有先来后到，只要你紧跟潮流，不对，应该说是跑在潮流的前面，那么你们就赢了！希望大家在品牌部能够好好干下去，一起追随伊总的脚步，让品牌部在 FAS 公司'第一部门'的称号永远保持下去！干杯！"

大家拿起盛满红酒的高脚杯一起干杯，岳崖儿偷瞄了一眼，见所有人都爽快地一饮而尽，自己也只好皱着眉头将那满杯的红酒灌入喉咙，只觉得胃部一阵滚烫。

不胜酒力的岳崖儿脸已经开始微微发烫。

苏曼妮给自己再添了杯红酒，摇曳着身姿走到伊万和 Vivi 的跟前，"伊总、李总，我是刚进来的新人苏曼妮，早就听说你们在时尚界的赫赫名声，特别高兴能够进入 FAS 的品牌部，跟随你们学习，我会好好努力的。"

伊万点点头,只是简单地说了两个字"加油"。

身旁的Vivi开口道:"在品牌部,不用把自己当新人,你需要的,是把'新'与'心'用在时尚上。"

苏曼妮盈盈一笑,从容优雅地喝下高脚杯的红酒。

"我们的新人真有礼貌啊!"孙宴笑了笑。

"我们是不是也该去敬一杯啊?"云小虎拉了拉身边的岳崖儿。

"不……不用了吧。"从来没有在职场待过的岳崖儿应对这种礼仪时,一股莫名的尴尬油然而生。

"可是这样不太规矩吧。"云小虎继续在岳崖儿的耳边絮絮叨叨着,"我之前参加前公司年会的时候,就因为没有给老板敬酒,被老板明里暗里整整说了一年,别提有多尴尬了。"

岳崖儿被云小虎的话刺激到,她给自己倒了杯红酒,饮了下去壮壮胆,"要不先等苏曼妮回来?"

云小虎点点头,"你是不是很紧张啊?"

岳崖儿又给自己倒了一杯,"我才没有呢?"见身旁的云小虎已经是满头大汗了,双手来回不停地搓着,"我看你比较紧张吧?"

"才没有,我是手凉。"云小虎死鸭子嘴硬的模样让岳崖儿觉得有些可爱。

苏曼妮被孙宴拉住一直聊个不停,Vivi俯身在伊万的耳边说着什么。岳崖儿和云小虎一直没有找到合适的契机,两人只好互相敬酒缓解紧张。一杯又一杯的红酒下肚,岳崖儿的脸红到了耳根,宛如一个红彤彤的小苹果。

"时机到了!"云小虎见苏曼妮回到了座位上,激动地扯了扯岳崖儿的袖子。

云小虎站起来,岳崖儿跌跌撞撞地跟在他身后。

云小虎刚走到伊万和Vivi跟前,Vivi便站了起来,"我先去补个妆。"

云小虎拿着高脚杯尴尬地站在原地,Vivi笑了笑:"是来敬酒吧?

新人不必那么拘谨,少喝点吧,把这股劲儿用在工作上。"说着,便拿着化妆包往洗手池的方向去了。

伊万站起身来,"公司没有那么多规矩,大家随意就好,加油。"

云小虎兴奋地点点头,长舒了一口气,一口将杯中的红酒喝完,拿着空的高脚杯像完成了重大任务一般往后退了一步,推了推岳崖儿,"该你了。"

岳崖儿摇摇晃晃地站在原地,双眼朦胧地盯着伊万,仰头"滋滋滋"地喝着高脚杯的红酒。

红酒快要见底,云小虎奇怪地拉了拉岳崖儿的袖子:"你干吗呢?"

岳崖儿却直接胳膊肘一拐甩掉了云小虎的手。

伊万不打算理会岳崖儿,准备坐下,岳崖儿突然伸长了脖子,一只手拎着伊万的高领毛衣就像是拎猫一样把他拎了起来,无视伊万那张愈发严肃和恼怒的脸。

岳崖儿的手在伊万结实的胸膛上拍了拍:"哎?你是来买衣服的吗?"

伊万一脸莫名其妙。

岳崖儿一手拿着高脚杯,一手兰花指,抬手险些打到伊万脸上,吓得伊万往后闪了一下。

岳崖儿扯开嗓子,借着酒劲面红耳赤地大喊,完全没有看到在座各位的一脸震惊,以及伊万那双无可奈何却又想要杀掉她的眼睛。

"亲爱的顾客朋友们,走过路过千万不要错过,不到长城非好汉,不到我店真遗憾,在我这儿,您只要白菜价就可以穿上大牌衣服。Burberry灰色、米色、白色男士针织衫,专柜价两千块钱在我里只要一百九十九!"

岳崖儿拉过伊万,双手在他身前来回比画:"你们看这位男士,正是因为穿了我卖的针织衫,才如此风流倜傥啊,所以你们还在等什么呢?"

岳崖儿伸出食指对着每个人指了一圈:"买给老公穿、哥哥穿、弟弟穿、爸爸穿、公公穿,下一个京城第一个美男就是从你们家里出来的!"

岳崖儿转身去打量伊万的脸庞,瞪大眼睛像是要把他脸上的每个毛孔都看清一般:"啧啧啧,真是长得好看啊,怎么会有那么好看的男人?"

岳崖儿越说越嗨,云小虎连忙伸出手捂住她的嘴巴,艰难地想要把她拖到一边,却反被岳崖儿甩出一米开外,"你别烦我!"

岳崖儿嘻嘻笑着,突然把高脚杯扔到一旁,摇摇晃晃站在伊万面前,双手捧起他的脸,对着他那张面瘫脸打了个酒精味十足的嗝儿。

这个嗝儿,一时间让伊万没缓过神来。

岳崖儿还在拉着他的毛衣不依不饶:"这位顾客,衣服试穿了得脱下来啊。"岳崖儿的声音很大,几乎掩盖了整个包厢的嘈杂声,大家纷纷看向岳崖儿,只见下一秒岳崖儿直接抓住了伊万的毛衣掀起来,伊万完美的八块腹肌和紧致的身材一览无余。众人目光一惊,尤其是在座的女同胞,因为这突如其来的福利而不好意思地嘴角一抽。

伊万忙把毛衣翻了回来,抓住岳崖儿的手腕,正想发火,但眼见这么多员工都盯着自己,强装冷静:"这位新同事,请你冷静一点。"

"冷静什么啊?你穿了我的毛衣,要么付钱,要么脱下来啊!"岳崖儿还不依不饶地抓着伊万的毛衣不放,伊万这件毛衣本来是紧身款的,此刻硬生生地被她拉扯成了宽松范儿。

"我……我付钱。"对待耍酒疯的人,讲道理是没用的,伊万拿出手机,"怎么付?"

"都可以。"岳崖儿拿起桌子上的盘子,"扫码吧。"

伊万犹豫了片刻,岳崖儿又狂吼了一声:"扫啊!磨蹭什么呢!"

云小虎被这声音吓得退了回去,缩到苏曼妮身边:"岳崖儿看来是不想要这份工作了吧?"

苏曼妮也被惊呆了,点点头:"我看是吧。"

于是在众人的目光下,伊万像个精神病一样拿着手机对着盘子来

爆款女王

回扫了扫,并一边问岳崖儿:"可……可以了吗?"

声音竟有些颤抖着。

"没收到啊,怎么没提醒呢?"岳崖儿摇了摇头。

"支付到账,一百九十九元。"云小虎捏着嗓子说道。

"嗯,到了。"岳崖儿这才肯松开抓着伊万的手。

伊万舒了口气,用欣赏而感激的目光看向云小虎,云小虎笑着冲伊万比了个 OK 的姿势。

Vivi 和孙宴说笑着回到包厢,却见氛围有些奇怪,所有人目光的焦点都在伊万和岳崖儿上。

岳崖儿胃里一阵翻滚,她干呕了几声,伊万觉得不对劲,往后退了几步,说时迟那时快,孙宴拿起身边的垃圾桶一个健步冲到了岳崖儿面前。

岳崖儿却随手拿起身边椅子上的 Noe Noe 水桶包,一口气将呕吐物都吐了进去。

"啊!我的包!"Vivi 花容失色,美丽的脸扭曲成不正常的模样。

之后岳崖儿已经记不清自己是怎么回家的了,据云小虎说她一直拉着伊万的毛衣不肯松手,伊万还配合地扫了好几次盘子假装付钱,但岳崖儿总说没收到,最后喝得癫狂状态的岳崖儿被伊万叫来的保安强行塞进了出租车里,根据新人入岗资料上给的家庭住址,云小虎找到岳崖儿的家,将她扔进房间后,潇洒离开。

但第二天醒来的岳崖儿,还是不知道怎么地就死死抱着马桶不肯撒手。

宿醉了一宿的岳崖儿洗漱打扮后匆匆忙忙来到 FAS,今天是品牌部的新人入职培训,主讲人是伊万,岳崖儿全程低头不敢去看伊万的脸,中间回想起被自己呕吐过的 Noe Noe 水桶包,连忙打开手机问做代购的佩琪。

"佩琪,你那边可以买到 Noe Noe 水桶包吗?"

"你真是问对人了！我现在就在 LV 店，粉桶、红桶、黑桶、黄桶，四个颜色都有，你要哪一个？这款专柜价是 12300 元，澳门这边才 10300 元，便宜了两千多呢。"

10300？岳崖儿拿着手机的手跟着心颤抖了一下，犹豫了片刻，小心翼翼地打字："要黑桶，钱能不能先欠着？"

然后，点击发送。

佩琪秒回："拜托！老子是代购，不是信用卡！"隔着屏幕都能听到她的咆哮声。

岳崖儿深吸了口气，整张脸呈苦瓜状。

一只修长白皙的手伸了过来，将岳崖儿的手机毫不客气地迅速抽走，岳崖儿抬头，对上的是伊万睥睨的眼光："我的课在网上售价五千美元一小时，而你竟然在我的入职培训课上开小差？"

五千美元，可以买三个 Noe Noe 水桶包了？我能不能把这节课转让出去，赚个 Noe Noe 水桶包的钱就行了？该怎么转让好呢……

岳崖儿完全把伊万的话当耳边风，她现在满脑子只有钱钱钱。

"岳崖儿！"伊万凌厉的声音在头顶盘旋，岳崖儿这才收了神，"噌"地一下站起，把伊万吓了一跳。

伊万想起岳崖儿昨晚耍酒疯的模样，仿佛有些后怕，往后退了半步。

"对不起，伊总。"岳崖儿秒变委屈脸，水汪汪的眼睛如小鹿般看着伊万。

"算了，你坐下吧，手机下课还你。"伊万无可奈何地回到讲台。

"你可长点心吧，你昨晚丑态百出伊总都没把你给开除，已经是阿弥陀佛了。"待岳崖儿坐下，身旁的云小虎凑近她悄悄说道。

岳崖儿垂下眼眸，深深地叹了口气，打起一万分精神好好听课。

"很多人觉得时尚买手是个非常光鲜亮丽的职业，你们可能觉得是这样的？"伊万按下控制器，屏幕上出现一张巴黎时装周走秀的图片，台下的时尚买手一身精致地认真看秀。

"或者是这样的？"屏幕上的 PPT 换成一张酒会的照片，女士们华服浓妆,男士们西装革履,而站在中间的,都是一些国际时尚大咖。

伊万停顿了片刻:"而事实上,我们……也确实是这样的。"

会议室里一阵哄笑。伊万接着说:"FAS 公司是各大时装周的常驻嘉宾,从上海时装周到巴黎时装周,都少不了 FAS 公司的身影,而各大时尚品牌举办的线下酒会、宴会,更是不计其数,我自己都参加烦了。"

岳崖儿没想到平时看上去冷若冰霜还有点不好惹的人,讲起课来是这么风趣幽默。

"但是……"伊万加重了语调,"时尚买手不仅仅是表面看上去这样风光无限,更重要的是对时尚的嗅觉,你必须具有像狗一样灵敏的嗅觉。并不是这一季流行豆沙粉,我们就大量购入豆沙粉的单品,并不是说网红大号们在 Instagram 上疯狂转发和点赞某一单品,我们就盲目跟风,我们是需要走在他们前面的,要为我们自己的风格、自己的客人进行 buying,形成属于我们自己独一无二的 FAS 时尚腔调。"

岳崖儿看着讲台上的伊万,宝石般泛着水润的眼眸,嘴角微微上扬带着若有若无的笑容,言语之间特有的幽默,浑身上下无一不散发着魅惑人心的神采,岳崖儿花痴了:"伊万真的还单身吗?"

"他若是恋爱了,估计半个时尚圈都要失恋了吧。"坐在岳崖儿另一侧的苏曼妮笑道,蜜糖色的大波浪长发随意地披在肩头,即使是大冬天,电光蓝的长毛衣下也露着半截白皙小腿,一举一动妩媚至极。

苏曼妮见岳崖儿的目光放在自己的小腿上,不屑一顾道:"在时尚圈,只有风度,没有温度。"

"今天的入职培训就到这里,希望大家今后为 FAS 的品牌部的发展多做努力。"伊万关掉屏幕上的 PPT,走到门口时,突然回头,目光看向岳崖儿,"岳崖儿,你来我办公室一趟。"

岳崖儿跟在伊万身后,歪着脑袋看了看这偌大的办公室,这是她第一次踏进伊万的办公室。

绅士灰的水流纹地毯，意大利 Edra 进口桌椅及沙发，简约的黑白灰色彩搭配，兼容了内在的品质和外在的优雅气质，没有奢靡华丽的气息，更多给人的是一种回归初心的睿智与宁静。

墙上挂着纪梵希与奥黛丽·赫本的黑白合影，一袭白色嫁衣的奥黛丽·赫本，与手挽头纱的年轻纪梵希对视，一眼万年，她是他心目中缪思女神般的存在。

伊万转过身，白皙修长的双手伸到岳崖儿的脖颈间，落下，脸慢慢地凑近。他微眯着双眼，好像无底的深潭，鼻梁直挺得像用尺子量出来一般。

这样精致的五官突然逼近，岳崖儿一时间脑袋进入了凌乱状态，整个人僵在那里：现在是什么情况？伊总要潜规则我吗？以他的美貌不至于啊……那我现在该怎么办？是逃跑还是迎上去？难道我的时尚之路竟是靠上位才能成功的吗？！

伊万轻抿嘴唇，收回手："你这假 Choker，让我看着很不自在。"

Choker？什么 Choker？岳崖儿反应了半天，才明白他是在说自己脖子上的黑色项圈，"这是我在淘宝买的，九块九包邮。"

"Jacquie Aiche 家价值九千元人民币的 Choker 被你在淘宝九块九买到了，我是不是该夸赞你会省钱？"伊万轻笑一声。

岳崖儿自知理亏，摸了摸脖子上的项圈，小声道："我……我不知道这是盗版的。"

"作为一个时尚圈的人，穿戴盗版的东西是可耻的，我更不允许有任何盗版的单品……哪怕只是一根线出现在 FAS 公司的品牌部。"伊万的声音很严肃，听得出来他很生气。

岳崖儿想要取下项圈，却因为紧张而手抖，她整个人憋屈得眼泪都要流下来了。

伊万的手绕到岳崖儿后面，轻轻地解开项圈扣，两只手触碰到脖颈的瞬间，岳崖儿只觉得有道暖流流过。

伊万将项圈取了下来，递给岳崖儿："这次我就当你是不小心了，我不希望你把以前那些地摊小贩的心思都带到公司来。还有,作为一个时尚买手,对于时尚品牌的浅薄了解与无知,是最大的错误。"

岳崖儿点点头,手中紧紧地攥住黑色项圈。

"好了,你出去吧。"伊万微微扶额,有些头疼。

岳崖儿转身往门的方向走去,Vivi 正好从门外走进来,她穿着 Stella Mccartney 黑色西服套装,与细瓷般白皙的天鹅颈形成巨大的反差,精致的锁骨上戴着一条黑色的项圈。

岳崖儿的目光落在 Vivi 的项圈上,正是跟自己的同款,只不过,她项圈的成色十分均匀,中间镶嵌的那颗冷蓝色的宝石散发着光芒,而自己手中攥着的项圈,宝石却是黯淡无光的。

在没有见过正品之前,好像一切都没有什么,可是与正品对比之后,一切都不太一样了,如东施效颦般丑态百出。

"你的 Choker 很美,名模同款吧?"伊万用温和的声音对 Vivi 说道,却更像是在说给岳崖儿听。

岳崖儿走出办公室,拿出手机查了查 Jacquie Aiche 这个牌子,这是一个比较年轻的美国珠宝品牌,网上的资料少之又少。

岳崖儿叹了口气,难怪自己孤陋寡闻。

夜幕降临,员工办公桌前的台灯熄灭了一盏又一盏,渐渐空无一人。岳崖儿站在落地窗前,夜色像是黑色的巨纱悄无声息地入侵了城市的繁华,黑云中的月亮,在一片雾霾中寻找着出路,像失了方向的迷路人。

这个城市像一个不停运转的机器,置身其中的人们一旦不抓紧脚步,就会丢了节奏难以追赶。忙碌的窒息感像把人塞进塑料袋里,不断地抽离空气。

岳崖儿叹了口气,转过身来,看到展示台上的 Manolo Blahnik 红色高跟鞋,这是 Vivi 今天下午采购回来的时尚单品,据说会作为 FAS 公司在"双十一节"购物上的限量款出售。

红色是最能激起人欲望的色彩。

岳崖儿走到展示台前,小心翼翼地拿下那双高跟鞋,一秒,哪怕只能握在手里一秒便好。

但女人往往是贪心的,既然能够摸到的东西自然是要拥有。

岳崖儿蹲下身来,穿上高跟鞋,36码,刚刚好。

一步、两步、三步……三十八步、三十九步、四十步,岳崖儿踩着高跟鞋走路,仿佛足下生莲,裙摆翻转如海上的浪花。

据说在四十步外,人们可以准确无误地凭优美的弧线认出 Manolo Balnhnik 的高跟鞋,这个品牌的高跟鞋很少有鞋跟低于 2 英寸,因为,它的商标就是一只拥有高得不能再高的鞋跟和尖得不能再尖的鞋头的高跟鞋,用最极致的尺寸将女人性感的一面淋漓尽致展示出来。

"你在干什么?"严厉而低沉的声音在偌大的员工办公室里响起。

岳崖儿吓了一跳,重心不稳地向后倒去,高跟鞋脱离脚后跟向前甩去。

完了完了,这下惨了!眼看甩出去的高跟鞋就要砸到落地窗上,岳崖儿闭上了眼睛。

倏地,一只宽厚的手掌猛地拦腰拥住岳崖儿,岳崖儿慢慢地睁开眼睛,睫毛微微颤抖着。伊万那张俊美的脸浮现在她眼前,他身上的香水味是帕玛尔的蓝色地中海,自己好像一瞬间穿越到了古希腊的爱情海——明媚的阳光,翩翩起舞的微风,波光粼粼的海水,那翩翩而来的少女与白衣少年十指紧扣。

"看够了没有?"伊万的手掌颤抖着,紧皱的眉头看得出十分吃力。

岳崖儿连忙直了腰,因为丢了一只高跟鞋只能一高一矮地站立着,但光着的脚掌在触碰到冰凉地面的一瞬间又猛地收了回去,岳崖儿大叫了一声:"凉!"

伊万忍俊不禁,岳崖儿这才注意到另外一只高跟鞋稳稳地被他给接住了。

"你知道这双高跟鞋多少钱吗?"伊万手里拿着高跟鞋。

岳崖儿摇了摇头，果不其然伊万说了个让她面如死灰的价格："一万二，你要是喜欢的话呢，恭喜你成为我们双十一的第一位顾客，作为内部员工可以打九折卖给你。"

一万二即便打九折也是岳崖儿不敢想的价格，岳崖儿总觉得"奢侈品"这三个字应该是对于不太富有的人而言的，只有超过自己经济承受能力的物品才能称之为"奢侈品"，而对于伊万和Vivi这样司空见惯的人来说，就跟平凡普通的快消品一般吧？

想想自己负债如山的信用卡，岳崖儿再次拼命地摇了摇头，迫不及待地脱下另一只高跟鞋递到伊万面前："伊总，我再也不敢了。"

岳崖儿好不容易找到自己的鞋子穿好，将受了苏曼妮启发而搭配的裙子理顺，尴尬地站在原地不知所措。

伊万轻咳了一声，平复好心情："下班吧。"

岳崖儿点点头，抱着自己的包包像小老鼠般蹑手蹑脚地溜了出去。

伊万熄了办公室的大灯，从电梯直下，走到写字楼大厅时，见岳崖儿裙子下面的腿上已经套了一条厚厚的黑色秋裤，哆嗦着身子往大门外走去。

伊万笑了笑，意识到自己笑了之后，又立马换回扑克脸。

岳崖儿拖着疲倦的身子回到家中，家门口似乎立着一个红色和黄色拼接的扎眼麻袋，岳崖儿走近，那团麻袋动了动，转过身来，竟是佩琪。

佩琪这身打扮简直是清奇得辣眼睛，红黄相接的毛衣长裙，因为胸大显得整个人十分臃肿，肉色丝袜，白色的松糕鞋，整个人宛如随意拼接的抹布一般。

"这是我在澳门淘到的宝贝，六千多呢，赞吧？"佩琪沾沾自喜地炫耀着自己的长裙，"韩国有个女子组合里的队长也穿过这条呢，特别好看，我当时就是看她的综艺节目被种草的。"

岳崖儿不忍心破坏佩琪的心情，一时间竟无以言对，只好转移话题："你找我有事吗？"

"你看这是什么？"佩琪从背后拿出一个 Noe Noe 的黑色水桶包。

"啊！你买了？可是我没有钱啊……"岳崖儿为难道。

"当然是先借给你钱了。"

"哇，没想到你这么好啊！"岳崖儿激动地抱住佩琪。

"不过呢，是有条件的。"佩琪露出狡猾的笑容。

"你的房子就这么简陋啊？我本来还以为只是外表破，没想到里面更破。"佩琪走进岳崖儿的房间，一脸嫌弃。

岳崖儿打开衣柜，她之前刷爆信用卡买的奢侈品都堆在这里面了。

"天哪，这么多漂亮的宝贝就这样被你随意地关在这里面？"佩琪满脸心疼。

"那你觉得整间屋子还有比这更好的去处吗？"岳崖儿摆摆手，之前漏雨的地方找房东修过了，但房东也只是用点石灰随意盖住，治标不治本。

"哎……你怎么有那么多 Gucci 卫衣？"佩琪注意到角落里堆着的 Gucci 白雪公主刺绣款高仿卫衣，有些还没拆开包装，"不过都脏了。"

岳崖儿也不打算再隐瞒，诚实道："我之前是摆地摊的，这些都是高仿货，而且脏了，卖不出去的。"

佩琪听闻是盗版，立马收回了手："那你打算怎么处理这些？"

"捐给山区儿童吧……"

佩琪点点头，目光回到柜子里的那堆奢侈品，挑了件 Burberry 的风衣、Chanel 的高跟鞋以及 Coach 的手提包，"那这些就先借给我一星期啦。"

佩琪抱着这些衣服鞋子，满脸笑容。

Chapter 3
第三章

岳崖儿在 FAS 品牌部的工作渐渐步入正轨。

开始的时候岳崖儿同其他新人一样，每天做着重复而琐碎的工作，制作销售报表、计算单品利润率、分析时尚趋势……岳崖儿在密密麻麻的数据中窥见时尚的产业链，沾沾自喜于时尚买手是领头羊，又惴惴不安自己能否胜任这份工作。

"接下来你们有一周的时间去采购三件单品，优秀者的单品将会作为公司'双十一'主卖场的重要商品推出，并且根据商品的销售额获得百分之十的提成。能不能一跃成为'双十一'的爆款单品，关乎你们在 FAS 的最终去留。"Vivi 站在会议室里，刷着精致的长睫毛，尾尖处染着金色的粉末，夸张的紫棠色眼影烟熏着整个眼皮，眼尾处的一点绛紫色亮片却平添了几分傲气与美艳。

这是 FAS 集团品牌部对每届新人的一个考核指标，同时也是新人大展身手的好机会，前年一组英伦格纹与写意古风花鸟图巧妙结合的 Kate Spade 系列连衣裙，一经推出便一售而空，因此名声大噪的新人时尚买手孙宴，现今已是品牌部的副主管了，地位仅次于伊万和 Vivi 之后，实在是让人艳羡不已。

"不过……没选上的单品,你们就得自掏腰包了,公司一律不予报销。"

Vivi 的这番话让大家纷纷倒吸了一口凉气,立马起身走出会议室开始动工,唯有岳崖儿坐在原位。

"你还有什么事吗?"Vivi 看向岳崖儿,语气冷淡。

岳崖儿拿起一个手提袋,递给 Vivi,"不好意思,上次不小心把你的包弄脏了,这是赔给你的。"

Vivi 打开手提袋,从里面取出一个崭新的 Noe Noe 黑色水桶包,犹犹豫豫地看了眼岳崖儿,岳崖儿知道她在担心什么,毕竟自己曾经是盗版小贩的形象已经在 Vivi 心中根深蒂固了。

Vivi 垂下眼,仔细地来回打量着水桶包,双眼装上了放大镜一般,从厚实有质感的镀层、细致的边角及印刻,判断出这是货真价实的正品,但还是有些不相信地补了句:"这款在国内已经断货了。"

"我托朋友从澳门买的,绝对是正品!"岳崖儿相信佩琪的人品,她那么鄙视盗版的一个人,总不能真用高仿糊弄自己吧。

Vivi 被岳崖儿慌张的模样逗笑:"本来还想着包包的钱从你的工资里扣,虽然远远不够。"

啊?早知道这样就扣工资算了……岳崖儿在心里犯嘀咕。

Vivi 轻笑了声,将她原本背着的 Gucci 链条包放进水桶包里,自然而然地拎在手上:"那我收下了。"

岳崖儿点点头,心在滴血。

Vivi 拎着水桶包走出会议室。

岳崖儿听到会议室外传来伊万和同事的声音和脚步声,随后是 Vivi 随意的问话:"不知道今年能不能诞生一个孙宴?"

"不一定,今年的新人很有特色。"伊万低沉的嗓音响起。

岳崖儿听到这话,顺着玻璃门望去,看到面对面站着的伊万和 Vivi。

会议室的玻璃门采用私密设计,里面的人可以看到外面,但从外面看进来只是黑漆漆的一片。可就在岳崖儿看向伊万的那一刻,伊万的目光也看了过来,岳崖儿深吸了一口气,不知道他是不是在看自己。

伊万的嘴角微微上扬,一脸深不可测。

岳崖儿翻遍了全网,都没有淘到什么时尚新奇的单品,大部分是大牌 logo 印纹经典款或者已经上市好几个月的了。

等岳崖儿将眼睛从电脑屏幕里抽离出来,才发现身边苏曼妮和云小虎的座位已经空空如也。

岳崖儿突然意识到纸上谈兵是打不了胜战的,于是起身,直奔购物中心。

接下来的几天岳崖儿可谓是把这辈子的街都给逛够了,在扫荡了 skp、西单大悦城、朝阳大悦城、乔福芳草地购物中心、长楹天街购物中心都一无所获之后,她沮丧地走在三里屯太古里的街头,深深体会到当逛街和买买买变成一种工作之后,简直就是地狱般的折磨,那些琳琅满目的商品仿佛一个个骷髅头张着嘴冲你喊,"选我吧,选我吧",你却难以在一片血淋淋中寻见柳暗花明。

"咔嚓咔嚓"的快门声让岳崖儿停下了脚步。

有人在拍自己。

在三里屯每天都蹲点着一堆街拍摄影师,在这里被拍,起码证明你的衣品和长相在路人之中是脱颖而出的。

岳崖儿清楚地记得有次跟前男友曹群一起逛街,有个摄影师问能不能街拍一张,岳崖儿天真地点了点头,但摄影师接下来的一句话让她瞬间石化——"那麻烦这位小姐姐站到一边吧,我给你男朋友拍。"

那时候岳崖儿乖乖地又无可奈何地站在一旁,看着曹群在摄像机面前摆出各种姿势,他的一身潮牌惹得路人们频频回头。

也许从那时候开始,她跟曹群之间的问题就已经显而易见了吧。

岳崖儿在曹群身边从来都是极其不协调的,别人眼里似乎她是那理所当然被抛弃的糟糠之妻,也许善良点的人还会以为这是个高富帅爱上了丑小鸭的浪漫童话爱情故事，当被现实狠狠打脸之后，岳崖儿才真正意识到"让自己努力变好"这句话原来不是空穴来风，她从来只知道一心一意地去迎合和讨好曹群，却为了这该死的爱情丢了自己。

"岳崖儿，你很上镜哎！"

听到有人在喊自己的名字，岳崖儿回过神来，见从刚才咔咔狂拍的摄像机里探出了一个脑袋，正在嘿嘿笑着。

云小虎拿着摄像机走到岳崖儿身边："我还以为是谁穿得那么 fashion 呢？原来是咱们品牌部的人呀。"

云小虎给岳崖儿看他刚刚拍的照片，照片里的岳崖儿侧着身，垂着眼，长而浓密的睫毛下挡不住眼中的忧伤，好像随时要溢出泪水。

"你刚刚是不是在想什么难过的事情啊？怎么看起来那么忧郁。"云小虎低头翻看照片，照片里的岳崖儿的表情全都是很难过的样子。

岳崖儿摇摇头，抽了抽嘴角，转移话题："你在这里做什么？"

"当然是为了完成 Vivi 给我的工作啦！"云小虎嘿嘿一笑，"我之前的职业是街拍摄影师，而且我拍的美女们的穿着很快就被各种时尚博主跟风，所以我想是不是也能从街上获得寻找时尚单品的灵感。"

云小虎掏出手机，"对了，我还有公众号呢，叫'Tiger 摄影'，你可以从上面看到我街拍的一些照片。"

"真好啊，你都有头绪了，我还一点想法都没有。"岳崖儿叹了口气。

"别着急，好事总是需要时机的，我都在这里拍了三天了，拍了这么多照片，也还没找到我想要的东西。"云小虎乐观地笑道。

岳崖儿点点头，跟云小虎告别后，转身钻进三里屯的人潮人海里。

路过 Bvlgari 实体店时，岳崖儿被橱窗展台上摆放着的一条蛇形手镯深深吸引住了，倒回来看了好几眼。

蛇形主题一直是 Bvlgari 世界里的品牌象征之一和旗帜性作品，眼前这款蛇形手镯的造型虽然简单，点睛之处在蛇头镶嵌着的那颗玫红色宝石，让人不禁想到了诱惑夏娃偷吃禁果的蛇。除了那妖娆的身形，蛇头更宛如一朵绽放着的冷艳罂粟花,美丽而危险。

岳崖儿正准备走进店里试戴手镯,在看到标价时望而却步:人民币53200元。

岳崖儿默默地数了数,确认过眼神,是买不起的价格。

可是真的太美了,对于美丽的东西,谁都想要拥有吧。

就在岳崖儿抬脚准备走进店里近距离看一眼就好时,橱窗里出现了一双戴着白色手套的手,轻轻地将蛇形手镯捧起。

岳崖儿注视着手镯的移动,直到那个手镯被小心翼翼地戴在一只白皙的手腕上,手镯与这只白皙修长的手仿佛天作之合。

岳崖儿忍不住抬眼去看那手的主人,竟是熟悉的人。

苏曼妮穿着一件Marina的水绿色羊毛蚕茧大衣,里面套着一条简单的白色打底针织连衣裙,整个人看上去素净不失妩媚,她的身旁则站着一个高大瘦削的中年男子,眼角的细纹与略带沧桑的脸色出卖了他的年纪,少说也比苏曼妮大二十岁。

苏曼妮注意到橱窗外那个娇小的人影,明媚动人地笑了笑,又转头与身边的男子说着什么,男子笑着随即拿出一张银行卡交给服务员。

岳崖儿回了个僵硬的笑容,觉得自己站在橱窗前挺尴尬的,拨开步子正要走,苏曼妮和中年男子已经走出店面。

苏曼妮举起手,她的手腕上戴着那条蛇形手镯,与她今天的穿搭很配,像澄澈池水中的一抹玫瑰色,揪动人心。

"嗨,岳崖儿,好巧啊。"

"是啊,好巧。"岳崖儿硬生生地挤出一个假笑。

"你是不是也看上这只手镯了?"苏曼妮晃了晃手腕,玫瑰宝石在阳光下微微闪着光,"但可惜啊,被我抢先一步了,真是不好意思。"

"没事。"岳崖儿表面上微笑着,但心里还是会有些不爽,之前在面试上也是,她好像永远比苏曼妮慢半拍。

"但这是我的单品之一,先提前告诉你,不然重复了就不好了,虽然店主说了,这是国内专柜最后一条。"苏曼妮满脸看似和善的笑意。

岳崖儿知道这句话充满了警告的意味，她还是扬起头回了个大大的笑容，"确实很漂亮。"

"抱歉啊，每次抢先你一步。"苏曼妮笑了笑，转而介绍身边的中年男子，"这是我男友，顾平。"

"你好。"岳崖儿简单地冲顾平打了个招呼，"我叫岳崖儿，跟苏曼妮是同事。"

"那曼妮以后在工作上就请你多多帮忙。"顾平温和地笑道，身上自然而然地散发着一种成熟魅力。

"曼妮可比我优秀太多了。"岳崖儿笑了笑。

"我和顾平正要去吃晚餐，一块儿吧。"

"不用了，我再逛逛，我还一件单品都没买到呢。"岳崖儿拒绝了苏曼妮，继续去寻觅自己的单品，才走了几步，便收到一条微信：

"我的恋情希望你在公司帮我保密。"

岳崖儿转头，见苏曼妮正拿着手机在初秋的阳光里冲她微笑，笑容明艳动人。

岳崖儿带着战利品回到 FAS 公司。一件 Marni 的短靴，牛奶色，鞋底和鞋跟是复古材质。FAS 公司的市场定位是年轻的都市女性，这款简洁大方而不失优雅高贵的短靴特别适合精致的白领们。

另一件单品来自日本品牌三宅一生的单肩包，二维的直线创造出层叠、悬垂的不规则造型，这种直线型的"无结构"开启了时尚界"解构主义"的风潮，而且包包的价格大多在万元以下，既实惠又充满设计感，深受一些刚进入职场的女性喜爱。

岳崖儿将白靴和单肩包摆放在自己的办公桌上，这两件单品还是让佩琪帮自己转卖了一些奢侈品换来的钱买到的，即使最后没被公司选上，自己留着用也可以。

岳崖儿看了眼日历，今天已经周五了，距离交差只剩下两天时间，还有最后一件单品没买到。

伊万走出总经理办公室，扫了眼品牌部新人的办公位置，只剩下孤零零的岳崖儿站在那里发呆。

"就你了。"伊万的目光落在岳崖儿身上。

"哈？"岳崖儿转过头，见伊万正用看到天选之人一样坚定的目光看着自己。

岳崖儿的心怦怦直跳。

"你，跟我去一趟 show room。"伊万淡淡地说。

Show room？这是什么品牌？我怎么从来没听说过？

岳崖儿一脸懵。

根本不管她是否同意，伊万已经走出了办公室。岳崖儿只好蹑手蹑脚地跟了上去，懵懵懂懂地走在伊万身后。

岳崖儿和伊万走进电梯里，伊万按下负一层。

这里是十五层，所以到停车场还需要些电梯时光。

密闭的空间里只有他们两个人，岳崖儿听到伊万均匀的呼吸声，她不由得想起上一次和伊万在电梯里偶遇的窘迫情形，想到他帮自己拽鞋子却挨了一脚丫子的情形。

岳崖儿的脸开始不自主地发红。

伊万低着头在看手机里的重要文件，显然没注意到站在他身边的这个女人的脸已经莫名其妙涨红得像煮熟的虾，并且在紧张地抠着指甲盖。

期间没有人按过电梯。

岳崖儿双手捂着红得可以煎荷包蛋的脸，试图用冰凉的手掌心让脸上的温度降下去，但脸还是不听话的如火一般熊熊燃烧着。

电梯终于来到负一层，听到"叮"的开门声时，岳崖儿仿佛听到了什么天籁之音。

伊万一个大长腿跨了出去，头也不回地冲岳崖儿摆摆手："你在这里等我，我去把车开过来。"

"嗯。"

岳崖儿站在电梯门口，伊万的身影渐渐消失在转角处时，她才像被彻底解放一样动动手动动脚，晃晃脑袋，试图让自己清醒与冷静下来。

伊万开了辆阿斯顿·马丁的 Vanquish 硬顶款过来，停在岳崖儿的面前。

夺目的银色车身，流畅的线条，车内是车厘子红，与银色的漆面形成鲜明的对比，仿佛移动的艺术宫殿。

"上车吧。"伊万淡淡说道，单手握在方向盘上。

岳崖儿承认自己像很多人一样虚荣且物质，当一个又高又帅又有钱、浑身上下都散发着迷人魅力男人出现在身边时，怎么会不被征服呢？就如男人也会对肤白貌美大长腿的女人没有抵抗力，一切都是人的本能。

可是想让自己配得上优秀的人，就该把自己也变得优秀才行。

那些霸道总裁爱上一无所有的傻白甜的玛丽苏剧情大概只存在于影视剧中吧，就连童话里的灰姑娘，其实也是落魄的富家千金啊，只是我们都只看见了落魄，忘记了背景。

从前和曹群的爱情往事浮上心头，让岳崖儿在这一刻觉得很烦躁，她为了一个不值得的男人浪费了美好韶光，耽误了自己那么久的青春。

所以失恋的痛楚似乎很快就被直接略过掩埋了，这一刻岳崖儿发现自己竟能原谅曹群的出轨了，他不过是在寻找与他相匹配的人罢了。

岳崖儿不会回头，她今后，只想为更好的自己而活。

"不上来吗？"伊万冷淡的声音将岳崖儿拉回了现实。

岳崖儿缓过神来，小鸡啄米般地点点头，打开车门，坐上副驾。

伊万踩下油门，车速不慢，但很稳。

"作为时尚买手，你该不会连 show room 是什么都不知道吧？"伊万面色平静地注视着前方。

听到伊万问这句话，岳崖儿吓得连忙关了手机，刚刚她确实在浏览器里查 show room 的含义——Show room 是时尚行业的一种全新的商业运作模式，是设计师与买手之间最重要的平台，是嫁接品牌和商业终端的展示桥梁，是时装周最重要的有机组成部分。

如果说，时尚视觉精华在 T 台，那么，潮流的源泉，则在 show room 设计工作室及展示厅。

"Show room 是时尚买手的必修课，也是你们今后的重要工作场所。"伊万一边专心开车一边耐心讲解，"本来应该由 Vivi 带你们这些新人好好参观学习的，但是你们这周天天都没来公司，忙着采购商品，却忘了打好基础知识。"

岳崖儿听到这话，微微有些失落，原以为伊万只带她来是有什么特别的意思，其实不过是自己刚好出现在那个地点那个时间点罢了。

岳崖儿嘴角抽了抽，看向窗外的高楼大厦。

车停在一处创意园内，这里原本是废弃的工厂，后改成艺术中心，虽然地理位置不在繁华的市中心，但宽敞的空间提供了足够的场地规划与创意布局的思路，各大时尚会展中心拔地而起。

"今天的 show room 有很多奢侈品牌，FAS 公司会挑选一些中意的商品，你只需跟在我身后观察，什么都不用做。"伊万特意对岳崖儿嘱咐道。

岳崖儿点点头，正准备下车，却发现安全带怎么也解不开，原来自己的毛衣卡在了安全扣里了。

伊万已经下了车，见岳崖儿迟迟不出来，打开副座驾的门问道："你怎么了？"

"我衣服卡在里面了。"岳崖儿一脸欲哭无泪。

"你怎么总是出这种事故？"伊万有些无奈，弯下身子去扯安全带，他的半个身子已经伸进车厢，岳崖儿直挺挺地坐在副座驾上，一动也不敢动。

伊万的西服与她的白色毛衣相互摩擦着，刹那间仿佛有电光火石，白色的毛衣轻轻附着在西装上，产生细微的静电。

"你的毛衣这角可能要作废了，不要紧吧？"伊万问道，没听见回答，便转头看岳崖儿。

两个人的脸庞距离得很近，鼻尖几乎可以相碰。伊万看到岳崖儿那小鹿般亮晶晶的瞳孔，带着些许的不安与紧张。

伊万的气息如此逼近，岳崖儿动弹不得，伊万像是一道又远又近的影子，目光里有她读不懂的千山万壑。

岳崖儿点点头。

"滋啦"，伊万握紧手关节，白色的毛衣终于从安全扣里抽离了出来，毛衣线变得松散。

伊万半个身子从车里出来，站直了身体，对里面的岳崖儿说道："出来吧。"

岳崖儿像一只温顺的兔子，裹在白色的毛衣里，踉跄着下了车。

伊万从车门的储物格上拿下一个印着小小字母"ME I"的首饰盒，从里面取出一枚简单的几何胸针，弯下腰，将胸针在岳崖儿的毛衣松散处别好。

还没等岳崖儿开口，伊万不紧不慢地说："我可不允许自己的员工在着装上有任何差池，每一个员工都关乎 FAS 公司的形象。"

如同白水煮粥一般的轻言细语，瞬间浇灭了岳崖儿的自作多情。

岳崖儿点点头，跟在伊万身后，见 Vivi 已经站在门口久等了。

Vivi 看到岳崖儿白色毛衣上的几何胸针，不悦的表情一闪而过。

岳崖儿跟在伊万和 Vivi 身后，探着小脑瓜像乡下人进城，好奇地观望四周。如果说 T 台是通过声、光、影以及模特动态展示服装，那么 show room 则是用一个包罗万象的空间，以纯粹而静态的方式展示时装本身所蕴含的设计哲学和视觉美学。

这些衣服静静地挂在衣架上、摆在柜子上，没有舞台背景，没有炫目灯光，没有音乐伴奏，也没有设计师的明星光环，让人能够真实地触摸和品味时装本身的质感与细节的精华。

伊万静静地穿梭其中，偶尔伸出修长白皙的手触碰着各种单品，对于不感兴趣的，他则绝不会多浪费一秒的时间。

Vivi 紧随着伊万的脚步，并适时地用点头或者摇头来表明自己的意见，两个人默契地无声交流。

Show room 里安静得听得到岳崖儿的高跟鞋击打在地面的声音，弄得她像个局外人略显不自在。

"刚刚看的这些，各要一百件订单。"伊万转身对 Vivi 说道。

Vivi 点点头，叫来店员核对订单信息和库存数量。

"那件……不要吗？"岳崖儿这句话已经憋在心里好久了。

从进门开始，她的目光就被一件黑色的毛呢大衣所吸引，浴袍式慵懒而性感的款式，两边肩至腰的地方绣着两只不对称的白色翅膀，十分精致华丽。

北京的秋冬总是随处可见黑色及膝的单调羽绒服，但如果有这样一件刺绣毛呢大衣，会添彩不少，沉闷中带着惊艳，好像是下着雨的夜晚，惊鸿一瞥的闪电划亮了黑色的天空。

刚刚伊万也有看到这件毛呢大衣，不过在 Vivi 摇头后便索性作罢。

据说在 FAS 品牌部，很多决策都是伊万和 Vivi 共同敲定的，Vivi 的女性视角正好弥补了伊万的眼光。

Vivi 瞥了一眼："太浮夸了。"

岳崖儿看向伊万，乞求获得一些支持和力量。

伊万依旧保持缄默，双手插在裤兜里准备离开 show room。

内心总有一股执拗的劲儿在暗潮涌动，岳崖儿闭上眼睛，下了很大决心地咬牙道："我要这件！"手指坚定不移地指向那件刺绣毛呢大衣。

"要几件呢？"导购员微笑地问。

岳崖儿迟疑了会儿，半晌伸出一根手指头："一、一件可以吗？"

此言一出，导购员和 Vivi 都笑了。

导购员保持着露出八颗牙齿的微笑："一件也是可以的，我们这里都是一件起订,那我一并记在 FAS 公司的订单上了。"

"不,这件衣服是她自己买。"Vivi 淡淡地说。

岳崖儿慌乱地点点头,像一只被猎人盯上后局促不安的小兔子。

伊万背对着她们站着,岳崖儿看不到他的表情,更看不到他嘴角微微扬起的弧度,若有若无的笑容。

岳崖儿拎着装有刺绣毛呢大衣的品牌袋走出 show room。

伊万上了车,Vivi 很自然而然地打开副座驾的门坐了上去,仿佛这就是她的专属座位。

岳崖儿坐到车后座,在伊万提出要送自己回家时犹犹豫豫地报了地址。

Vivi 通过后视镜看着坐在后排有些拘束的岳崖儿:"你该不会打算拿这件毛呢大衣作为新人考核任务吧?"

岳崖儿点点头:"这件大衣男女适用,性感与男友风并存,一定会成为爆款的!"

"不愧是摆地摊的,真是巧舌如簧。"Vivi 略带讽刺意味地笑了笑,转头问正在开车的伊万,"伊万,你觉得呢?"

伊万的目光紧盯前方,过了会儿才缓慢说道:"新人也需要试错的机会。"

岳崖儿听到这话,心沉了一下,直到伊万又接着说:"当然,结果也有可能是好的。"

岳崖儿展开笑颜。Vivi 抿嘴一笑,不再说什么。

三人的车厢显得格外安静,Vivi 低头看着重要文件,伊万专注地开着车,两人之间有种无声默契,是那种即使沉默着不说话也能感觉到对方存在的安全感。

坐在车后座架的岳崖儿小声叹了口气——什么时候自己才能变成像伊万和 Vivi 那样不卑不亢来去自如且叱咤整个时尚圈的人物?什么时候自己又能像伊万身边的 Vivi 一样与他并肩同行却从来不会自己轻

爆款女王　53

视和看低自己?

岳崖儿杵着下巴沉思着,大概因为她是水瓶座吧,总喜欢胡思乱想,虽然很多事情就算思虑万千也想不出个所以然。

阿斯顿·马丁开入一条狭窄的小道,等看到一处生了锈的铁栅栏时,岳崖儿连忙出声:"我家就在这儿。"

伊万看了眼破旧的小区,明显楼龄已经超过三十年了,小区里杂树、杂草丛生,地面上是各种污秽的痕迹。

"你住的地方也太破旧了吧?"一股刺鼻的臭味迎面扑来,Vivi 连忙关上车窗。

车停在小区门口,顿时引来许多人的回头观望,毕竟在这么破旧的小区里很少能见到价格超过百万的豪车。

"我这也算北漂了,没住地下室就已经很不错了。"岳崖儿乐观地咧嘴一笑,从毛衣上取下那枚几何胸针,递给伊万,"伊总,谢谢你的胸针。"

伊万没有伸手去接,头也不回地淡淡说道:"送你了。"

"啊,这么珍贵的礼物,那太感谢了!"岳崖儿脸上的笑容更大了,眼睛弯弯眯成一道月牙儿状。

Vivi 的脸色沉了下来,嘴角抽搐了下。

岳崖儿下了车,跟伊万和 Vivi 挥手道别。

伊万踩下油门向前驶去,目光不经意地扫了眼后视镜,站在小区门口的岳崖儿还在奋力挥手,带着灿烂的笑容,如秋日阳光一般明媚。

伊万不禁扬起嘴角。

伊万细微的表情被 Vivi 捕捉到,她极力克制住自己关于那枚胸针的好奇心,她知道男人不会喜欢咄咄逼人的女人,所以她在面对伊万时就如同一根绵软的针,努力掌握好两人关系的火候。

一个成熟的女人是不会因为一点点的风吹草动乱了阵营,即使嫉妒之心常常泛滥,但 Vivi 知道自己没有资格去质问,因为伊万从未给她除了工作以外的正式身份。

可 Vivi 仍旧自信地觉得，自己和伊万是天造地设的一对，不仅她这么认为，身边的人乃至于半个时尚圈都是这么看他们的。

Vivi 在伊万身边就像正宫般的存在，这么多年伊万身边继"那个女人"之后就再没有出现过其他人，所以 Vivi 十分自信于自己的魅力，她坚信自己才是这段若即若离暧昧关系中的主导者。

可是那枚胸针，似乎是 MEI 牌子的吧？

Vivi 的瞳孔骤然收紧。

转眼便到了新人考核日，这次的考核至关重要，影响每个人在 FAS 的去留。

岳崖儿、苏曼妮、云小虎以及其他新人一大早便在会议室里紧张不已地等候着。会议室的长桌上摆着新人们采购来的商品。

岳崖儿转头看了眼身边的苏曼妮和云小虎。

苏曼妮的单品可谓一个比一个贵，价格最低的竟然是那天两人在三里屯同时看上的 Bvlgari 蛇形手镯。

相比起来，云小虎的单品就要显得接地气很多了，都是千元轻奢品。

岳崖儿吸气、吐气，说不紧张是假的，自己迫切地想要留在 FAS 公司。

果然，当一个人见了大世面之后便不再安于市井生活了，精致与繁华的都市时尚让她向往，她不愿再回到那常常被城管驱赶、提心吊胆摆摊的日子了。

Vivi 和伊万、孙宴走进会议室里。

岳崖儿一瞬间仿佛回到了面试那天的日子，不同的是，眼前多了一个扰乱她心思的男人——伊万。

Vivi 和孙宴坐在伊万的两侧，伊万骨骼分明的修长手指在会议桌上敲了敲。

"开始吧。"他面无表情。

苏曼妮第一个自告奋勇,她把所有的单品穿戴在身上,自身就是行走的衣架子。当她手拎着 Hermès 玫红色的手提包,将 Bvlgari 蛇形手镯、Goro's 羽毛项链戴在自己身上时,所有品牌都因她的美丽容颜和妖娆身材更加熠熠生辉了。

苏曼妮摸了摸胸前的 Goro's 羽毛项链:"我个人最喜欢的是这款单品,它是日本传奇职人高桥吾郎的银饰品牌,纯手工、古印第安制银技术打造,无论何时发售,都不是想买就能买到的配饰。

"但我正好有个朋友认识高桥吾郎,所以托他给我从秘密渠道拿到了这一串。

"一片银羽毛的价格是几千元起价,可以根据经济实力和喜好风格增加其他佩饰,我这个则是五万元一片的。"

这句话让在场的新人们不由得倒吸了一口凉气,像苏曼妮这样的白富美,为什么还要执着于 FAS 品牌部小小实习生的位置,果然有钱人的世界就是让人看不懂、猜不透啊。

岳崖儿和云小虎不约而同地数起了苏曼妮项链的银羽毛数量,一共四片,也就是说这条项链价值二十万元……这在十八线小县城都可以付一套公寓的首付了,岳崖儿一副"我很 OK"的表情与云小虎相互对望了下。

"不错,这羽毛可以卖给我一片吗?"孙宴打趣笑道,看得出他对苏曼妮一直很满意。

"当然,可以送你。"苏曼妮妩媚一笑。

Vivi 点点头:"下一个吧。"

云小虎抢先一步举了手,因为采购的是女装,他不方便展示,便制作了十分精美和细致的 PPT,再配上街拍的图,大肆讲解了一番。

最让岳崖儿感兴趣的是一顶黑色贝雷帽,羊毛材质的贝雷帽上躺着一个美丽精致的软陶捏造的娃娃,白发如丝,红色与绿色拼接的刺绣花朵绽放在娃娃周围。

岳崖儿惊讶于平时看上去大大咧咧甚至有些憨厚的云小虎,挑选的女性单品竟能美得如此细腻。

"这个娃娃叫爱丽丝娃娃,每个娃娃展现的是各种形态的花,诠释一种永远不灭的少女精神。"云小虎手托着贝雷帽,"设计师是个自由手工艺人,我非常欣赏她的设计。"

云小虎完美收尾,路过岳崖儿身边时轻轻地拍了拍她的肩膀,小声说了句"加油"。

岳崖儿点点头,倍感压力山大。

她将自己的单品摆上台:Marni白色短靴、三生一宅菱形单肩包以及那件刺绣毛呢大衣。

这三件单品像成套搭配一般,相得益彰。

岳崖儿正欲开口,却被伊万打断:"时不时尚、能不能成为爆款是交由市场来判断的,而不是我们,所以这次新人考核的单品,都放到FAS的官网上,由订单量来定输赢。"

Vivi小声冲伊万说道:"可是有些单品明显不合格。"

"不合格也不应该由我们来判定,这件事我已经向总部申请并获得同意,就这么决定了。"伊万淡淡说道,从容优雅地扣好西服的第一粒扣子,站起身来走出会议室。

葡萄色的口红让Vivi看起来像气得发紫,她握紧指关节,这是伊万自从那件事情后,第一次没有和她商讨便自主做了决策。

"我怎么觉得改了规则之后难度变大了呢?"出了会议室,云小虎回到自己的座位上,抓耳挠腮,"这下好了,又要等一周的时间,我宁愿今天是去是留、是生是死给一句简单明白的话!"

岳崖儿笑了笑:"我反而觉得这样变得公平很多,你想啊,就算是公司高层看上了,万一市场不认可怎么办?"

"怎么会呢?伊万和Vivi的眼光可是很毒辣的,这也是FAS品牌部如此炙手可热的原因。"云小虎嘟着嘴,一脸受气包的模样。

"你别说,伊万还真的出过错。"在一旁的苏曼妮一边修剪着指甲一边悠悠说道,"伊万曾经采用了一个法籍华人的作品,一口气要了一千件订单,每件订单采购价一千元,结果一件都没卖出,公司白白亏损了一百万,后来还是伊万自掏腰包填补了。公关这方面 Vivi 当时可是操了不少心呢,所以之后伊万的很多决策都离不开 Vivi,这也是公司的要求。"

苏曼妮莞尔一笑,补充道:"那个法籍华人,据说是他初恋情人。"

初恋情人……那一定是位特别美丽的女人吧,才能让伊万如此用心良苦,岳崖儿的脸色黯淡下来。

云小虎则津津有味地啃着这突如其来的八卦:"哇,曼妮你好厉害啊,这些事情你都是怎么知道的?"

"我可不像你们,刚踏入时尚圈。"苏曼妮的脸上挂着高傲和得意的神采。

"曼妮,你家是不是特别有钱啊?二十万的项链说买就买?那么有钱你干吗还来这里上班啊?自己开家时尚公司不就行了。"云小虎把目光转向苏曼妮脖子上戴着的那条羽毛 Goro's 项链。

苏曼妮没说什么,笑容有些不自在。

岳崖儿收回神,刚打开手机,便收到佩琪接二连三发来的消息:"新人考核怎么样?你通过了吗?是不是终于可以留在 FAS 公司了?"

岳崖儿正打算仔细敲字一一回答佩琪的问题时,手机又亮了起来:"还是保留悬念吧,你下班后咱们去喝一杯呗,我今天接了个大单,心情贼好!"

自从进了 FAS 公司,脑袋就像上了弹簧一样紧紧绷着,虽然新人考核的结果还未尘埃落定,但适时放松一下也不是不可以,岳崖儿思索了一会儿,回了个"好"。

北京周一的夜晚四处充斥着繁华喧嚣的气息,岳崖儿根据佩琪发来的定位来到一家地下室酒吧。两个高大俊俏的小哥正在专注地酿酒,空气中飘浮着香味。

佩琪穿着一条黑色的小纱裙，显出自己胸大、腰细、腿长的特点，坐在吧台前，指了指酒吧中心的陈列柜，上面用闪闪发光的琥珀瓶包装着高档酒："你看看你想喝什么？"

岳崖儿放眼望去，就没有低于一千的酒："佩琪，你中彩票了还是挖矿了？"

"哎！这是我一个老顾客给我的VIP卡，全场随便喝。"

听闻佩琪这话，岳崖儿紧绷的神经才松了下来，不然她可不想因为没钱买单，在这儿洗一辈子的酒杯。

岳崖儿挑了一瓶包装颇为精致的酒，价格也是贵得吓人，三千。

"给我来瓶酒精度最高的吧！"佩琪对帅气的服务员灿烂一笑，岳崖儿想拦住她，佩琪却拍了拍胸脯，"你可别小瞧我的酒量，我若是醉了，那只有一种可能，就是装醉！"

服务员将酒盛在晶莹剔透的琥珀杯里，佩琪端着酒杯，目光四处游走着，"在这儿说不定能遇个霸道总裁，这家酒吧只对VIP会员开放，来这里的人非富即贵。"

但是佩琪可能忽略了一个事实，如果她也能揣着这种目的进入这里，那么不排除遇到的所谓霸道总裁，可能是像她一样拼命想要挤进上流社会的人。

岳崖儿打量四周，只见来酒吧的女人们个个着装性感，自己这一身毛呢大衣显得有些格格不入。于是脱了大衣，露出里面胭脂粉色的印花连衣裙，既复古又清新。

佩琪四处扫罗的目光最终落在一个地方，啧啧道："那个男人可真是极品中的极品啊。"

岳崖儿顺着佩琪的目光看去，那是一个小包厢，包厢用轻柔的米色纱布遮挡着，在一片半明半暗中，岳崖儿看到了一张如雕刻般精致俊美的脸，嘴角的弧度带着若有若无的笑容，仿佛忽然穿透云层的阳光，温和自若，却隐隐有一股魅力所在，对世间万物都能运筹帷幄一般。

岳崖儿缓过神来，眼前的极品男人不就是自己的上司——伊万吗？

"不过怎么好像有点眼熟呢？是不是明星来着？"佩琪喃喃自语，目光一刻都没有从伊万身上离开过。

"伊万，FAS公司品牌部的时尚总经理，我的老板。"岳崖儿小声地说。

"对对对！伊万！难怪我说眼熟呢！天啊，所以等于我上次面试失败直接错过了成为极品男人下属的机会？"不甘让佩琪的脸扭到了一块儿，随后紧紧拽住岳崖儿的胳膊，"那你可得抓牢他了，这么完美的男人怎么能错过呢？"

"算了吧，我……我对他不感兴趣。"岳崖儿支吾道，今天新人考核的挫败让她有些泄气，根本不敢去奢望拥有伊万这种男神级别的生物，与他天造地设的应当是势均力敌的Vivi才对。

"怎么好看的男人你竟然不、感、兴、趣！"佩琪的声调突然高了几个分贝，尖着嗓子喊了起来，惹得酒吧里的客人都看了过来。

岳崖儿害臊得扶额叹气，真想假装不认识佩琪，瞥眼的一瞬间却看到伊万的目光也扫了过来，漆黑的眼眸仿佛晶莹的黑耀石一般藏着一个璀璨的星空，嘴角似笑非笑地勾着，把岳崖儿给看呆了。

"还说你不感兴趣，你这眼神明明就是爱上了！"佩琪压着嗓子说。

岳崖儿依旧煮熟的鸭子装嘴硬："我、没、有！"

"那你要是不感兴趣的话，就让给我了！"佩琪露出不怀好意的笑容，没想到在面试会上那么唯唯诺诺的一个小女生，私下里竟是如此大胆狂妄，大概就是新世纪版的"海螺姑娘"吧——有些人外表乖巧文静，看起来跟普通人没什么区别，但只要你凑近，试着倾听她们的心声，你就能听见"浪"的声音。

还没等岳崖儿反应过来，佩琪已经举着酒杯、踩着猫步往伊万的方向走去了。她站在伊万面前，一手扶着墙，本想摆出一个性感妖娆的姿势，无奈肢体太僵硬，反倒像是在做俯卧撑。

"帅哥，你一个人吗？是工作不如意还是失恋了？怎么独自喝闷酒呢？"佩琪刚刚的尖嗓子仿佛只是错觉，这一刻她的声音娇滴滴得好似可以挤出水来。

"难道职场得意就不可以喝酒了吗？"伊万淡淡地说，目光瞥向岳崖儿，"那个是你朋友吗？"

"对呀，她是你下属，也在品牌部工作。"佩琪立马回到原位，将岳崖儿以掩耳不及盗铃之势迅速拖到伊万面前。

"伊总，我……"岳崖儿低着头，尴尬得不知道说什么才好。

伊万面无表情道："员工的私生活我不会干涉，你随意就好。"他穿着整洁干净的英式细条纹衬衫，颈间戴着一条精美的纯银十字架，散发着神秘的气息。他只是静静坐在那里，就美如画。

"真是个好老板呀，可惜我与品牌部失之交臂了呢，不知道在伊总这里能不能谋个其他位置？"佩琪的这番话充满了撩人的意味。

岳崖儿知道她想说的是——女朋友，或者情人？

"我这里的位置，都不好当。"伊万似乎没心情与佩琪纠缠下去，口气平添了几分冷漠，拿起藏蓝色的大衣站起身来，"失陪了。"

"我叫佩琪，希望以后还能见面！"佩琪冲伊万离开的背影大喊道，然后撇了撇嘴，"真是块冰山啊。"

"这种男人我们是撩不到的。"岳崖儿抿了抿嘴，不知道为什么，伊万对佩琪冷漠的态度竟让她心里有些暗喜，但她同样好奇的是，Vivi竟然没跟在伊万身边，看来他们私下里也并非如传闻那般成双成对，形影不离。

岳崖儿和佩琪在酒吧里有一搭没一搭地聊着，佩琪完全是醉翁之意不在酒，自从伊万离开之后，她对其他男人都提不起兴趣了，这一晚对于佩琪来说，算是一无所获吧。

岳崖儿和佩琪走出酒吧，装醉的佩琪摇摇晃晃走着，正迎上碎雪飘了下来，岳崖儿伸出手，让雪落在掌心。像蒲公英，轻飘飘随风而去，漫不经心地落着。十月份的北京，竟然下雪了。

岳崖儿转身和佩琪说笑着，看到一辆银色的阿斯顿·马丁车缓慢开过。

Chapter 4
第四章

这一周是岳崖儿进FAS以来精神最紧绷的时候,像被拉到了极致的弹簧,不敢有任何松懈。

FAS的官网单独开了一个版面,专门展示新人们的单品,根据订单量一决高下。

岳崖儿做盗版发家,倒是有不少老客户,但这次突然开始推销一件万元的毛呢大衣,虽然是正品,但岳崖儿客户们的消费水平远远达不到,毕竟他们买盗版和高仿就是图便宜的价格。

这一天下来一位愿意买这款毛呢大衣的客户都没有,倒是Marni的短靴和三生一宅的单肩包好不容易推销出去了几件。岳崖儿坐在位置上长长地吐了口气,她突然意识到如果自己想成为FAS的时尚买手,那面临的顾客群体应该大换血一批。

反观坐在岳崖儿身边的苏曼妮一脸轻松地低头翻阅着时尚杂志,岳崖儿连忙刷新了下官网,见苏曼妮的每件单品都已经有了十件的销售量,包括Goro's羽毛项链。

难道自己选的单品不受人喜欢?岳崖儿已经开始有些怀疑人生了。

"苏曼妮那么有钱,身边当然都是一群白富美,有订单很正常。"

云小虎呼了呼保温杯冒腾着的热气，抿嘴一笑。

岳崖儿点点头，真是近水楼台先得月啊。

虽然苏曼妮的订单量让人艳羡，但云小虎的成绩也是力争上游，云小虎专门在自己的公众号做了关于他单品的推送，本来就具备一定影响力，很多粉丝在他的安利下纷纷入手了，而且他选的单品胜在价格，不算特别奢侈，是很多职场女性只要咬咬牙一时冲动就能买下的。

相比之下岳崖儿的战绩简直惨兮兮得有些可怜，当然也有比岳崖儿更惨不忍睹的新人们，完全是零订单。

眼看时间一天天逼近，岳崖儿甚至产生了找黑客黑掉FAS官网的可怕想法。

"'双十一'马上就要开始了，你现在让我怎么办？"Vivi怒气冲冲的声音从她的办公室里传出来，只见下一秒，哭得喉咙几乎哽噎住的李晓双从里面捂着嘴跑了出来，狼狈地往卫生间的方向去。

整个办公室的人都被这巨大的声响吸引住了，目光全部聚焦在李晓双身上，以及从玻璃窗外隐隐约约可见的扶着额头头疼地坐在沙发上的Vivi。

"前方高能！小道消息！"云小虎不知道什么时候在办公室门口偷听了半天，带着一脸兴奋跑到岳崖儿和苏曼妮身边。

"出什么事情了？"岳崖儿好奇地问。

云小虎开启了八婆模式，装腔作势地压低着嗓音："你们知道那个李晓双吧？就是之前负责新人招聘的，她后来被调到了采购区，结果就出了差错，公司让她订CK的一款黑色小猪包，结果她竟然订成了小CK家的。"

CK和小CK对于岳崖儿来说并不陌生，CK是指Calvin Klein，小CK则是Charles Keith，CK是国际时装品牌，相对来说更高端，售价更高，而小CK走的平民价位，做的是中端品质。FAS公司所代理的品牌售价基本都是千元以上级别的，所以CK在FAS理所当然被默认为Calvin

Klein 这个品牌。

没想到李晓双却犯了这么个简单低级的错误。

"而且我听说啊，这次的订单量是一千件，小 CK 的货都直接发过来了，等于现在囤了一堆的小 CK 包，而且 CK 家那边的包包是需要提前预订的，就算是重新下单，也没法在'双十一'之前到达，更没法卖给顾客。"云小虎继续说。

"可是每笔订单伊总那边都会审核吧？"岳崖儿问道，毕竟 FAS 的体系那么完善，出了什么幺蛾子不可能是一个人所能决定和承担的，除非那个人是伊万，并且不跟 Vivi 商量就一意孤行。

"这就是关键问题所在啊，伊总最近不是被邀请去国外参加时装周了吗？本来国内外就有时差，伊总也没来得及确认，但采购部门这边怕'双十一'之前到不了货，以为万事俱备只欠东风，所以就先自作主张地跟财务部门那边打了交道。反正……李晓双这次是躲不过了，就跟注定会发生似的，一切都那么巧。"

听了这番话，岳崖儿着实为李晓双打抱不平，大概因为她是新人的缘故，所以出了事就直接被推出来当替罪羔羊了。

苏曼妮一副事不关己看热闹的姿态，"说明这个李晓双根本对品牌什么的很浅薄无知嘛，这样的人当然是迟早要离开 FAS 的。"

岳崖儿听苏曼妮这么一说有些不自在，毕竟她之前也犯过类似的错误，不知道 Jacquie Aiche 这个品牌，戴了九块九包邮的同款而被伊万批评，对于李晓双的处境，岳崖儿能感同身受。

"反正这笔小 CK 包的订单钱，李晓双肯定得自掏腰包，然后自己解决那一千个包包。"云小虎掰着指头数了数，"三百块一个，一共一千件，算下来也是三十万啊，虽然对 FAS 来说不算什么，但对李晓双来说肯定够呛，她看着也不像家境特别好。"

"哈，那就是她自己的事情了。"苏曼妮不愿再关心李晓双的事情，转过身去在电脑上练习 OTB（采购计划）的制作。

岳崖儿想了想，起身走到卫生间里，刚进门就听到低低的啜泣声，岳崖儿沿着声音找到最后一个隔间，门严严实实地关着。

岳崖儿敲了敲门，里面的哭声停顿了会儿，但没有人应答。

她再敲了几下，许久才从隔间传来一句带着哭腔的声音，"谁啊？"

"你还好吗？"岳崖儿轻声问。

里面的人不说话了。

半晌，隔间的门被打开了，李晓双坐在马桶上，抬头看着岳崖儿，那双因为哭太久的眼睛布满了红血丝，目不转睛地看着岳崖儿。

岳崖儿被看得心发怵，鼻尖也跟着一酸。

"其实本来采购的事情就不是我做啊，还不是阿菜那天有事请假了，我才替她下了订单，再说伊总那边也没有仔细做过确认啊，根本不关我的事，我为什么要承担这一切？我怎么卖出这些包？我上哪儿找三十万？我还要供弟弟上学呢……"李晓双张口，话语如同决堤了的洪水，一股脑地喷了出来，听得出她一肚子的委屈与苦水。

"小CK的包，能卖多少是多少吧，我帮你。"岳崖儿也不知道自己哪来的勇气说出这句话。

李晓双一愣，微微张口吃惊地看着岳崖儿："你说的是真的吗？"

"嗯。"岳崖儿沉重地点点头，话已出口，覆水难收。

"人们往往对整数有一种特别的喜好，可以说是强迫症吧，但整数又往往会让人觉得是昂贵的，所以比整数少一点的数字会更具备吸引力。"午休时间，岳崖儿在楼下找了家咖啡厅，和李晓双讨论着如何将这批货源卖出去。

李晓双拿着笔记本认真记着，就像乖乖听课的小学生，毕竟岳崖儿现在对于她来说就像是救命稻草。

"就比如说啊，一件商品，定价100元和99元，人们肯定第一直觉会认为99元比100元便宜多了，而且会把关注点放在前面的9身上，事实上100元和99元不过相差了一块钱，这就是我总结出的9元效应！"岳崖儿笑了笑。

"啊，我知道这个，叫奇偶定价法，以前我上市场营销课的时候老师说过。"

岳崖儿挠了挠头："我还以为就我一个人发现这个规律了呢。"

毕竟岳崖儿大学四年时间都花在摆地摊上，除了重要的课程以外其余课都找人帮忙代课，现在想想真的挺后悔。有些宝贵的知识在社会上碰壁之后才会明白有多重要，只是上学的时候根本没放在心上。

"那我们这款小猪包是卖299元吗？"李晓双一脸天真。

岳崖儿无奈地用手轻轻弹了弹李晓双的额头："你傻不傻啊？谁会做亏本生意，哪有售价比进价还便宜的卖法？"

"可是只要能让我卖掉这批货，少赔一点是一点啊。"李晓双说着眼眶又红了起来。

"我们定价499。"

"啊？那么高。"

"然后再做个促销活动，前一百名顾客399。"岳崖儿莞尔一笑，"就等于给了优惠券，让顾客有一种'买到就是赚到'的感觉。"

"那之后的900件按499售出吗？"

"你怎么这么老实？"岳崖儿真是被不开窍的李晓双给气到了，"当然是都卖399了，但是你要营造出紧迫感，才会让以399价格买到的客人觉得自己被幸运女神给眷顾了。"

李晓双似懂非懂地点点头。

"现在那批小猪包在仓库里吗？"

李晓双摇摇头："在我家。"

下班之后岳崖儿跟着李晓双去了她家，李晓双住的地方离公司很近，位于朝阳区中心的繁华地段，还是带电梯的单元楼。

推开门之后，里面是一间单身公寓，欧式风格的装修，巨大的落地窗外能远远看见SOHO写字楼，再仔细看还能找到公司的位置。

"哇，这里的月租很贵吧？"岳崖儿对比了下自己在通州的那间漏水破房子，感到一阵阵心塞。

"加上房租水电费什么的大概六千块。"李晓双脱下鞋子，给岳崖儿递过来一双拖鞋，看得出她是很讲究的人。

"那工资够吗？"岳崖儿刚进 FAS 的实习工资不过三千元，转正后是六千元，之后每年一调，看个人业绩和工作表现再阶梯式计算。李晓双进公司还不到两年，工资应该也就七千元左右……

李晓双无奈地笑了笑，没说什么。

岳崖儿也不好意思再追问这么敏感的话题。

小猪包的货源成山的堆在公寓里，几乎把李晓双的床都给淹没了，阳台上也堆放着一些。

"Vivi 本来就气在头上，所以这批货源我就直接改了地址，寄到家里了。"李晓双解释道。

岳崖儿点点头，随手拿起一个盒子打开，从里面取出黑色小猪包，这款包包很轻便，刚好可以放下手机和一些化妆品，但是纯黑色显得有些单调沉闷。

"这个款式是不是不好卖啊？"李晓双见岳崖儿蹙眉不语，紧张地问。

岳崖儿沉思着，瞥眼看到李晓双的脖子上系着一条丝巾，图案是鲜艳的红色嘴唇。正因为这条丝巾，让李晓双整体多了几分艳丽。

"把你的丝巾借我一下。"

李晓双一头雾水地取下丝巾，只见岳崖儿用丝巾在小猪包的链条上打了个漂亮对称的蝴蝶结："这样是不是好看多了？"

"可是这条丝巾是 Colove 的，售价好几百呢。"

"当然不用 Colove 的，我们找一些物美价廉的丝巾，而且可以是不同颜色不同花样的，这样的话，每个小猪包都会变成独一无二的，给顾客一种定制的高级感。"

李晓双不禁对岳崖儿刮目相看："哇，你怎么那么多经商思路啊？"

岳崖儿刮刮鼻子，调皮一笑。

毕竟之前那么多年的地摊也不是白摆的！

岳崖儿找云小虎来帮忙，云小虎一开始并不想掺和李晓双这档子事，但当岳崖儿提出事成之后请他吃人均一千的西餐时，云小虎咽了咽口水，犹豫着还是答应了。

岳崖儿穿上那件黑色的翅膀刺绣毛呢大衣，拎着小CK的小猪包，上面系着Colove红唇印花丝巾，再搭一双红色的尖头高跟靴，走在三里屯的街头。身旁拿着相机的云小虎不停"咔嚓咔嚓"。

红与黑的强烈碰撞刺激着视觉神经，惹得许多路人频频回头。

岳崖儿的心里也很紧张，脸上的笑容有些僵硬，好在云小虎是个十分合格的摄影师，会不停夸赞岳崖儿来给她勇气："很好，就是这样，你的下巴再抬高点，看上去特别有女王范儿，我们多来几张……"

岳崖儿足足站在太古里前摆拍了半个小时，期间李晓双负责后勤工作，倒热水和补妆什么的。

拍摄完毕，岳崖儿和云小虎坐在路边的长椅上挑选照片，几个女生过来询问岳崖儿的毛呢大衣是什么牌子的，岳崖儿欣喜若狂地加了对方好友，并且将FAS官网的链接发了过去。

"我怎么觉得我现在是被人卖了还替人数钱呢？竟然帮竞争对手的忙。"云小虎低声喃喃着。

"朋友就是麻烦出来的嘛，你帮我一定我帮你一点，互相帮忙。"岳崖儿灿烂一笑，"你以后要是有什么困难的话，只要不是杀人放火抢劫，能帮我肯定帮。"

"你说的啊，那这个人情我先记下了，要是我这次被公司给淘汰了，你得负责。"

"知道了。"岳崖儿绽开笑容，像是一朵向阳而生的向日葵，神采奕奕。

云小虎看着岳崖儿的笑容微微怔住，心脏的跳动在不知不觉中漏了一拍。

"你俩好般配啊。"在一旁的李晓双冷不丁地冒出这句话。

岳崖儿却笑得更大声了:"放心吧,他不是我的菜。"

云小虎听闻这话有些失落,脸却涨得有些发红:"你也不是。"

"听见了吧?"岳崖儿笑着继续选照片。

李晓双闭了嘴,却旁观者清地抿嘴一笑。

岳崖儿回家之后很快收到了云小虎发过来的精修照片,岳崖儿先是用了张全身照当诱饵,随后为了营造出一种引人注目的架势,自问自答地假装回复很多人的问题:

"好多人都问我这款刺绣大衣哪里买的,统一回复下:FAS官网。"

"包包是小CK家的,我从厂家那边拿到的货源,售价499元。"

接下来的几天,岳崖儿开启了糖衣炮弹模式,诸如"厂家给优惠,'双十一'活动前一百名直降100元""买到就是赚到""完全百搭款""小猪包在手,一辈子不愁"之类的套路话语,并且也低价给了佩琪部分货源,不知不觉也已经有一百个左右的订单了。

办公室里,李晓双脸上终于露出了一丝笑容。

这样算下来,加上运费,卖出八百个就能回本,如果全部卖出去的话还能赚个几万块钱。

"咦?"岳崖儿打开FAS官网,发现自己的翅膀刺绣毛呢大衣订单量竟然达到了三十个之多,仅次于云小虎之后,甚至超过了苏曼妮。

岳崖儿的手机也络绎不绝地有人请求添加好友,而且是来询问毛呢大衣的做工细节。岳崖儿仔细一问,对方甩过来一条链接,原来云小虎在他的公众号上都帮她打了广告吸引客源。

"你……"岳崖儿转身看向云小虎,云小虎正在电脑上熟练地用PS修图,没注意到岳崖儿在看自己。

"谢谢你啊,小虎。"岳崖儿小声地说。

云小虎慢慢转过头,随后嬉皮笑脸道:"哎,我这就叫先富帮后富,看你那惨兮兮的订单量,我也替你着急。"他顿了一会儿,补充了一句:

"而且，我希望我们两个都不要被淘汰。"

岳崖儿笑了笑，一脸感激。

"你可别开心得太早，这些以后都是要还的，你欠我那么多人情，我都怕你还不起。"

"反正我要钱没有，穷光蛋一个，就只能以身相许了。"岳崖儿随口一答。

云小虎微微一愣，反应过来这是开玩笑的话后才动了动嘴："谁稀罕你。"他转过身去，戴上卫衣的帽子继续修图，帽子之下脸已经红到了耳根。

周末，天桥艺术中心有展销活动，岳崖儿之前摆地摊时攒了诸多人脉，便迅速拼了个摊位。

李晓双将销售小猪包的重任全权交付给岳崖儿，岳崖儿说什么她就听什么，懵懵懂懂地跟着。

岳崖儿和李晓双一大早叫了辆面包车，将小猪包送到指定摊位上摆好。她还突发奇想，在摊位旁边摆了几张小凳子和桌子，设为 DIY 区，并且准备了一些不同风格的补丁贴，让每个客人在不同丝巾的基础上，继续 DIY 出专属于自己的小猪包。

正品渠道的小 CK 包还是很受欢迎的，毕竟物美价廉，加上 DIY 使得趣味和参与感十足，很快就吸引了不少女生。一旦这个摊位热闹了，客源也就络绎不绝，甚至排起了长龙。

岳崖儿笑得合不拢嘴，李晓双全程一脸崇拜地看着岳崖儿。

到了饭点，因为展销活动内部不准叫外卖，岳崖儿见摊位稍稍冷清了下来，便让李晓双先去把晚饭解决了，自己一个人看守着。

"哇。"

正在录小视频发朋友圈宣传的岳崖儿突然听见周围女生们按捺不住激动的惊呼声。她抬起头，见摊位前赫然站着一个身材高大的男人，穿着纯黑色的西装，里面的衬衫领处点缀着整齐细小的铆钉，搭上他那干净利落的发型和俊美立体的五官，整个人看上去儒雅帅气。

女生们自动退到一旁，保持距离围观着伊万，好像他的身上有天然的磁场。

"伊……伊总。"岳崖儿惊讶得舌头都打结了，"你……你怎么在这里？"

"我中午刚回国，在附近参加了个讲座，听说这里有展销顺便来看看。"伊万的语气淡漠，听不出任何情绪，他双手插在裤兜里，低头看着，"这些就是那批订错了的小CK包吗？"

"嗯。"岳崖儿有些紧张，把手背到后面，像做错事情面对家长责骂的小朋友。

"卖出多少了？"

"六百件。"岳崖儿小声地说。

"不错。"

上一秒还只是感觉到紧张的岳崖儿脑袋"轰"地一下炸开了，一片空白过后，一个巨大的弹幕飞进了她的脑袋里——伊万在夸我。

不知道是不是太激动以至于胃部的消化跟不上五脏六腑运行的节奏，岳崖儿肚子突然一阵抽搐。

"唔……"岳崖儿捂着肚子，身子弯成弓状，表情痛苦扭曲。

"你怎么了？"伊万奇怪地看着她。

"肚子疼。"

"去医院？"

"去厕所就好。"

伊万不说话了。

岳崖儿像得不到号角指令的机器人弯着身子，一动也不动，只是脸上的表情变得更加怪异了，额头上微微冒着汗。

"那你去啊。"伊万无语道。

"可、可是摊位现在没有人看着，你先帮我一下吧。"等不及伊万的回答，岳崖儿就捂着肚子螃蟹式地横着走开了，"就一会儿，一会儿，

爆款女王 71

我憋不住了！"

岳崖儿滑稽的身影渐渐消失在伊万的视线之中，他呆呆地看着摊位，像一座帅气的雕像，一个女生轻轻地拉了拉伊万的袖子。

伊万转身，女生的眼睛里充满了小鹿乱撞的紧张："那个……我想买个包包，多少钱？"

伊万看了眼摊位上的包包，上面分明用巨大的标签立着：399元。他面无表情回道："399元。"

"那我买两个。"女生毫无不犹豫地拿起手机付了款，然后看向伊万，小心翼翼地问，"能给我个新的吗？"

顾客就是上帝，伊万走到摊位后面，双手捧起两个装着小猪包的盒子，摆在摊位上，拿来大袋子装好，递给女生："谢谢您的光顾。"

伊万递包的时候十分绅士，微微弯着腰，颔首，整个动作一气呵成，连语气也变得温柔起来。

接过包包的女生一瞬间感觉人生已经到达了巅峰，整个人激动得如触电般颤抖着身子，脸上露出挂不住的大大笑容。

紧接着越来越多的女生前仆后继地来买包，好像如果卖家是个帅气且优雅的男性，目标顾客们反而没那么多事问东问西了，变成完全想要讨好卖家似的爽快下单，生怕自己的片刻犹豫让对方觉得不开心。

岳崖儿坐在厕所的马桶上玩着手机，结果竟然刷到了伊万。

视频里的那个摊位又排起了长龙，伊万非常有礼貌地递给每一位顾客包包，嘴角保持着若有若无的笑容。

视频下面的配文——"天桥艺术中心展销会上卖小CK包的小哥，也太帅了吧！是不是什么男模啊？"

很快，这个视频有了上千的点赞量和评论。

等岳崖儿回到摊位上时，伊万已经在这短短的二十分钟内卖出了两百个包包，销售速度惊人。

见岳崖儿回来，伊万抬起脚准备离开，排着队的女性顾客见伊万要离开明显慌了神,岳崖儿连忙伸手拉住伊万:"能不能帮我把剩余的也都卖完?"

"不能。"简明扼要的回复。

"求你了。"岳崖儿拉着伊万的西装不肯松手。

"放手。"

岳崖儿仍旧死死地拽着。

"你这是员工对老板应有的态度吗?拿我当免费劳动力?"伊万的表情愈发严肃和不爽,他那刀锋般浓密的眉毛紧蹙着。

"现在不是上班时间,所以我们就不是员工跟老板的上下级关系,再说这批货出了问题,你作为品牌部的总经理不是应该也有责任吗?怎么能全部推到李晓双一个人身上呢?"岳崖儿能感觉到自己因为紧张而不均匀的呼吸,但她还是坚持把话说完:"你就坐在这里不用动,我来卖,但是你必须在。"

"为什么?"伊万云淡风轻地追问。

岳崖儿松开了手,抬起头,强装镇定地一本正经看着伊万:"因为你帅,能吸引女性顾客。"

伊万仍面无表情,往后退了一步,"哗"地一下坐在身后玫红色花朵形状的沙发上,沙发很软,他整个人半陷了进去,伸直大长腿,从口袋里拿出蓝牙耳机,闭上眼睛听起了音乐。长长的睫毛覆盖着,他双手环抱在胸前,浑身上下散发着淡淡的冷漠气息。

岳崖儿看了眼这优雅颀长的身材一眼,转过头对顾客们眉开眼笑:"小猪包库存只剩下两百件了,要的速度哦,过了这村就没这店了。"

女性顾客们纷纷买单,目光却一直放在窝在沙发上的那个男人。

"我可以跟他合影吗?"

"可能不行哦,他现在在睡觉,不过可以拍照。"岳崖儿笑了笑。

几乎每个前来购买小猪包的女性都要拿着包拍照和录小视频,重点却是伊万。

真是个看脸的世界,岳崖儿啧啧嘴。这种人简直就是老天爷赏饭吃,长得帅也就算了，事业还风生水起，大写的人生赢家。

李晓双磨蹭了两小时才吃完晚饭回来，见到窝在沙发上的男人一下子大惊失色，差点尖叫出来，好在岳崖儿迅速地捂住了她的嘴巴："伊总只是恰巧路过，在这里休息下，你放心，他并没有责怪你。"

直到李晓双呼吸不顺畅地拼命点点头，岳崖儿才放下手。

接下来的每分每秒对李晓双来说都像是踩在刀刃上，一边紧张兮兮地盯着沙发上不知什么时候会睁开眼的伊万，一边双手来回不安地搓着。

等最后一个小猪包卖出去的时候，已经是晚上九点了，天桥艺术中心差不多要闭馆了，很多摊主开始陆陆续续地收拾摊子。

窝在沙发上的伊万似乎是真的睡着了，岳崖儿有些舍不得叫醒他，毕竟他刚从洛杉矶飞回国，十多个小时的舟车劳顿后，又马不停蹄地去参加讲座，一定很累。

岳崖儿半蹲在伊万身边，无声地盯着那张沉睡的脸，伊万的脸是真的好看，他睡着的时候就像是个安静的孩子，褪去了平时固有的刻薄与尖锐，变得温柔起来，岳崖儿看得几乎挪不开眼睛。

"你……准备看到什么时候？"李晓双见岳崖儿这副花痴模样，自己都看不下去了。

岳崖儿这才回过神来，等她再定神时，猝不及防地与那双漆黑的瞳眸对视上了。岳崖儿一下子没蹲稳，直接"咚"的一屁股坐在冰凉的大理石地板上。

伊万咳嗽了两声，伸展了一下酸痛的手脚，看了看会展中心的灯已经陆陆续续的一盏盏熄灭了，问道："结束了？"

岳崖儿点点头，坐在地上哑口无言了半天之后才"蹭"的一下站起来，朝伊万一个规规矩矩的九十度大鞠躬："今天谢谢你啊，伊总。"

"是啊，太感谢了，这次的事情真对不起。"李晓双见状也赶忙上前，学着岳崖儿的姿势九十度鞠躬。

伊万尴尬地看着眼前两个身子弯得比直角还规范的女人："事情

解决了就行了,以后都认真点。"

"谢谢伊总!"岳崖儿大喊了一声,然后"霍"地抬起头。

伊万正准备起身,一下被岳崖儿的头猛地顶住了胸膛,整个人又向后倾去,眼看着整个人连带着沙发就要向后翻在地上,岳崖儿连忙伸手抓住伊万,惯性却把他拉扯着向前一步。

整个过程前后不到三秒,岳崖儿就已经直挺挺地趴在了伊万的身上。感受到两个温热而不均匀的呼吸交织在一起之后,岳崖儿"霍"地睁大眼睛,伊万的脸近在咫尺,只要岳崖儿稍不经意地再往前一点点,就能碰到他轻轻翘起的唇角。

面对这么好看的男人,真的很难有抵抗力啊,岳崖儿已经有些破罐子破摔地忍不住想亲上去了。

突然,脸被一只大手扣住——"你给我起来!"

岳崖儿上半身后仰定格在被推开的姿势,呆呆地看着会展中心的天花板。脑袋终于清醒过来之后才爬了起来,羞涩地站在一旁:"对……对不起。"

"每次遇见你就没什么好事。"伊万从容地从沙发上站了起来,活动了一下身子,对着身边完全愣住的李晓双和头低得快要埋进土里的岳崖儿淡淡说道:"我走了。"

伊万不带任何留念地抬腿离开。

"你刚刚是不是亲到伊总了?"等伊万渐渐走远,李晓双迅速凑到岳崖儿身边八卦。

"没有。"

"啊,真可惜了,能亲到伊总这样的男人……简直是所有人的梦想吧,不知道他的嘴是什么味的?"

岳崖儿无奈地瞥了李晓双一眼:"他有口臭。"

"哈?真的啊?"

"开玩笑的。"

李晓双一顿,一个白眼翻了过来:"你这样造谣伊总是不好的。"

爆款女王

岳崖儿伸手指戳了戳李晓双的脑袋："你个忘恩负义的女人，到底是站在哪边的？亏我还帮了你这么大一个忙。"

"当然是你这边啦。"李晓双笑嘻嘻地抱着岳崖儿，不肯撒手。

周一关于伊万出现在展销活动现场的视频果然在办公室里闹得沸沸扬扬，有些视频的拍摄还拍到了入镜的岳崖儿。

"不是吧？岳崖儿，伊万竟然帮你卖小猪包？"云小虎一啃到八卦就停不下来，"唉，我那天刚好有事，不然一定去现场看看。"

"他也就待了一会儿，然后走了。"岳崖儿已经感受到了办公室里很多女同胞们不友善的目光，不敢详细描述太多。

"新人都给我去会议室集合！"Vivi 严肃地走了过来，她穿着一件高领的针织衫，一条黑色皮裙，仍旧如高傲的黑天鹅直挺着脖子。

"看来结果应该是出来了。"云小虎激动不已。

截至昨晚为止，官网上的订单销量是云小虎第一，岳崖儿仅次其后，苏曼妮排到了第三。

岳崖儿看向苏曼妮，见她正坐在自己的座位上拿着手机敲字，拧着眉头，表情看上去很不愉快，芭比粉的小嘴嘟着，即使是不开心的状态下，也有一种可爱的感觉，大概只要她努努嘴，很多男人都会乐意双手奉上所有的爱吧，哪怕只为博得美人一笑。

岳崖儿和云小虎迅速前往会议室，苏曼妮姗姗来迟，坐在角落边不起眼的位置。

伊万已经在会议室里等着了，他低头看着手机，身边的孙宴全神贯注地注视着笔记本，大屏幕上投射出笔记本的桌面，是 FAS 的巨大 logo。

岳崖儿看了伊万一眼，强行把注意力拉回来。

会议仍旧由 Vivi 来主持："截止到此时此刻，今年 FAS 品牌部新人单品的销量最好的是……"

虽然云小虎稳拿第一，但还是不可避免地紧张到手心发汗。

"苏曼妮。"Vivi 话音刚落，鼓了鼓掌。

岳崖儿不可置信地看向苏曼妮——她坐在那里抿嘴一笑，脸上没有多余的表情。岳崖儿又看向大屏幕，上面出现了 FAS 官网的界面，苏曼妮的每款单品订单量竟然在十分钟前剧增，直接冲破了一百件，远远把云小虎和岳崖儿甩在了后面。

"这……"云小虎微微张嘴，岳崖儿知道他想要说什么，苏曼妮的订单量太不正常了。

"所以这次新人考核留下来的人有，苏曼妮、云小虎、岳崖儿、林飞焰……希望你们继续加油，为品牌部再创辉煌，正式入职的新人凭发票到财务部那里报销，三天之内钱会入账，恭喜你们！"

Vivi 再次鼓掌，伊万也面无表情地拍了拍手，孙宴则一副自己中奖般的表情激动起身，双手大力拍着。

"真的太奇怪了。"出了会议室，云小虎还在对苏曼妮拿到第一的事情耿耿于怀。

"不管怎么说，我们俩都留下来了，这是好事。"岳崖儿笑了笑，自然而然地搂了搂云小虎的肩膀。

云小虎却对岳崖儿突然的肢体触碰很敏感，闪到一边："你干吗？"

"我……祝贺你啊。"岳崖儿扑哧一笑。

云小虎不好意思地挠了挠头，刚刚还在絮叨的他一下子安静了。

正巧在身后看到这一幕的伊万，面无表情地从岳崖儿身边擦肩而过。

也许是直觉，岳崖儿感受到一阵小小的静电，不禁发怔般看着伊万高大英俊的背影——以后在品牌部要常常打交道了吧？

岳崖儿十分期待作为正式时尚买手的职场生涯。

Chapter 5
第五章

"双十一"大战正式打响。

虽然岳崖儿、云小虎和苏曼妮等人通过了新人考核,但他们的任务远远没有结束,还要跟进订单的订货、发货以及售后服务,直到每位顾客有满意的评价为止,这便是 FAS 公司的优势所在,除了正品供货渠道之外,还会给予最优质的服务态度,让每位女性客人感受到公主般的宠爱。

岳崖儿已经连续在公司加班一星期了,为此推掉了佩琪的好几次蹦迪邀约,但佩琪一想到岳崖儿只要把"双十一"的任务圆满完成,就能够偿还她给岳崖儿买 Noe Noe 水桶包的钱,便也消了气。

每当岳崖儿精疲力竭地走出 SOHO 写字楼赶上地铁末班车时,她坐在空荡荡的位置上低头刷着朋友圈,总能看到"夜店小公主"佩琪发出一张全身 logo 密集到可以做成防侵水印的网红照,正召唤小姐妹们集合工体蹦迪。

岳崖儿已经完全可以想象到佩琪蹦起迪来是什么样的了,她每次都要花上两三个小时从头到脚全副武装自己——其中也包括自己借给她的那些大牌。夸张的眼影色号搭配三五种,颧骨处的水纹高光和带银条流苏的耳环时不时地反射光线,在夜店五光十色的灯光下明晃晃地扎人眼。佩琪从来不用愁散场时叫不到工体的网约车,总有百万以上的豪车将她安全送回家,并期待着下次见面。

在岳崖儿看来,灯红酒绿中群魔乱舞的蹦迪与喊麦广场舞没有什么区别,佩琪当时听到这话差点气得晕过去,并仔细给村里来的岳崖儿讲解了一番京城蹦迪的鄙视链——

非卡座不可的佩琪是不可能去散台的,她也绝不会像磕了药一样的人挤人地在舞池中间被咸猪手揩油,一般都是优雅地端着香槟酒在卡座上摇曳几下凹凸有致的身姿,而且一定是开了神龙的卡座。同时,蹦迪只蹦三里屯,五道口是不会去的,虽然那里是坐拥清华、北大等一流大学的"宇宙中心",但在佩琪眼里只是一群小朋友的狂欢趴罢了,她懒得用青春去帮别人调教一个好老公。

佩琪早早订了下个月跨年去三亚ISY电音节的行程,当然钱是她口中所谓的一个干哥哥帮她掏的。

岳崖儿和佩琪,过着截然不同的生活,佩琪总是抑制不住兴奋地给岳崖儿讲她在夜店里遇到的那些奇葩人与奇葩事,岳崖儿有好几次面对漫长的语音聊天直接困到睡去。

但她不是不向往佩琪那种纸醉金迷的世界,只是当一个人知道自己为什么而活,就可以忍受任何一种生活,有着可以想象的未来,就是最大的幸事,感知到潮水之后,就再也回不去沼泽。

"我要定心了。"

当岳崖儿终于将自己负责的"双十一"最后一笔订单确认发货完毕,两腿一伸如同肚子翻白的金鱼向后仰在椅子的靠背上时,又收到佩琪发来的信息。

那个嚷嚷着"说爱你的人那么多,谁又会陪你到天亮"的夜店女王终于打算认真谈恋爱了。

"对方是做什么的?"岳崖儿回微信。

"金融投资,28岁,北京人,家境挺好的。"

"好啊，哪天带出来见见。"

"他在澳洲呢。"

"那你们怎么认识的？"

"网恋啊，蹦迪群里加的，去三亚ISY奔现。"

岳崖儿有些无语，犹豫着要不要长篇大论一番网络姻缘不可信，但隔着屏幕都能感受到佩琪快要溢出来的恋爱酸臭味，索性作罢。

说着要定心的佩琪破天荒地在光棍节这天缺席了夜店活动，据说跟网恋对象你侬我侬地打了近五个小时的跨国电话。

岳崖儿终于来到FAS的总部。

总部位于朝阳区一个艺术文化创意产业园内，欧式带庭院的独栋别墅，入内是炫目夺彩的各大品牌logo装饰的整个墙面，旋转楼梯充斥着镜面不锈钢，和Chanel女王在康朋街工作室的Art Deco镜面楼梯有异曲同工之妙。

Chanel女王曾经有句名言："时尚并不是只存在于时尚中的东西，时尚在天空中、在街头上，时尚是创意，是我们生活的方式，是正在发生的事情。"这些超前的领悟也体现在了她的设计概念上，她曾经将男士内衣用的Jersey针织面料放在女装上，仅仅是因为她感觉寒冷而已，却红极一时，让整个时尚圈纷纷跟风。

岳崖儿是来走正式入职流程的，当她接到FAS金色logo的文件夹里的工作证明时，双手轻轻颤抖着。她想要举起手机狂拍几张，发在朋友圈大肆炫耀，终究还是忍住了。在FAS，不能做任何有损公司形象的事情，毕竟前台的小姐姐已经用鄙视的眼神将她秒杀了一阵。

"这次'双十一'的销量非常好，伊万你在，公司的运营我就放心多了。"

"这是整个品牌部的功劳。"

"新人的单品们也卖得不错，看来今年入职的新人都还挺优秀的。"

伊万和FAS的老总——也是时尚圈鼻祖的怪老头Rex并肩走来，

岳崖儿连忙拉着云小虎退到一边。

苏曼妮则大大方方地站在路中间，自然微卷的头发依偎在白皙的小脸两侧，她的睫毛又软又长如羽绒般，嘴唇像清晨被露水浸泡过后的粉红色花瓣，妩媚动人，穿着 Dior 套装，包裹着曼妙的身材，仿平添了几分职场女性的英气和干练。

"你是……"时尚耀眼的苏曼妮轻而易举地引起了 Rex 的注意。

"她是品牌部今年入职的新人，苏曼妮。"伊万介绍道。

"苏曼妮？就是新人单品销量第一那位？"Rex 虽然已经头发花白了，脸上的干净爽朗却会让人误以为他是追随潮流而染的白发，年过半百的他看上去也不过才四十出头。

"能够来到 Rex 您的公司，我特别开心。"苏曼妮伸出手。

面对美女的握手请求，Rex 礼貌绅士地轻轻握住她的手而后松开："好好加油，我看好你。"

"哇，这个苏曼妮简直就是个妖精。"云小虎在旁边看得目瞪口呆，凑近岳崖儿低声地说。

岳崖儿叹了口气，没见过世面的她远远做不到像苏曼妮那样。

"我觉得苏曼妮绝对会成为下一个 Vivi 的，她之前就说过是奔着 Vivi 的位置而来的。"云小虎继续叨叨着，岳崖儿还在持续出神。

"这两位也是品牌部的入职新人，岳崖儿和云小虎。"伊万转而介绍他们，让岳崖儿有些受宠若惊，习惯性的双手交叉紧握在前面，朝 Rex 微微鞠躬，就这样错过了与时尚鼻祖握手的机会。

"您好您好，我是岳崖儿。"

"我是云小虎。"云小虎有些被 Rex 的强大气场唬住了。

Rex 微微一笑，皱纹在眼角漾开："John Galliano 说过，所谓有型，就是穿着晚礼服去吃麦当劳，穿着高跟鞋去踢足球，这是一种人格、一种自信和一种色诱。"

岳崖儿似懂非懂地点点头，很久以后才明白这句话的含义。

时尚不一定是追逐潮流，而是适当地追逐潮流，不是从一只 LV 包开始,而是从你拿着它变得随意开始,越是昂贵的东西越要假装毫不在意,越隆重的单品越要穿得漫不经心。

过度追求时尚,你就会失去自由与风格。

岳崖儿还在懵懵懂懂中,手机一阵震动将她拉回了现实,她和伊万的手机同时响起来。

"失陪一下。"伊万拿起手机,调成静音,对 Rex 说道。

"没事,你们都忙自己的事情吧。"Rex 笑了笑,"把 FAS 当成你们自己的家,就像在家里一样舒服和自在。"

Rex 坦然豁达地笑着,背着手沿旋转楼梯而下,就像国王那般,将自信和底气全都展现在举手投足间。

待 Rex 离开,岳崖儿才敢低头去看手机,发现竟然有十多通未接电话和李晓双的信息轰炸——"出事了。"

岳崖儿看到这三个字时头皮一紧,不祥的预感直往上顶。她冒着冷汗划着李晓双的消息,在弄清楚事情的来龙去脉之后,抬起头正看到刚挂完电话、神色凝重的伊万。

他的目光朝她看来,对视。

"怎么了?岳崖儿。"身边的云小虎见岳崖儿神态不对,关心地问。

岳崖儿看着伊万,声音在颤抖:"伊、伊总……"

她负责的"双十一"单品出问题了。

岳崖儿这次推出的翅膀刺绣黑色毛呢大衣,最终订单数是 50 件。这款大衣属于走秀款,还未正式进入批量生产销售,所以仅仅供给了 FAS 提前使用。

"双十一"快递爆仓是历年来常见的事情,得物流者为王,FAS 很早就意识到了这点,从五年前开始建立了独立强大的物流体系,旗下有"FAS 物流",物流在全国各地设有储仓,保证每件商品在预定后的三天内送达顾客手中。

新人的单品在通过正式考核之后不出一周就已经采购完所有的订

单货品，"双十一"的零点过后立马发货，同城基本当天能到，偏远地区则需三天。

但是偏偏岳崖儿的这件翅膀刺绣大衣，明明是同城配送，却三天还未送达，顾客便提出了投诉。FAS尤其重视每个顾客的满意度问题，虽然也遭遇过不少无良买家的恶意搞事，但这次确实是FAS没有信守承诺在先。

本来出了这个问题应该由FAS的物流部来负责，可这些单品属于品牌部新人的工作范围，物流部便索性把责任推到了品牌部，据说物流部的刘火经理跟伊万本来就因为一些私人问题火药味十足，这次逮住机会自然是不会放过，甚至有些拒绝配合品牌部解决问题的意思。

"快递那边的电话关机了，商品现在还在跟踪中，一旦查到会立马通知你的。"这是李晓双发给岳崖儿的最后一条微信。

"伊总，怎么办？"岳崖儿捧着手机，不安得眼泪都快溢出来了。

"我这边已经收到物流的位置了，你现在跟我去。"伊万长腿大步迈向前，岳崖儿焦灼地跟在他身后。

岳崖儿坐在伊万的车上，伊万一言不发地闷头开车，速度很快，不过两个街角的拐弯，岳崖儿就被弄得头晕脑涨。

伊万开口道："你敢吐在我车上试试？"

上次新人欢迎会岳崖儿喝醉酒吐在Vivi水桶包上的场景，至今还给伊万留下了阴影。

岳崖儿胃里一阵阵翻滚，眼角溢出了泪花。她一只手捂着嘴巴，一只手手忙脚乱地开始找纸巾。

伊万递过来一个绿色塑料袋，岳崖儿接过之后看也没看地就往里开始吐，大概是没吃早餐的缘故，她只是干呕了几下，什么也吐不出来。

岳崖儿松了口气，抱着塑料袋向后靠在副座驾上，低头扫到绿色塑料袋上耀眼的金色logo，两个大大的B。这个塑料袋与超市里那些五毛钱一块钱的塑料袋大有不同，材质柔软，仔细一看是带着小羊皮独特细纹的皮面。岳崖儿在反应过来后,连忙把塑料袋塞回伊万怀里。

伊万双手握在方向盘上,瞥了一眼怀中的塑料袋,一脸莫名其妙:"你干吗?"

"我……我可没吐啊,没弄脏。"这年头,连塑料袋都不敢随意招惹了,伊万给她的这个塑料袋正是Balenciaga的"鱼黄"袋子。这个塑料袋有着吓死人的价格,1000美金左右,能买到大约13750个五毛钱的普通塑料袋。

"客户送的,不要紧。"伊万将塑料袋扔回岳崖儿怀中,修长的手指拨开座位前方的收纳箱,里面露出大概五六个同款的塑料袋。

土豪、土豪,社会、社会……岳崖儿惊慌失措得像是被猎人瞄准的小兔子。

车子七拐八扭地来到昌平区的一个偏远角落里,初冬光秃秃的树木和寂寥无人的街道显得格外荒凉,像是被遗忘了许久已经长出了蜘蛛丝的村庄。伊万和岳崖儿的到来,猝不及防地打破了这份静谧。

车子没法进到狭小的巷子里,伊万和岳崖儿只好下车,伊万拿着手机一边导航一边走,岳崖儿紧紧地跟在他身后,低着头,下巴捂在嫩粉色的UGG围巾里。

岳崖儿围围巾的时候喜欢用胸针固定住,所以今早出门随意地拿了伊万给她的那枚"ME I"几何胸针。岳崖儿从未听过这个品牌,也因为工作繁忙来不及了解这个品牌,但只要是伊万给的,准是好东西没错了吧。

伊万突然停下脚步,转过身,目光落在岳崖儿的脖子上。

岳崖儿以为他是在看胸针,笑了笑:"这个胸针是你上次给我的。"

"我没问胸针,我说的是围巾。"

岳崖儿反应过来:"闺蜜送的。"其实这条围巾是佩琪的一个朋友送给佩琪的,但佩琪觉得这个颜色实在是有点土,便转手给了岳崖儿。

"该不会就是火爆澳洲的那款IZR UGG围巾吧?"

"嗯。"岳崖儿点点头。

"号称来自澳洲？百分百国外生产和纯羊毛制品？尺寸大到甚至可以做披肩，最关键是价格超便宜，一条澳洲产的超大尺寸羊毛围巾只用168元人民币就可以到手？"伊万此时此刻就跟电视购物频道里的主持人一样口吐莲花，听得岳崖儿一愣一愣的。

伊万伸出手，修长的手指有意无意地对围巾上下撩拨："但……IZR UGG 这个品牌在澳大利亚根本就不存在，这是 made in China，不过是小商贩的营销手段和虚假包装罢了。"

岳崖儿又一次在伊万面前出了品牌知识的洋相，所以刚刚在 FAS 总部，其实 Rex 已经认出这条假冒知名品牌的围巾了吧？才会说出不要盲目追求潮流那番话，岳崖儿羞到恨不得找个地洞钻进去。

"什么正品尾单、原单、代工厂出货……这些话你应该都很熟悉吧？不过都是挂羊头卖狗肉，基本卖的都是高仿，如果真的有专柜尾单，早就被内部员工给消化了，还轮得到你们？就像你上次卖小 CK 的小猪包，只要是正品，根本不难卖出去。"

岳崖儿一直低着头没说话，大约过了三十秒，她听见那个男人的口气变得温柔绵软起来："我希望 FAS 品牌部的每个人都能尊重品牌价值，当你选择一个品牌时，你是真的能够理解这个品牌的内涵，而不是人云亦云，被那些所谓华丽的辞藻给糊弄了。"

岳崖儿倏地抬起头，和伊万对视。伊万那张面无表情的脸像一幅油画舒展开来，似笑非笑，岳崖儿还沉浸在他刚刚那温泉般柔软的磁性嗓音中，久久没缓过神来。

伊万转过身去，继续跟着导航向前走，岳崖儿一言不发地跟在他身后，将围巾上的 logo 掩了起来。

她走走停停，追随着伊万的脚步，心中只有一个念头——要学习的还有很多啊。

当导航显示"您已到达目的地"时，伊万和岳崖儿站在了一堵高高的水泥红砖墙前，不知所措。

"伊总,会不会是那里?"岳崖儿指了指镶在墙边的一道不起眼的铁门。

伊万沉默着走过去,门没有锁,露着一条缝隙,就在他侧头往里看去的时候,岳崖儿脚步太快猝不及防地撞了上去,铁门直接被伊万的身子撞开,发出"嘎啦"一声。

伊万回头瞪了一眼岳崖儿,岳崖儿整张脸皱着,不知道该摆出什么样的表情。

"伊总,你看。"岳崖儿无意间瞥到铁门后面一辆印着"FAS物流"的快递车。FAS配备的快递车都装有GPS定位系统,伊万正是根据快递车的定位找到这里的。

伊万敲了敲铁门,礼貌地问了几声有人在吗,没得到回应之后便抬起脚迈过门上的台阶走了进去。

这是一个非常破旧的院子,院子里摆着几张小板凳,四周种着几棵蔬菜,院子的晾衣架上晒着几件破破烂烂的衣服。

岳崖儿在屋子前溜达了一圈,回来跟伊万报告:"好像没人在家。"

伊万拨打快递员的手机,仍旧显示关机。他打开快递车,里面还剩着几件快递,其中一件便是岳崖儿的那件翅膀刺绣黑色毛呢大衣。

"啊,收货人住在朝阳,我们现在赶过去应该还来得及吧。"岳崖儿看了看快递单上的收货人住址。

"FAS的商品必须及时送达顾客手中,这样,我去送这件刺绣大衣,你把其余几件给送了,这样速度快些。"

"我?"岳崖儿回头数了数,除刺绣大衣还剩余五件快递,地址基本都在北京西边,距离朝阳区确实有些远,"那我打个车吧,公司给报销吗?"岳崖儿拿出手机准备叫车。

"你觉得这里能叫到车?"

"那我要……"岳崖儿正想辩驳,对上伊万那意味深长的眼神,看了看身边这辆快递车,"你该不会是要我骑这个快递车吧?"

"嗯。"伊万面无表情地点点头。

岳崖儿拍了拍额头，吸了口气："行吧，反正我初高中都是骑电动上学。"

"麻烦你了。"伊万露出同情的表情，拍了拍岳崖儿的肩膀，拿着黑色毛呢大衣的快递盒走了。

岳崖儿坐在快递车上，转动着手把将马力加到最足，"咻"的一下从伊万身边穿过去了。

不得不说，骑着快递车横穿大街小巷根本不成问题，岳崖儿已经很久没有体验过这种"速度与激情"的快感了。

仿佛回到了中学时代，每天上下学她和同学们骑着电动车一行人浩浩荡荡地占领了整条马路，偶尔哼着歌，快活似神仙，那时候除了学业压力和青春期那些微不足道的烦恼，几乎没有什么可以忧愁的了。

人在欲望最低的时候，才是最开心的时候吧。

有时候我们不是怀念从前，而是因为现在过得不好。总说着要向前看，我们却慢慢变成了自己最讨厌的那种人，并且沾沾自喜。

岳崖儿初中班上有个校花级别的女生，她每天上晚自习前都会回家洗个澡或者洗个头，然后沐浴着夕阳的余晖缓慢地走进校园，半湿未干的头发被晚风轻轻吹拂着，整个年级的男生都趴在栏杆上看着她如痴如醉。她永远都是一副光鲜亮丽的模样，永远穿戴整齐，明眸皓齿，美丽动人。

岳崖儿不喜欢她，尤其是她的引人注目。

后来岳崖儿才明白那其实是因为自己嫉妒，她嫉妒跟她同龄的女生可以这么瞩目，自己却平平无奇，现在她终于步入了这个让她看起来异常光彩的行业，内心却被巨大的虚荣与物质填充着。

岳崖儿在十二岁的时候拥有了第一只盗版包，那时候妈妈带着刚上初中的她去包店里挑选新书包。面对琳琅满目各式各样的包包时，岳崖儿探着小脑袋，第一眼就被那个画着大大对钩的粉色印花斜挎包给吸引住了，那个包的价格岳崖儿至今还记得很清楚，70元。

爆款女王　87

岳崖儿背着崭新的斜挎包去迎接新鲜的初中生活，就在开学的第一天，那个班花在走廊上伸手指着她的包，一脸轻蔑："你那个是假耐克吧？真搞笑。"

那时候岳崖儿完全没有品牌概念，也不知道耐克是什么，更不知道耐克的英文拼写是 Nike，那只假包却离谱到印着大大的"Mike"。从此以后，岳崖儿再也没有背过那个包，甚至在有天出门上学的路上，直接把包扔进垃圾桶里了，回来向妈妈谎称新包弄丢了，还挨了一顿打。但岳崖儿并不后悔，也从未想过将包捡回来。

可是长大后，岳崖儿却卖了四年的盗版和高仿品，小时候的自尊心，好像在残酷的现实面前不堪一击，她再也做不到十二岁那年的倔强，再也做不到那时候把一个假包扔进垃圾桶里的毅然决然。

岳崖儿努力回想那天的心情，十二岁的女孩，被揭穿后面对自己的无知与屈辱，就仿佛被闪电击中，身体和灵魂在一瞬间分崩瓦解。

每个人的人生好像由许许多多的小笼子拼凑而成，里面装着千奇百怪的怪兽，包含着人的贪痴嗔，无法断舍离。那些怪兽有着锋利的背刺和带毒的爪牙，在每一次触碰到你情绪点的瞬间，突然的勾魂夺魄，拿捏住你的意识，而后全身而退再伺机而行。你不能够摆脱这些堕落的怪兽，你只能一边与它们同行，一边徒劳无功地抗争着。

人总是要不断地强迫和折磨自己，才知道潜能究竟有多大。

就像岳崖儿在北京城来回徘徊，靠着导航人生地不熟地花了不到两个小时，就将这些快递安全送达到顾客的家里了。

送完最后一件快递时，岳崖儿骑在快递车上，北京的冬天天黑得很早，冷风不断灌进温热的胸腔，岳崖儿把下巴压低，整张脸恨不得钻到围巾里。

今天是周五，整个北京城的市中心从下午四点便开始堵得水泄不通，就连岳崖儿这样的快递车，想要再来去如风地穿梭其中都显得有些艰难。

不过毕竟任务完成了，岳崖儿也不用那么风风火火横冲直撞了，她慢悠悠地开着快递车，在等红绿灯的间隙仔细观察着每一个行人的穿着来打发时间。

而就在她不经意间地转头时，竟然奇迹般地瞅见了一张帅气却焦躁不安的扑克脸，脸的主人坐在银色的阿斯顿·马丁里，严肃冷漠的目光注视着前方。

"伊、伊总？"隔着一辆车，岳崖儿扯开了嗓子喊着。

在此起彼伏的鸣笛声中，伊万竟然听到了岳崖儿的声音，转过头看着她，表情带着那种淡淡的无奈。

伊万费了半天劲儿终于把车停靠在路边，从车上走下来。

"你也送完了？"岳崖儿话音刚落，就看到伊万手里攥着的那件毛呢大衣快递，面对岳崖儿的一脸诧异，淡淡地说："如你所见，我在这里堵了三个小时。"

岳崖儿"扑哧"一声不厚道地笑了。

"这件大衣关系到的是你的业绩，你要是不在乎我也真无所谓了。"

伊万说完这话，岳崖儿就再也笑不出来了："那我去送吧，这个小车子还挺快的。"

"必须我亲自去。"

"哈？"

"'除非你们让伊万来给我送货，不然我一定投诉到底！'顾客的原话是这么说的，所以这次我不去也得去了。"

"哈哈，那顾客一定是女的吧？"

"嗯。"伊万的脸愈发冷若冰霜。

"那伊总，这辆车就交给你了，我先回家了。"岳崖儿笑嘻嘻道。

"快递的事情还没有彻底解决，失联的快递员还没找到，你就想一走了之？"伊万挑了挑眉，眼神像飞羽箭矢，一箭箭朝岳崖儿发射来，直击要害。

爆款女王

岳崖儿只能乖乖就范，刚迈开的脚步退了回来。

"我知道了。"她坐上快递车，"伊总，你开还是我开？"见伊万还在犹豫，岳崖儿直接说道，"地铁别想了，这个点的地铁全线爆满，你挤上去都成问题，更何况你到目的地还要换乘三个站，都不如这小车子来得实在。"

伊总听了这话，才不情不愿地坐上快递车："那你开吧。"

快递车的驾驶位是长条形的，挤一挤能坐三个人，岳崖儿和伊万正好坐得下。

"那我们出发啦！"岳崖儿猛地一下冲了出去。

即使是十分滑稽搞笑地坐在快递车上，伊万也试图要保持着王者风范，但面无表情不过三秒，他就被陡峭的羊肠小道给吓到了，死死抓着身旁的把手，脸色因为恐惧变得铁青。

"你坐稳了啊。"岳崖儿有意戏耍伊万一番，车速突然地加快又突然地放慢，把伊万弄得晕头转向，面死如灰。

忽然，噼里啪啦的声音打在快递车前方的挡风玻璃上，滂沱大雨以迅雷不及掩耳之势席卷了整个北京城。雨水越下越大，道路两旁是匆忙收摊位的小贩和急切打开雨伞的路人。

岳崖儿熟练地用刮雨器划掉车窗上的雨水，让视野看起来更清晰些："都冬天了还下雨，真奇怪。"

身边的人始终沉默着没有说话，岳崖儿奇怪地转过头瞥了一眼，见伊万完全一脸生无可恋，唯有冷冷的雨水胡乱地拍打在他的脸上，让人忍俊不禁。

伊万任凭这雨水蹂躏着，打了发胶的头发湿嗒嗒地贴在他的额头上，他的睫毛也像是被打湿黏在一起的羽毛，大雨在他的皮大衣上蜿蜒流淌汇成一条条水流，即使是如此狼狈不堪，他的坐姿也依然帅气优雅，这大概是他作为品牌经理最后的倔强与尊严吧。

"还有多久？"他的声音有种灵魂出窍的无力感。

"快了快了，也就两三公里。"岳崖儿不敢把车速加快，毕竟雨天行驶本来就很危险。

身边的男人再次没了声响,一声不吭地忍受着暴风雨的折磨。

岳崖儿突然想恶作剧地腾出一只手给伊万录个视频,配上一段凄惨无比的背景音乐,再加上诸如"总裁也有这么一天""生无可恋的品牌经理""时尚大咖的黑历史"之类的配文,一定能大火,但也有可能在火起来之前,自己被伊万打死。

到达目的地,岳崖儿才发现的地竟是北京瑰丽酒店,而订单上面的2001显然就是房间号。

"这……"岳崖儿望着奢华无比的酒店久久合不拢嘴,她二十多年来就没去过三星级以上的酒店,而她那个分了手的前男友曹群,手机里却总是莫名其妙地存着躺在某个五星级酒店落地窗前的浴袍照。

"走吧。"伊万下了车,身体迅速淹没在大雨中。

岳崖儿把围巾披到头上,紧随伊万其后。

本来像这种星级酒店安全措施自然是做得很好,不会随随便便放两个淋成落汤鸡的冒失"快递员"上楼,但就在伊万掏出一张VIP卡和自己的名片,并逻辑顺畅地跟前台说明来意后,前台小姐给了他一张通行卡。

岳崖儿跟着伊万进了电梯,她开始满怀期待这个收件人"M"究竟是何方神圣了,胆敢让FAS的品牌经理冒着大风大雨来给她送快递。

电梯来到20层,伊万从容镇定地走到2001房间门前按响了门铃,没有回应。伊万皱眉,再次按响,还是没有任何应答。

他低下头,准备拨打快递上的手机号,门突然"咔嚓"一声开了。

一个穿着银白色丝绸吊带睡裙的女人出现在门后,袅袅动人。如果说Vivi的美是那种职场女性特有的干练与英气,总是一身黑像只高傲从不低头的黑天鹅;苏曼妮的美则是妲己般一颦一笑都摄人心魄的妩媚动人,游刃有余地将人情世故玩弄于股掌间。而眼前这个女人的美是耐看的,柳叶眉,丹凤眼,没有攻击性,自然大方,舒朗明丽,由骨及皮，这种美，是自然而然的，举手投足间尽显气质。

让岳崖儿感到诧异的是伊万在一瞬间僵硬的脸，他的表情流露出从未有过的激动，夹杂着惊慌与欣喜。他在极力克制自己的情绪，手指却紧紧地攥着快递盒子，骨骼分明，青筋突出。

岳崖儿从来没有见过这样惊慌失措的伊万，尽管他在努力掩饰，可是每一个细微的表情都出卖了他。

"你怎么在这里？"伊万的声音在发颤，但还是勉强保持着镇静。

"北京这边有个活动邀请我，没想到那么冷啊，就让助理帮忙订了件毛呢大衣，结果拖了那么长时间，助理大概是怕我生气，所以投诉了吧。"女人转过身往屋里走去，丝绸睡裙贴在她细嫩的肌肤上，背影窈窕动人。她在咖黄色的长沙发上坐下，旁边是巨大的落地窗，窗帘敞开着，CCTV 电视大厦和造型独特的文华东方大楼尽收眼底。

"不进来坐坐吗？我怎么着也要确认下货品的情况吧？"女人的声音始终如清水一般温婉。

"我淋湿了，怕弄脏了这里。"伊万的面色慢慢恢复了平静，仿佛刚刚不正常的表情只是幻觉。

"怕什么，也不是我收拾，要是花大价钱都不能为所欲为，还有什么意思呢？"女人轻笑了一声。

伊万顿了顿，沉默着走了进去。

岳崖儿尴尬地站在门口。

"小姑娘，你也进来吧，别怕，姐姐不会吃了你的。"女人看向呆呆站在门口的岳崖儿。伊万回头瞥了眼岳崖儿，示意她进来。

岳崖儿这才敢走进去，站在沙发旁边像个卑躬屈膝的丫鬟，与眼前这个婀娜多姿的美丽女人形成强烈的对比。

伊万把快递盒摆放在桌子上，慢慢拆开来，第一层是快递袋子，第二层是 FAS 的包装袋，第三层是品牌盒子，掀开印满 FAS logo 的包装纸，一件翅膀刺绣的黑色毛呢大衣呈现在眼前。

女人拿起那件毛呢大衣，不紧不慢地穿在身上，浴袍式的设计让她看上去更加慵懒与美丽，行云流水的气度已经让岳崖儿词穷，不知道如何去形容她的美了。

"好看吗？"女人转了一圈。

"FAS的商品，不好看怎么会卖呢？"伊万面无表情，声音很平淡。

"是啊，你们FAS的眼光真是越来越好了，我始终是配不上。"女人的这句话夹杂着一丝丝哀怨的口吻。

岳崖儿突然反应过来，想起苏曼妮曾经提及伊万有个他为之一掷千金的初恋女友，法籍华人设计师，难道就是眼前这位？压抑不住好奇心的岳崖儿连忙低头在手机上悄悄搜索关键词。

很快，手机屏幕上弹出一个跟眼前女子面容无异的照片。

岳崖儿点开进去，查看个人介绍——洛眉，法籍华人设计师，个人品牌MEI。

"伊万曾经采用了一个法籍华人的作品，一口气要了一千件订单，每件订单采购价一千元，结果一件都没卖出去，公司白白亏损了一百万，后来还不是伊万自掏腰包填补了……"苏曼妮说的八卦犹在耳边。

岳崖儿微微一怔，手机掉落在地上。

伊万和洛眉同时看了过来——屏幕上还亮着洛眉那张在工作室里低头雕刻作品的美丽侧脸。

岳崖儿忙蹲下身子去捡手机，围巾滑落至胸前，露出那枚明晃晃的MEI几何胸针。

第六章

　　手机被一只修长白皙的手抢先捡了起来,洛眉将手机递给岳崖儿,莞尔一笑:"看来这个小姑娘还是我的粉丝呀,回头给你免费签个名。"

　　岳崖儿忙把手机放回口袋里,尴尬得一句话都说不出来。

　　洛眉坐回沙发上,倒了两杯热水在玻璃杯里,"我看你们都淋湿了,喝点热水暖和暖和吧。"

　　岳崖儿见身边的伊万仍旧面无表情,自己在这里显得像个局外人,结巴道:"伊、伊总,那我有事就先走了。"

　　伊万欲言又止,正踌躇的片刻岳崖儿已经逃之夭夭了。

　　洛眉盯着岳崖儿仓皇逃跑的背影,笑了笑。

　　"你的员工真有意思。"她从容地拿起一杯热水,呼了呼,抿了一小口,"在你身边的竟然不是Vivi,真奇怪啊。"

　　伊万不打算回复她的话:"既然商品已经送达了,那请麻烦您让助理把投诉取消吧,谢谢。"

　　伊万抬起腿转身要走,一双手却揽上了他的腰。

　　洛眉从后面紧紧抱住他,银白色的丝绸睡裙与他皮大衣上的雨水黏合在一起,伊万皱了皱眉,闻到女人身上他最熟悉的香水味。

"伊万，我很想你。"洛眉轻轻地说，她的个子很高，下巴正好可以搁在伊万的肩上。

岳崖儿走到酒店一楼大堂，外面仍旧倾盆大雨，天地间黑压压的一片，路人们五颜六色的伞像一个个无穷无尽的漩涡，在风雨中来回翻滚。

岳崖儿的心里有说不出的酸楚，她不敢去想象酒店房间里的两人如何缠绵悱恻，那个叫洛眉的女人大概已经把脸贴在伊万的胸膛了吧，他们感受着彼此温暖的体温，在雨夜里异常炙热。

岳崖儿呆呆地站在酒店的玻璃门旁，她不知道要不要等伊万，不远处的快递车停靠在玻璃天顶下，显得弱不禁风。

天已经完全黑了，岳崖儿取下别在围巾上的MEI几何胸针，胸针的形状很奇怪，仿佛只是设计师个人意志的自由组合。

等雨下小点，再小点，就离开吧。

好像只要雨一直不停地下，她一直不停地等，伊万就总会来的。

但是命运往往出其不意，岳崖儿等到了她最不想见到的人。

一辆红色的宝马车在酒店门口停下，身穿制服的服务员忙毕恭毕敬地上前迎接。车门打开，从副座驾上下来一个一身潮牌的男人，他小跑到驾驶位旁，将车上踩着双Valentino黑色短靴的女人牵了下来。女人上身穿着V字纹锦缎红色大衣，大衣下包裹着的斜纹裙也满是logo，好像生怕太低调让别人看不出她这一身打扮的昂贵。

女人身旁的潮牌男人，岳崖儿自然是认得——曹群。没想到短短几个月不见，他的身边又换了个"假名媛"。

岳崖儿卖过高仿品，只要是比较知名的品牌她还是能略微分辨出真假，眼前的女人从头到脚没有一处是真货，可是岳崖儿却看见了服务员脸上迎接贵宾的欢喜表情。

有些人一身fake，但只要开辆豪车，就会被误认为是有钱人；有些人一身真货，穿去挤地铁，再真别人也会以为是假货。

岳崖儿直挺挺地站立在那里，也不躲闪，直到曹群嬉皮笑脸搀扶着女人走进酒店时才抬眼瞥见了岳崖儿。他的表情在一瞬间凝固成冰。

"你认识？"女人问身边的曹群。

"不认识。"曹群回得爽快。

"她那双靴子是切尔西的吧？"

"回头我也给你买。"

"亲爱的，你真好。"

曹群和女人无视着岳崖儿的存在，从她身边有说有笑地走过，岳崖儿内心"呵呵"一笑，曹群真是用尽厚脸皮和甜言蜜语，尽职尽责地做好一个吃软饭的人啊。

嘴上说着"我给你买买买"，却一直心安理得地花着女人的钱；伪装成不喝酒、不抽烟、不文身、不泡夜店的富二代，给人一种"好有钱但圈子十分干净"的错觉；整天无所事事不务正业，二十四小时给人营造出虚假的安全感，让人觉得对方再忙也总是抽空秒回——那一定是非常爱自己了。

然而根本没有辨别能力的曹群也落了圈套，自以为傍上了个白富美，殊不知这个女人也在煞费苦心地用一身假名牌包装自己，双方都带着虚伪的面具，这场局中局，究竟谁才是最后的赢家？

岳崖儿转过身去看已经走到前台的女人和曹群，女人拿出一张银行卡大方地递给前台小姐，曹群挽着女人的手死皮赖脸地笑着。

是女人付的房费啊……看来这场游戏曹群先占了上风。

岳崖儿津津有味地分析着两人的博弈，意识到自己一点也不为和曹群分开而难过了，曹群能假装不认得自己是最好不过。

忽然的手机铃声打断了岳崖儿的思路，她拿起手机，按下接听键，电话那头传来男人性感低沉的声音："你在哪儿？"

"在酒店……"岳崖儿回话，在转头的一瞬间看到了从电梯里走出来的伊万。他穿着皮大衣，未干的头发贴在他的额头和脸颊上，愈发衬得瞳孔漆黑，在岳崖儿看见自己的时候也迎上了目光。

伊万放下手机,挂断电话,走到岳崖儿面前:"走吧。"

"去哪儿?"

"我已经让司机把我的车开过来了,先送你回家,今天太晚了。"

"那快递车呢?"

"司机会送回公司的,至于快递员的事情,明天再解决,毕竟现在快递也都全部送达了。"

岳崖儿点点头,跟着伊万走出酒店,回头扫了眼酒店前台,曹群和那个女人已经消失得无影无踪了。

阿斯顿·马丁缓慢地行驶在北京萧索的寒雨里,街道两旁是昼夜不灭的摩天大楼,一座座直窜天空的奢靡地标,高大得像一堵堵怎么也翻越不过去的墙。

岳崖儿坐在副座驾上,沉默地看着落在车窗上淅淅沥沥的雨帘和来回摆动的雨刮器,身边的伊万一言不发,双手握着方向盘,目光直视前方,控制着车速,有些小心谨慎。

气氛安静得实在是太奇怪了,岳崖儿努力找着话题,想问关于洛眉的事情又似乎干涉了伊万的私生活,说下雨的事情又显得太意图明显,最后她能想到的只有关于工作的话题:"投诉取消了吗?"

伊万轻轻"嗯"了一声。

"那就好。"岳崖儿回复,而后车内又是一阵沉寂。

岳崖儿不再说话了,她闭上眼睛假装睡觉,虽然车里开着暖气,她却觉得周遭的空气冷到了极点。

等岳崖儿睁开眼睛时,车子已经停靠在家门口,自己刚刚那一闭眼没想真的睡过去了:"啊!我家到了啊。"她急急忙忙打开安全带。

"我看你睡着了,就没叫你。"伊万淡淡说道。

"哦,那伊总……我先回家了。"岳崖儿下了车,对车内的男人补了句,"你回去路上注意安全。"

伊万面无表情地点点头,缓慢地启动,朝前方驶去。

岳崖儿看着车尾灯，心里一阵落寞，韩剧里用"要不要来我家吃碗面再走""我家的猫会后空翻，来看看吧"这种奇怪的理由邀请男主的话，在现实生活中根本说不出口嘛！估计伊万听到后只会翻个白眼，把她当神经病般地离得越远越好。

岳崖儿抽了抽嘴角，转身走进老旧的小区里。

失联的快递员在第二天便被辞退了，快递车以及属于他的工作立马转接到了新进来的快递员身上，这便是 FAS 一贯的工作风格和行事效率，一旦有人落了节奏便毫无犹豫地选择开除。

岳崖儿在双十一活动过后变成了个小富婆，加上之前卖小猪包赚的几万块钱，钱包已经变得鼓鼓的，但还完累积下来的信用卡账单之后，她的账户上只剩下可怜巴巴的一万多元人民币。

可这丝毫不妨碍岳崖儿购物的冲动，毕竟拼命工作了那么久，也该好好犒劳自己了，于是挑了个周末和佩琪飞了趟香港，血拼了一番之后，两人坐在时代广场的星巴克里。

岳崖儿喝着手里的饮料，一边用手机帮佩琪狂拍了几十张照片，最后佩琪千挑万选了一张，精心修图后定位香港，终于发到了朋友圈里。

点开佩琪的朋友圈，你会以为自己在围观一个上流社会的名媛生活，永远都是吃喝玩乐以及买买买——在高大上的西餐厅里对着精致食物来段优雅的摆拍；和闺蜜的下午茶中不经意间露出各大奢侈品牌 logo；在高级商场的试衣间里对镜子拍出自己刚换上的定制服饰。

不知道的人会以为这是一个生活在天空之城的白富美，只有熟悉佩琪的岳崖儿知道这不过是一个代购的日常生活罢了，只是佩琪将一切完美包装了一下，代替顾客买奢侈品假装成疯狂购物的战利品，全球各处飞采购商品，却假装成在一直在路上的岁月静好。

"其实啊，钱才是男人最在乎的东西，越是上层圈子，对门当户对看得越重。"佩琪语重心长地说道。

她粉饰一切不过是为了找到一个让她称心如意的金龟婿，但是佩琪过往的感情经历都不是很顺利,要么对方是个假冒富二代的穷光蛋,要么虽然是真富二代,却也只是把她当作玩玩而已的对象,新鲜感过后便立马寻到新欢。

"对了,你那个悉尼的小哥哥呢?还在聊吗?"岳崖儿突然想起佩琪提起过的这个人。

"嗯啊,他说圣诞节提前回来,给我个惊喜。"佩琪低头玩着手机,双手"啪里啪啦"地快速敲字,嘴角扬起大大的笑容。

"你是在跟他聊天吗?"

佩琪摇了摇头:"其他小哥哥。"

"啊?你不是已经跟他确定下来了吗?"

"你傻啊,哪有吊死在一棵树上的道理?我估计那个悉尼小哥哥也聊了不少女生等着回国——安排见面呢,所以我怎么可能为他断了所有行情?在我没正式跟他见面之前,我会给自己留N多条退路,不然万一见面了不喜欢怎么办?"佩琪笑了笑,抬起头用力吸了口面前的咖啡,发出很大的声响。

岳崖儿似懂非懂地点点头,如果自己有弟弟或者哥哥的话,一定要告诉他们离佩琪这样的女人越远越好,不然死都不知道怎么死的。

"你呢?最近没桃花运吗?"佩琪问岳崖儿。

岳崖儿摇摇头:"我最近工作忙成这样,哪有时间谈恋爱?再说了我现在觉得一个人挺好的,自由自在,经济独立,也不怕遇见渣男。"

"女人靠自己拼搏能力终究还是有限,趁没老之前赶快找个好男人啊,你长得也不差,别浪费了这副好皮囊。"

岳崖儿撇撇嘴,不太认同佩琪的观点。

佩琪是属于那种典型的活得好不如嫁得好的心态,所以她才不遗余力地把时间用在寻找优质男人上,从手机上的各大社交软件到线下的相亲联谊,几乎是见缝插针。

"上次那个伊万呢?能不能约出来吃个饭?"佩琪问道。

"别了吧,他是我上司,约出来总觉得怪怪的,而且他也不缺女人,身边不止有 Vivi，最近他的初恋情人也回来了。"

"啊，好吧。"佩琪的表情有些失落，"那你们公司还有什么男人没？"

"有啊，副经理孙宴，感觉是个纨绔子弟，还有个跟我玩得挺好的同事，云小虎，以前是做摄影师的，拍照技术可好了……"

岳崖儿说着，明显感觉到佩琪对这两个男人一副看不上的不耐烦脸色，只好闭了嘴。

"想跳出自己的圈子真难啊。"佩琪杵着下巴，望着商场里的人来人往。

圣诞节快到了，商场里布满了热情洋溢的红色，各大品牌店都在打折，每间餐厅都挤满了人，节日的气氛从街道蔓延到商场，许多情侣牵着手，脸上洋溢着灿烂幸福的笑容。

在这个世界上，我们每个人都飞蛾扑火般地去追逐心中的光亮，内心的欲望野蛮生长，最终长成我们都无法控制的奇怪形状，刺穿了心脏，刺穿了我们所构建的美好生活的屏障。

当一切虚无散去之后，我们才会看见其中狼狈的自己与生活的废墟，可是我们永远都无法叫醒一个装睡的人，只有去爱过、恨过、体验过其中的荒谬与可笑之后，才会适可而止。

所以岳崖儿不会去评价佩琪的三观正确与否，我们每个人都有自己的生活方式，生而为人，活得尽兴就好，能够哭着吃下饭的人，都是能活下去的。不要把这个世界让给你所鄙视的人。既然来到这个世界，就该狠狠踩一脚再走。

良宵苦短，加油吧。

岳崖儿提出要请云小虎吃饭以回报他上次帮忙街拍小猪包的事情，云小虎毫不客气地选了一家大名鼎鼎的昂贵料理餐厅。

"真狠，逮到机会就宰。"岳崖儿在心里咬牙切齿，却还是装作云淡风轻地跟云小虎踏进餐厅。

进门便是古香古色的中国风,开阔的寺院设计透露着宁静,让人产生久在樊笼里复得返自然的舒适感。

岳崖儿和云小虎在餐厅靠窗的位置坐下,岳崖儿看着菜单上122元一份的芝士南瓜汤,暗暗为自己的钱包叫苦。

反观云小虎熟视无睹,从开胃菜到甜点都精挑细选——餐前面包、青苹果鹅肝、战斧牛排、黑松露海胆、奶酪拼盘,并要了两杯特调的无酒精鸡尾酒。

菜上齐之后,云小虎制止了岳崖儿迫不及待下筷的行为,将菜品摆放得整齐有秩序,先拍了十分钟照片,才允许岳崖儿开吃。

"你以后要是有什么想吃的,找我准没错,整个北京城就没有我不知道的餐厅。"云小虎咧嘴一笑,切着他面前的战斧牛排,然后将切好的牛排放到岳崖儿跟前,"吃吧。"

"谢谢。"来都来了,就算死贵也要怀着愉悦的心情吃完,岳崖儿大口大口地吃着牛排,全然不顾形象。

云小虎看着岳崖儿的吃相,大笑起来。

"你笑什么笑?"

"我是第一次见能把牛排吃得跟啃猪蹄一样的女人。"云小虎尖酸刻薄道。

岳崖儿朝云小虎翻了个白眼,没想到自己在吃牛排的眨眼工夫间,已经被云小虎用手机偷偷拍了好几张黑照。

"喂!你给我删了,吃就吃嘛,拍什么照?"岳崖儿一边嚼着牛排一边说道,汁水顺着她的嘴角流了下来。

这一定是岳崖儿吃过最没形象的一次西餐了。

云小虎拿起湿巾,半起身细心地擦了擦岳崖儿的嘴角。

岳崖儿被突如其来的动作吓到,嘴里含着牛排呆呆地坐在那里,冰凉的湿巾贴在嘴角,云小虎的脸近在咫尺,这一刻岳崖儿发现这个整天抬头不见低头见的男人,其实还是有几分帅气的。

"花痴了?"云小虎擦完岳崖儿的嘴角,把湿巾往她面前一摆,坐回位置上。

云小虎的毒舌一下子打破了温馨的氛围,岳崖儿回过神来,瞪了他一眼,继续埋头苦吃,毕竟自己要掏钱买单,不吃回本真是可惜了。

"没想到真的撞见了。"

岳崖儿正吃着,突然听到云小虎招呼着自己。她抬起头,顺着云小虎的目光看去。

从餐厅外进来一对男女,男的穿着一身低调的黑色西装,高大修长的身材惹人注目,他的头发用发胶向上梳起,露出光洁的额头和英俊的脸庞。

"他身边那个女人……"云小虎探着头仔细观察着伊万和他身边的女人。

伊万身边的女人正是洛眉,她穿着一件简单的暖色系马海毛毛衣,手上挽着件米色的毛呢大衣,像极了20世纪末那些温柔岁月惊艳时光的港姐美人。

"这个女人没见过啊,我们伊总谈恋爱了?"云小虎还在絮絮叨叨着,却见岳崖儿的眼神有些不对劲。

云小虎伸手拍了拍岳崖儿的肩膀,岳崖儿这才回过头来,埋头继续吃饭,却发现云小虎一直在看着自己。

"你看我干吗?吃呀。"

"你是不是喜欢他?"云小虎轻声问道。

"谁啊?"

"伊总。"

岳崖儿一顿,手中的刀叉落在餐桌上,碰到瓷盘发出清脆的声音:"胡说什么呢?"

"当回答是问句的时候,就说明是喜欢了。"云小虎脸色慢慢黯淡下来,"喜欢一个人是藏不住的。"

"别说了,吃吧。"岳崖儿不想继续这个话题,从伊万和洛眉进到这家餐厅开始,一切就都变了,鹅肝不再那么嫩滑,奶酪不再那么甜美,所有美味的食物都是苦涩的。

岳崖儿总是忍不住看向伊万和洛眉的方向,他们坐在最里边的位置,明显没有注意到岳崖儿和云小虎的存在,伊万是背对着岳崖儿的,岳崖儿只能看到洛眉的眉眼之间全是盈盈笑意,美丽优雅。

"你是不是故意的?"岳崖儿闷闷地问云小虎,他好像压根不意外会在这里碰见伊万。

"我之前看伊总的采访有推荐过这家餐厅,因为死贵死贵的就没敢来,今天正好找到机会了……这种地方怎么着也得跟更重要的人一块儿来吧?我本来以为伊总跟Vivi是一对,没想到他还有其他女人啊。"云小虎不紧不慢道,看出岳崖儿的脸色愈发不好,便用纸巾擦了擦嘴,"既然吃完了,就走吧。"

岳崖儿点点头,正打算叫来服务员结账。

"我已经结过了。"

"哎,不是我请客吗?"

"下次吧。"云小虎微微一笑。

岳崖儿不好意思地笑了笑,站起身穿上外套,和云小虎一同走出餐厅。

"要不要去喝点?"走在寂静无人的胡同巷子里,云小虎突然开口问道。

岳崖儿心情有些烦闷,便点头答应了。

云小虎打了辆车,车子在一幢公寓楼下停下,一个红色的复古招牌上印着酒吧的名字。

酒吧门口放置着一台弹珠机,云小虎投了硬币进去,取出一把琉璃珠,分了一半递给岳崖儿,岳崖儿摆摆手表示自己不会玩。

云小虎熟练地操作起来,玩得不亦乐乎,并手把手地教岳崖儿玩。岳崖儿全神贯注地盯着琉璃珠滚动的轨迹,在获得胜利之后开心得像个二傻子,完全将刚刚的烦恼抛到了九霄云外。

两人来到二楼拿了些酒，找位置坐下。岳崖儿看着四周朋克的装修风格和昏暗炫目的灯光，问道："你是怎么知道这家店的？"

云小虎拍拍胸脯："我就是传说中的好看的皮囊千篇一律，有趣的灵魂万里挑一。"

岳崖儿笑着笑着沉默了下来，不停喝着手中的红酒。

在认识的异性中，云小虎是跟自己最像的一个人吧，同样来北漂，做着一份看上去光鲜亮丽的职业，靠着实力与才华努力地想要在偌大的北京中拥有一席之地。

如果岳崖儿在进 FAS 之前便认识云小虎，那么云小虎作为伴侣一定会是不错的选择。但偏偏随着年龄的成长，自己想要的不止眼前。

岳崖儿不想选择一个跟自己差不多的人，云小虎对于岳崖儿来说，适合做男闺蜜，而非恋人。

何况云小虎现在也没有表明任何心迹，也许只是自己自作多情了呢？岳崖儿这样安慰着自己。

圣诞节、跨年、元旦这些具有"仪式感"的节日在电商的眼里都是商机。

Vivi 给品牌部的新人们出了个难题，要求每个人提交一个完美的活动策划案，作为年前的一次重要业绩指标，更关乎年终奖。

在会议室里听完 Vivi 布置的任务后，岳崖儿打开手机，意外发现几十条短信和几十通电话接踵而至。果然"双十一"一过，收到的全是关于信用卡还债的信息，可劲儿买买买的背后便是惨痛的还债。

岳崖儿只好再次拜托佩琪帮忙处理自己的一部分奢侈品，佩琪只觉得快成对方的典当行了。

购物欲这个东西就像是嗜血的恶魔，拆东墙补西墙永远无法阻挡猛烈的暴风雨，各大品牌永远有持续上新的单品，岳崖儿就永远有持续消费的欲望。

岳崖儿全身无力地瘫在凳子上，像一条被太阳暴晒得奄奄一息的土狗般生无可恋,坐在隔壁座位的云小虎关心地问她:"你这几天状态好像不太对啊,出什么事情了吗?"

岳崖儿摇摇头,却听到手机震动再次响起。她跑到外面去接,结果又是催债信息,尽管岳崖儿的每笔订单都是分期付款,但算下来一个月也要还一两万。

岳崖儿应付着对方,答应等月中发工资的时候一定把这笔钱补上,对方却扬言如果逾期不还就找上门来。岳崖儿开始怀疑自己是借了什么高利贷吗?明明当初只是为了贪图一个漂亮的免费行李箱在路边傻乎乎地办了张信用卡,结果变得一发不可收拾。

这世界上最不可直视的东西,一是太阳,二是人心,还有人心里的欲望。

"苏曼妮在吗?"快递员扯着嗓子在门口喊道。

苏曼妮起身,款款走到前台,在众人艳羡的目光下收了一个 roseonly 的玫瑰花小熊,这个小熊虽然只有三十厘米高,却有着一万九千九百九十九元的惊人价格。

玫瑰小熊是属于女孩的治愈系礼物,意思是"我想给你温暖的依靠和心灵的归宿",每个收到 roseonly 小熊的女孩,就仿佛收到了一个愿意倾听心事和温暖拥抱的枕边人。

"男朋友送的?"云小虎凑到苏曼妮身边,仔细打量着这只永生玫瑰做成的小熊。

苏曼妮摇摇头,打开小熊旁边的卡片,眉毛微微一皱,随即立马合上了卡片,塞进自己的 Hermès 包包里。

"今天也不是什么节日啊?怎么能收到礼物呢?难道你过生日?"云小虎继续八卦道。

苏曼妮顿了顿,才回复道:"嗯,我生日。"

"生日你都不告诉我哦,都没给你准备生日礼物。"

"我从来不过生日。"苏曼妮的笑容有些僵硬,云小虎见她好像不太开心的样子,便识趣地没往下问,回到自己的位置上继续写 PPT。

苏曼妮将那只 roseonly 的小熊随意地放在办公桌旁,拿着手机走出办公室。岳崖儿看着苏曼妮的背影,又看看那只小熊,抿了抿嘴,要是自己能收到一只 roseonly 的小熊,该有多开心啊。

当然不止岳崖儿这么想,整个办公室的女人们都夹杂着这种羡慕与嫉妒的目光时不时地盯着那只 roseonly 的小熊看上一阵。

"苏曼妮有男朋友吗?"云小虎还是没能收住好奇心,问岳崖儿道。

岳崖儿想起之前碰到苏曼妮和一个中年男人逛街的事,以及苏曼妮后来告诫自己保密恋情的短信内容,便摇了摇头:"我不知道。"

"苏曼妮是那种眼里没有笑意的女人。"云小虎又说道。

"嗯?"岳崖儿不太明白这句话的意思。

"你别看她总是微笑着,可是她的眼里是没有笑意的。"云小虎打开手机里品牌部新人的合照,指着上面的苏曼妮,"她啊,虽然表面上跟你很亲近,但其实保持着疏远的距离感,让人猜不透心思。"

岳崖儿点点头,虽然跟苏曼妮相处也有几个月的时间了,但是自己对于她的生活一无所知,她好像也从来不怎么关心同事的私生活,而是将所有的注意力都放在工作上,力争第一。

"但是,每个人有每个人的性格吧。"岳崖儿想了想说道。

"对啊,所以我还是喜欢你这种真实自然的。"云小虎脱口而出。

岳崖儿一愣,尴尬地一笑而过:"好朋友之间当然要坦诚相待嘛。"

云小虎的脸上闪过一丝丝的失落,"只是好朋友吗?"

他的声音很小,像在喃喃自语。

岳崖儿转过身去,假装没听到。

下班后,岳崖儿假借有事要办拒绝了云小虎的约饭。走出 SOHO 写字楼时天色已暗,中心的绿化带上站着一个纤细的女子,她乌黑柔软的长发随意地扎起,眉眼醒目动人,个子很高却显得有些柔弱。她站在蒙眬的夜色里,楚楚动人。

岳崖儿走近了，看清那个美丽的女人，正是洛眉。

洛眉认出岳崖儿，微微一笑："嗨，又见面了。"

岳崖儿朝洛眉招招手，笑了笑。

"伊万下班了吗？我是等在这里好？还是上楼去呢？"洛眉的声音很柔软，眼里闪烁着温柔动人的光芒，让人心里一阵酥软。

"你联系过伊总了吗？"

洛眉摇摇头："我想给他个惊喜，他以前最喜欢惊喜了。"

岳崖儿僵硬一笑，不知道该说什么了。

"他来了！"洛眉笑容绽放，抬起手臂挥了挥。

岳崖儿转过身去，见伊万正走出 SOHO 写字楼，而他的身后还跟着一个全身黑色系的身材高挑的女人。

Vivi 看见洛眉，脸色瞬间变得阴沉，如晴天里突然而至的阴云。

岳崖儿此刻真想给云小虎发微信，让爱八卦爱凑热闹的他速速前来观看 Vivi 和洛眉的战争，一个是陪伴伊万多年细水长流的职场女强人，一个是惊鸿一瞥让人无法忘怀的初恋情人。

洛眉丝毫不觉尴尬地走到伊万面前："我等你好久了。"

伊万看见洛眉，脸色一沉。

"好久不见啊，Vivi。"洛眉冲 Vivi 温柔一笑，笑里藏刀。

Vivi 恢复冷淡的表情："确实很久不见。"

岳崖儿站在那里，静静地看着他们，伊万无论选择哪个女人，都是才子佳人般的耀眼。她叹了口气，转身离开，伊万却叫住了她："岳崖儿……"

岳崖儿诧异地转身，Vivi 和洛眉的脸上露出了比她还惊讶的表情。

伊万快速走到岳崖儿跟前："我让你做的 OTB 呢？"

什么 OTB？岳崖儿还一头雾水，就已经在 Vivi 和洛眉仇视的目光中被伊万强行拉走了。

我明明只是个吃瓜群众，怎么成了挡箭牌？岳崖儿心中叫苦不迭。

Chapter 7
第七章

岳崖儿跟着伊万回到了写字楼里,她不停地回头张望着还站在风中凌乱的两个女人,刚刚她们一触即发的唇枪舌剑在岳崖儿被伊万强行拖走之后便戛然而止了。岳崖儿深感这两个女人说不定会组成一个联盟来对她发起号角,准备攻击。

前面的男人快步走着,看上去很急的样子,岳崖儿小跑起来,伸出手拦住伊万的去路。

就算是死也得死个明白吧,岳崖儿一头雾水道:"等等,伊总,我不是已经下班了吗?什么OTB?"

"嗯,你已经下班了。"伊万不慌不忙地按下电梯负一楼停车场的按键,"那你回家吗?我送你。"

"啊?"

"借口,看不出来吗?"伊万不咸不淡地说,"我不想本来工作累到筋疲力尽了还要看两个女人扯嘴皮子。"

"可是你那天还跟她一起吃饭呢?"

"谁?"

"洛眉。"

突然的死寂。

连岳崖儿都被自己的这番问话给噎住了，她刚刚的表情和话语就像在拷问男朋友的行踪。

岳崖儿深吸了一口气："我看到了，在餐厅……"

"哦，她找我说工作上的事情。"

岳崖儿还想问什么，电梯已经到了，里面走出来寥寥几个人后，伊万大步迈了进去，岳崖儿只好把剩余的话语吞回嘴里，跟在他身后。

电梯里只有岳崖儿和伊万两个人。

岳崖儿悄悄地抬头看了眼伊万，他的表情仍旧平静，不苟言笑，岳崖儿低下头来回扯着袖子，在伊万身边，她总有种浓浓的自卑感，虽然她偶尔喧嚣吵闹，但不过像是被充了气的气球，飞不了多远多高，之后就会干瘪得恢复原样。

清脆的电话铃声打破了这如墓地一般死寂的氛围，电梯门随之打开，伊万接听电话走到停车场里，没走几步路他突然停了下来，表情愈发严肃："什么？"

伊万挂断手机，回头语速很快地对还在原地惴惴不安的岳崖儿说："仓库那边出事了，我得过去看一眼，你自己回家吧，抱歉。"他按响感应键，朝着车灯亮起的方向走去，脚步很匆忙。

"等等。"岳崖儿追了上去，紧跟在他身后，"仓库出什么事情了？"

"上次那个失联的快递员在闹事。"伊万利索地打开车门坐了上去。

"就是我们之前找不到的那个快递员？"

坐在车里的伊万点点头，岳崖儿忙打开副座驾的门上了车，关上车门，系上安全带："我也去看看。"

"不用，你已经下班了。"伊万的声音很冷淡。

"但是那个快递员负责的是我的双十一单品订单，我可不想你今天处理完他的事情，回来我就被开除了……"岳崖儿噼里啪啦地说道，当初她得知快递员被开除之后心里便隐隐有些不安，FAS根本没调查清楚什么原因，就直接按劳动合同处理了。

伊万不说话了，拧下车钥匙开出停车场，行驶到辅路时，岳崖儿还特意歪头看了眼绿化带中心的广场，已经不见Vivi和洛眉的身影了。

等伊万和岳崖儿赶到FAS仓库，门口已经聚集了很多围观群众和工作人员，伊万和岳崖儿挤过人群来到仓库，见仓库的正中央站着一个中年男子，他的手上拿着打火机，地上有黏稠的黄色液体，一股汽油的刺鼻味迎面扑来。

中年男子挥舞着打火机叫嚣着："今天要是不让你们老板出来，俺就烧了这座仓库。"

所有人闻言都害怕得往后退了一步，穿着制服的保安也不敢轻举妄动，怕这火苗把整个仓库都点没了。

离中年男子最近的一批货是Christian Louboutin的红底鞋，装在香槟色的鞋盒里。这批货是以"圣诞季"新单品推出的，还未正式开售就已经有了不少的预订量。

伊万冲在所有人的最前面，临危不乱道："你好，我是FAS品牌部的总经理伊万，发生了什么事情我们可以商量。"

男子明显有些不信任伊万，伊万亮出自己的工作牌，男子才收了收刚刚张牙舞爪的表情，表情变得颓废惘然，双手无力地来回摆动："你们根本就不理解俺们这些快递员的难处就随随便便开除人，俺老婆在12号那天突然要临产了，情况很不稳定，俺跟公司请假，主管说双十一期间快递员不能批假。"

"俺连老婆生孩子都没能陪在她身边，儿子生下来后又说有先天性的心脏病需要立马签字做手术，俺连老婆孩子都保护不了了，还有什么时间送快递？如果一开始就给俺批假，俺也不会把快递丢在那里不送，俺回来跟公司解释情况，结果你们根本不听原因，就直接把俺开除了……"

"这件事情我会跟上级核实的，麻烦你不要冲动行事，好吗？"伊万的语气始终很礼貌客气。

"你们只会把俺当蚂蚁一样,俺不相信你们,俺去总部反映了好几次,哪一次不是被你们给赶出来了?俺现在就要烧了这个仓库,你们现在不给俺明确的答复,俺就烧了这个仓库!"男子的手指往打火机上一扣,打火机上冒出火苗。

所有人都倒吸了一口气,纷纷往后退,只有伊万仍旧沉着镇静,如同一堵高大的黑墙试图抵挡住所有的危险,岳崖儿站在伊万身后,紧张不已地盯着眼前的混乱。

"烧了能解决什么事情?无非是给自己平添事端罢了,你知道你身边这批货价值多少吗?这是 Christian Louboutin 的圣诞款红底鞋,售价 5999 元一双,这里一共有一千双,就算给你按原价算你也得赔好几百万,还有你儿子的手术费可不便宜吧?"伊万双手插在腰间,语气像在法院里陈述的律师一般铿锵有力,"又或者鱼死网破,自焚在这里?然后呢?那你的孩子和老婆呢?他们还在医院里苦苦挣扎等着你,你就打算这样一走了之抛下他们母子俩不管吗?"

围观的群众纷纷举起手机对准伊万和男子拍照及录像。

男子似乎被伊万的话打动,慢慢放下手中的打火机,无助地抽噎起来:"俺一个月就赚几千块,每件快递要有好评才会有额外的提成,本来日子已经过得紧巴巴的了,现在孩子刚出生就得了病,俺也失业了……"

"你放心,公司不会辞退你的。"伊万的声音很洪亮,在场的人都能听得到。

快递员像看到一丝希望的曙光,倏地抬起头,眼里除了快要溢出来的泪水之外,还夹杂着一丝欣喜。

"只要你说的情况属实,我保证会让你回到 FAS,双十一期间快递员是最忙碌的,公司没有顾及你们的个人情况和难处,是我们的错误,这点我代表整个 FAS 公司向你道歉。"

话音刚落,只见伊万笔直修长的身体弯成了九十度,他鞠躬的动作在半空中足足停留了三十秒之久。

在场的人也都沉默了，整个仓库鸦雀无声。

男子站在伊万面前显得有些不知所措。伊万直起身子，大步走到男子面前，男子被伊万强大的气场给唬住了，连连后退了几步。但伊万只是抬起一只手，微笑道："真诚地希望你能留在 FAS 公司，成为 FAS 物流部的一员，为 FAS 继续努力工作。"

男子愣了会儿，在确认伊万眼神是善意的之后，才敢同他握了握手，一边战战兢兢地问："你们真的肯让俺回到公司？"

"是的，我以我的人格向你保证。"伊万轻轻握住男子的手，"赶快回医院看老婆和孩子吧，他们一定还在等着你，关于手术费用，公司可以破例提前为你预支两年的工资。"

男子喜极而泣，用袖子擦着眼泪："谢谢你。"

在场的人纷纷松了口气，热烈的掌声和咔嚓咔嚓的拍照声陆续响起，每个人脸上都是赞赏和敬佩的表情。

岳崖儿又回头看了眼站在那里的男人，这件事情从头到尾，他都像一个帷幄运筹的君王，面不改色，掷地有声。

难怪伊万能坐上 FAS 品牌部总经理的位置，他的能力真不容小觑，不是所有人在面对危险时都能像他一样挺身而出。

伊万在岳崖儿心中的地位又拔高了很多，真是无法企及的珠穆朗玛峰啊。

等 Vivi 慌慌张张赶到仓库时，伊万已经将快递员送走了，并给 Vivi 布置了新的任务："这件事情我会向 Rex 交代清楚，你先回去跟物流部和人事部那边核实一下这位快递员的情况，一定要确保他明天能来上班。"

Vivi 瞥了伊万身边的岳崖儿一眼，表情有些不悦，但还是撇撇嘴，直起如黑天鹅般高傲的脖子离开了。

工作人员开始清理地上的汽油，但 Christian Louboutin 的不少鞋盒还是沾上了汽油的污渍，伊万认真数了数，随即打电话给采购部："尽快从 Christian Louboutin 那边购进五百只鞋盒，这周内必须到达。"

"伊总,这怎么办?"工作人员拿来一双 Christian Louboutin 的红底高跟鞋,红色的鞋底被弄到了一滴汽油,虽然不是很明显,但哪怕有一点点瑕疵,肯定是无法出售的。

"这双鞋我买下了。"伊万淡淡地说,"按售价下单吧。"

工作人员点点头,因为鞋盒和包装袋都受损了,便拿了个透明的塑料袋装好,递给伊万。

"多少码的?"

"36。"

伊万接过高跟鞋,转身便给了岳崖儿:"你要是不嫌弃的话,送给你。"

岳崖儿面对突如其来的礼物有些错愕,伊万又补充了句:"我记得你是穿 36 码的。"

咦?伊万怎么会记得?岳崖儿蓦地想起面试那天伊万帮自己把鞋跟从电梯缝里取出来的场景,还有她在办公室里偷穿 Manolo Blahnik 被伊万发现的窘迫,好像他们之间的很多次互动,都与高跟鞋有关。

岳崖儿呆呆地看着透明塑料袋里的高跟鞋,Christian Louboutin 可以说是所有女人梦想中的小红鞋,鞋底是鲜艳的大红色,像是给鞋子涂上了口红,让人忍不住想要亲吻。

Christian Louboutin 的红鞋底设计正好迎合了圣诞氛围,据说这批货源是伊万亲自挑选和敲定的,可见其眼光不俗。

伊万见岳崖儿跟丢了魂似的站着,便把手中的塑料袋晃了几下。岳崖儿这才从飘远的思绪中回过神来,忙接过塑料袋:"谢谢伊总。"

从天而降,不要才怪呢,只是岳崖儿没想到自己收到的第一份圣诞礼物竟是伊万送的,虽然对于他来说,可能只是多余的物品罢了。

"没有鞋盒和包装,不好意思了。"伊万面无表情。

"没事的没事的,我很喜欢。"岳崖儿露出灿烂的笑容,将高跟鞋抱在胸前。

伊万转过身去,继续指挥着工作人员把 Christian Louboutin 的货源全部转移到里仓。

岳崖儿站在原地，痴痴地看着伊万忙得不可开交的背影，握着高跟鞋的手攥得更紧了。她低下头看着怀中的高跟鞋，鞋底下那抹火红像罂粟花一样摄人心魂。

早晨岳崖儿从床上起来，脑袋里还在回想昨天伊万从容不迫的帅气样子，花痴得如果此刻照照镜子，一定会发现口水止不住地淌下来了。

岳崖儿起身拿起红底鞋给自己穿上，36码正合适。高跟鞋是绑带设计的，在脚踝处缠上一圈半透明的黑色丝带，绕到后面系上蝴蝶结之后，整双高跟鞋显得更加性感妩媚了。高跟鞋也将腿型塑造得极其美丽，鞋跟的高度正好显现了完美的弧度，低调奢华。

当岳崖儿穿着这双高跟鞋，搭配一身红蓝职业装走进FAS时，无数人的目光看了过来。在FAS，大家对于时尚穿搭已经见怪不怪了，而能在这样一个时尚公司在穿着打扮上惹人注目，着实是件不容易的事情。

高跟鞋对女人有种不言而喻的魔力。高跟鞋让女人走过的路都变得流光溢彩，女人穿上它之后微妙的疼痛感，却是昂首挺胸的骄傲，就像踩在刀尖上的小美人鱼，即便难受也要把最袅袅动人的一面展示在别人面前，穿上了就不想脱下。

"女人有多爱高跟鞋呢？"

"比你想象中还要再爱一些。"

岳崖儿踩着Christian Louboutin高跟鞋走进办公室里，直到在自己的位置上坐稳时，她才像散了线的木偶全身放松下来，摸了摸自己的脚踝，暗中叫苦："美是美，就是真的累。"

"哇，这双鞋难道不是我们FAS官网上还没开售的红底鞋吗？"云小虎拖着自己的椅子凑了过来。

岳崖儿点点头："这双高跟鞋有点磨损。"

"哪儿呢？"

"在鞋底，一滴汽油污渍。"

"哎，那不就正好是独一无二的吗？有时候啊，残缺才是一种完美。"云小虎难怪是写得一手好文案的人，脑回路如此清奇。

"该不会是昨天在仓库里那批被污染的货吧？视频我都看到了，伊总挺身而出的样子真是太帅太赞了。"云小虎继续叨叨着。

"视频？"岳崖儿凑近看云小虎手机上的视频。果然从昨天开始，伊万义正词严的那番话被围观人群录成了小视频，无数人都在问这帅哥是何方神圣，伊万的微博也一下子多了三十万的粉丝量，甚至还上了一小阵热搜。

伊万这名气，放在娱乐圈里等同于冉冉升起炙手可热的小鲜肉了。

身边的苏曼妮只是淡淡地扫了一眼岳崖儿的 Christian Louboutin 高跟鞋，一边补着口红，表情看上去有些不太开心。

岳崖儿回过神专心弄节日策划案，但是一点思绪也没，中间她好几次支起身子抬头看向伊万的办公室——除了 Vivi 和孙宴偶尔进出以外，始终没见到伊万的身影，岳崖儿有些失落。

午休时间云小虎叫岳崖儿一起去吃午饭，岳崖儿借口自己还没做完策划案，再次拒绝了。员工办公室里的人陆陆续续地离开，Vivi 和孙宴也出了办公室，岳崖儿坐在自己的座位上，目光直勾勾地盯着伊万办公室的方向。

一点动静也没。

该不会伊万今天没来上班吧？岳崖儿自言自语道，耐不住肚子饿到咕噜咕噜地叫起来，她终于决定起身去吃午饭。

正当岳崖儿的屁股刚离开椅子悬在半空中时，伊万办公室的门打开了，伊万从里面走出来，扣上西服的第一颗纽扣，看到电脑跟前探出来的脑袋："你怎么还没去吃饭？"

"我……我有点事情没处理完，这就去。"岳崖儿慢慢地直起身子站好，挠了挠后脑勺。

"那一起吧。"伊万淡淡地说道。

岳崖儿顿了顿，点点头："嗯，好。"她走到伊万身边，刻意加快了脚步。高跟鞋在光滑的大理石地板上发出清脆的声音,在安静空旷的办公室里显得尤其响亮。

但伊万的目光始终没有垂下来扫一眼岳崖儿脚上的高跟鞋,而是面无表情地向前走去,双手插在西服的裤兜里。

岳崖儿多希望伊万夸夸自己穿这双高跟鞋很美,但伊万偏偏不说,最后岳崖儿实在是忍无可忍:"伊总,谢谢你的高跟鞋。"

伊万"嗯"了一声,目光直视前方,似乎是在思考什么事情。

岳崖儿的脸沉了下去,难道夸奖对于伊万来说就那么难吗?

电梯即将到达一层大厅,只听见身边的男人突然开口,声音低沉:"这双鞋很适合你。"

岳崖儿终于等到了她想要的夸奖,脑袋却像烟花一样轰地一下炸开了,她感觉到自己的耳根开始熊熊燃烧,结结巴巴道:"谢……谢谢。"她抬眼瞥了眼伊万,他的脸上仍旧没有什么表情,好像刚刚那句夸奖不过是一句稀疏平常的话语。

电梯门"叮"的一声打开了,Vivi和孙宴刚吃完午饭回来,站在门口等着。

Vivi先是注意到岳崖儿脸上不自然的神情,随后打招呼:"伊总"。

伊万点点头,走出电梯,岳崖儿跟在伊万身后,伊万似乎有意照顾她穿高跟鞋的感受,步子并没有很快。

Vivi转过身看岳崖儿的背影,站在她身边的孙宴不知死活地问道:"哎?那双高跟鞋不是咱们公司的圣诞款吗?"

Vivi抿了抿嘴,神情仍旧倨傲,眉毛微微紧蹙着,那款高跟鞋她本来打算给自己预留一双的,没想到被岳崖儿抢先了。

走出SOHO写字楼,伊万指了指商业街上的一排排餐馆,"你随便挑一家。"

"我都可以。"岳崖儿应答道。

"当女人说'我都可以'的时候,那意味着是件很麻烦的事情。"伊万面无表情。

岳崖儿连忙摆摆手:"不不不,我不挑食,所以都行。"

伊万便随意走进一家粤菜馆,点了碗瘦肉粥和肠粉,岳崖儿跟伊万点了同样的。饭菜端上来之后,两个人沉默地坐在桌子的两边喝着粥,一点交流也没,像临时拼桌彼此不认识一样。

岳崖儿想了想,问伊万:"伊总,那个快递员来上班了吗?"

"嗯,除此之外我已经跟总部那边提过了,'双十一'期间会增加兼职快递员的数量,另外快递员的提成不再按照好评给,而是订单量,当然好评量达到一定数量还能再加薪水。"

岳崖儿"嗯嗯嗯"地应答着,等伊万说完,又是一阵沉默。她正想问关于策划案项目任务的更多细节,但这一口粥还没咽下去,米粒一下子堵在了气管,她止不住地咳了起来,呛到面红耳赤。

伊万连忙走到前台跟服务员要了杯茶水,绕到岳崖儿的座位旁,将茶水递到她的手里,岳崖儿咕噜咕噜地一口气喝下去,卡在喉咙里的米粒是下去了,但下一秒又因为喝水太快呛了起来,水直接喷了出来。

岳崖儿捂着嘴,弓着身子像要把肺给咳出来一般。

突然一只宽厚的大手轻轻地拍了拍她的后背,岳崖儿背部僵直,哽着喉咙发不出声音了。

伊万轻轻地拍了拍岳崖儿的后背,看到她不再咳嗽才将手拿开,面无表情地坐回自己的位置上:"吃饭的时候就好好吃饭,不要说话。"

岳崖儿本想回一句"哦",可是话到嘴边却变成了一声清脆响亮的打嗝声,岳崖儿难堪得整张脸涨得更红了,像喝多了一样。

伊万拿着勺子低头继续喝粥,岳崖儿还在持续不间断地打着嗝,她捂住嘴巴不让自己发出声音,整个人却随着嗝声一阵阵剧烈地颤抖着。于是一副诡异的画面出现了,一个安静的美男子安静地喝着粥,面前坐着的却是一个像撒了谎的匹诺曹一样打嗝打到停不下来的女人。

岳崖儿终于忍无可忍,打着嗝将那句"我先走了"一顿一顿地说完,然后一股烟一样"呲溜"一声跑开了,留下伊万不可置信地看着明明三秒之前还有人的空座位。他顿了下,低头继续面无表情地喝粥。

岳崖儿跑出餐馆，走在街道上，捂着嘴还在不停地打嗝，她快被自己给糗死了，第一次跟男神同桌吃饭，就出了这么多洋相。

岳崖儿回到办公室里，见等候区的沙发上坐着一个袅袅动人的身影，穿着件温柔的奶油色开衫，里面是件同色系的吊带针织连衣裙，乌黑色的秀发随意地用白色的蕾丝发带捆住，温婉富有女人味的背影足以秒杀一众女性，等她转过头来，更是一张惊艳四座的美丽脸庞。

Vivi 对于洛眉直接踏进办公室的行为明显有些不满，让李晓双给对方端了杯热水，自己打算抬腿走开，洛眉却不安分地在员工办公室里四处游走着，摸摸这儿看看那儿："这里好像变了很多啊。"

"如果 Vivi 的眼神是把刀的话，我估摸着那个女人已经死了不下十次了。"云小虎贴近回到工位的岳崖儿的耳边，悄悄说道，"那个女人就是我们上次在餐厅遇到的吧？看来跟伊总的关系很不一般哦。"

明明那天还只是在写字楼下等，今天就直接跑到办公室里了，可是洛眉偏偏是那种即使做了坏事也让人恨不起的人。

美，跟钱一样，真的可以收买人心。

"那个女人就是伊总的初恋女友洛眉吧？"苏曼妮直接指名道姓。

"你之前说的伊万花费百万填坑的法籍华人设计师？"云小虎的表情因为惊讶而夸张地耸动着。

"这样的女人就是妖精，杀人于无形。"苏曼妮轻笑了一声。

苏曼妮的美是那种明眼可见的美，可是洛眉的美却是无声无息又让人无法忽视的，只要你在人群中发现了她，视线就很难再转移了。

"啊，你来啦。"洛眉的声音突然尖了几个分贝，门口出现了一个高大修长的身影，她迎了上去，脸上洋溢着藏都藏不住的幸福与开心的笑容。

伊万点点头，面无表情道："去我的办公室谈吧。"

洛眉笑意盈盈地跟在伊万身后，从 Vivi 的身旁擦肩而过。

Vivi 敛着目光，瞳孔微微颤抖着。

洛眉走进伊万的办公室，顺手"擦咔"一声把门锁上了。

所有人收回目光，像上了发条一样认真工作，Vivi 也回到了自己的座位上。

"他们已经在里面待了一个小时五十一分钟了，这期间你一共抬头看伊总的办公室看了二十一次，还有一次可能是在看 Vivi。"坐在岳崖儿身边的云小虎突然开口道，随后他得出了一个之前说过的重复结论，"你喜欢伊总吧？"

岳崖儿动了动喉咙，不自然地说道："别胡说。"

"如果情敌是伊总的话，那我甘愿认输。"云小虎像是在自言自语，"但是伊总那样的人，不会喜欢你的吧，你看 Vivi 和洛眉都是十足优秀和美丽的女人……"

岳崖儿闻言瞪了云小虎一眼："不管我喜欢谁，都不关你的事。"她转过身去，不再理睬云小虎。

云小虎咂了咂嘴，哑口无言。

洛眉在伊万的办公室里整整待了两个小时四十一分五十秒，没错，岳崖儿在偷偷地计时，当伊万的身边有其他女人之后，岳崖儿便无法抑制住内心那头名叫嫉妒的小野兽，它在用它锋利的爪子不停地挠着岳崖儿的心。

当洛眉从伊万的办公室里走出来时，脸上挂着的仍旧是少女般的盈盈笑意，她的脸微微泛红，不知道是擦了腮红还是欣喜的缘故，像山谷里清晨刚刚绽放的一朵山茶花，美得清新脱俗。

"孙宴，你送下洛眉吧。"伊万淡淡地对孙宴说道，孙宴似乎正在忙着手中的项目，不便离开。另一边的 Vivi 直接站了起来："我送洛小姐吧。"

Vivi 走到洛眉身边，语气变得异常客气："走吧。"

洛眉抿嘴一笑，跟伊万说了声："那希望我们合作愉快。"然后转身跟在 Vivi 身后。

爆款女王

伊万的脚步没有多留，回到了自己的办公室里。

洛眉和 Vivi 两人走进电梯，Vivi 按下电梯的按键。洛眉挑眉轻轻一笑："伊万说这次圣诞节会推出我设计的胸针。"

"是吗？品牌部的所有决策可不仅仅是伊万一个人能决定的，还有我。"

"但只要过了伊万那关，你又有什么资格不准呢？"

"那你觉得 Rex 会同意吗？难道你还想让伊万像十年前那样再栽一次跟头吗？"Vivi 字字珠玑，声音很响亮。

洛眉不甘心道："这十年来我一直在进步，会让你看到的。"

"别再用你那悲惨的故事来混入这个圈子，洛小姐。"Vivi 嘲讽似的笑了声，"时尚圈不是靠卖惨就能成功的。"

这句话似乎戳到了洛眉的痛处，她咬了咬嘴唇，脸色苍白，一句话也说不出来，身体微微颤抖着。

电梯已经到了一层，Vivi 口气冷漠："慢走不送。"

洛眉顿了顿，走出电梯，没走几步，像是下了决心一般，回头冲 Vivi 道："就算是把伊万再次拉入地狱，我也要让他回到我身边。"

Vivi 愣在原地，她还没想到如何反驳，电梯门就已经慢慢合上了。

洛眉盯着电梯上方亮着的慢慢上升的楼层数，笑容深不可测。

Vivi 直接门也没敲地大步跨进了伊万的办公室，伊万正坐在办公桌前看着合同，见到来势汹汹的 Vivi，奇怪地抬起眼："怎么了？"

"你真的要用洛眉的作品吗？"

伊万将一个胸针推到 Vivi 面前，胸针是几何形状的鹿头，鹿头的中间镶嵌着钟表的零件，虽然整枚胸针是纯银色的，但鹿头的两端点缀着两颗红色宝石，充满了设计感："我觉得这个单品确实蛮不错的。"

"她的作品很危险，你又不是不知道，十年前你被她坑得还不够惨吗？虽然她的样品看上去精致无比，但是批量做出来的却是粗制滥造根本不及格，她这样一个投机取巧的人，不过是花大价钱炒作自己，你还要选择相信她吗？"Vivi极力克制住自己快要歇斯底里的语气。

"她这次设计的胸针没什么问题，个人风格也很强，而且，我们只售十枚，我刚刚看过了，每一枚胸针都很精美，没有任何瑕疵，这还不行吗？"伊万神色平静，"Vivi，感情和工作我会分开的，更何况我对她已经没有感情了。"

"真的没有了吗？"Vivi站在伊万的办公桌前，她的表情倔强，隐隐带着些许不易被察觉的悲伤。

"嗯。"伊万坚定地点了点头，他的整个身子沐浴在阳光之下，瞳孔里带着笑意，仿佛一阵辽阔的海洋。

半个小时之后，品牌部的全体员工被叫到了会议室开会，伊万拿着那枚麋鹿胸针向大家宣布这也是即将加入"圣诞季"的单品之一，并且作为重头戏"神秘单品"推出，仅售十枚。

定价是包含了圣诞节日期的12250元人民币，贵得吓人，据说这是设计师的意思。

MEI这个品牌在国内来说算小众，几乎是孤陋寡闻，但定价偏偏与一线奢侈品牌等同，伊万敢为这样一个品牌做宣传和推广，可见是冒了十分大的风险。

岳崖儿自然能猜到那枚麋鹿胸针便是洛眉的作品，但是不知道为什么，一股隐隐的不对劲感涌上心头。岳崖儿看向Vivi，她安静地坐在伊万的身旁，从头到尾一言不发，只有眉毛始终紧蹙着，另一旁的孙宴则乖乖地做着笔记，对伊万的话言听计从。

"这枚胸针挺有设计感的啊，怎么会把麋鹿跟钟表的零件结合起来呢？好有趣啊……"会议室里的人交头接耳，看得出大家对这件单品也很满意。

岳崖儿收回思绪，不知不觉在笔记本上写下了无数个洛眉的名字，洛眉，落梅，MEI，这名字真美。

那枚麋鹿胸针，鹿角和钟表的零件看似是残缺的，却巧妙地组合在了一起，仿佛两个不完美的灵魂紧密相连，我中有你，你中有我。

Chapter 8
第八章

开完会之后,岳崖儿被云小虎神秘兮兮地叫到公司天台上,岳崖儿本来不想去的,但听云小虎的口气似乎是跟公司有关。

岳崖儿来到天台上,一双宽厚的手掌从后面遮住了她的眼睛,转过身却是云小虎那张痞气的笑脸。正当岳崖儿忍不住发飙时,云小虎开口道:"这件事情我只告诉你一个人哦,你听了肯定会感激我的。"

"到底什么事情啊?"

云小虎看了眼四周,确认没有其他人之后,压低了声音说道:"你知道我们公司一直都是巴黎时装周的重要邀请企业吧?"

岳崖儿听到"巴黎时装周"这几个字,下意识捂住了嘴巴,云小虎很满意于岳崖儿的表情,继续说道:"当然往年我们品牌部参加巴黎时装周都只有伊万和Vivi受邀出席,这两年加上了孙宴,但听说明年孙宴把名额给让出来了,说是要给新人一个机会。"

"哇……"岳崖儿发出了轻叹声,捂住嘴巴。

"这件事情公司不会明说,但会暗地里考察每个新人,最满意的那个,将拥有参加巴黎时装周的资格。"

云小虎用不紧不慢的语气说着,岳崖儿却已经按捺不住激动的心情了:"这是真的吗?你是从哪里听到的?"

"我可是万事通,有我在的地方,就没有我不知道的小道消息。"云小虎拍了拍自己的胸脯,"我向你保证,这件事情百分之百是真的,毕竟时装周的主办方已经要开始确认参加人员,制作邀请函了。"

"你为什么告诉我啊,难道你自己不想去吗?"

"当然是因为喜欢你啊。"云小虎脱口而出:"总之呢,大家都不知道这件事情,所以这段时间咱们要好好努力,一切表现公司都是会看在眼里的,如果我去不了的话,我希望能去的那个是你。"

岳崖儿听完云小虎的这番话,莫名地有些感动,而后情不自禁地幻想关于"巴黎时装周"的种种——这是一场各大品牌精彩纷呈的时尚盛宴,是一个全球时尚媒体和大咖聚集的欢乐场所。

有人说,四大时装周,纽约展示商业,米兰展示技艺,伦敦展示胆色,只有巴黎,展示梦想。

岳崖儿,想做那个追梦人。

接下来的日子里岳崖儿绞尽脑汁地构思品牌部新活动的策划方案,推翻了一个又一个创意,头脑风暴直到山穷水尽,越去苛求,便越是不满意,工作热情上升到白热化程度。

当然岳崖儿是有私心的,她是如此渴望得到前往巴黎时装周的机会。像一场迷宫游戏,在知道丰厚的奖品之后,一定会竭尽所能用最快速的方法穿越荆棘与山高水远,不顾一切。

品牌部所有关于"圣诞季"的单品均已确定完毕,相关文案也已蓄势待发,其中包括伊万亲自敲定的 Christian Louboutin 红底高跟鞋以及洛眉的 MEI 胸针。

万事俱备只欠东风,"圣诞季"所有单品已于12月10日全面上线,在圣诞节一周前零点准时开售,而"神秘单品"只有在当晚才会揭开神秘面纱。

岳崖儿用内部员工价预定了一双 Christian Louboutin 红底高跟鞋准

备送给佩琪当圣诞礼物,毕竟她每天都在朋友圈叫嚷着"今年的圣诞节会有礼物吗"。当然,这个惊喜没有提前告诉佩琪。

周五,岳崖儿拖着疲惫的身子回到自己住的地方,小区最近在装修,楼道里重新粉刷了一层厚厚的白色石灰,岳崖儿每次气喘吁吁地爬上顶楼,都感觉自己随时都要在甲醛中中毒身亡了,隔壁那家放在门口大概是用来净化空气的巨大仙人掌,已经焉得像枯掉的芭蕉叶。

她盘算着今年租期到了之后要重新租个好一点的房子,怎么着也得挤到三四环里,但看了眼信用卡未还完的余额,便很快死了心。

岳崖儿艰难地推开被精致手袋及盒子堵住的门时,便猜到一定是佩琪本尊大驾光临了。佩琪从大大小小的盒子中探出头,露出一张清纯的笑脸:"Surprise!"

佩琪一边笑着一边撕扯着快递,刺啦刺啦的声音听得岳崖儿浑身起鸡皮疙瘩,她那闪闪发光的美甲宛如长着怪兽的爪子,毫不留情又精准狠。

这些东西都是佩琪的追求者送给她的,佩琪从来不会把自己的真住址告诉他们,在跟岳崖儿相逢成为闺蜜之后就明目张胆地留了岳崖儿的地址,尤其是圣诞节这样专属情侣的浪漫节日即将来临,岳崖儿每天都可以收到一两个关于佩琪的礼物。

当然岳崖儿这里也不是免费仓库,两人达成了共识,佩琪挑三拣四带走自己喜欢的,不满意的礼物通通扔给岳崖儿。而佩琪挑选礼物只有一个原则,那就是"贵",不超过四位数她根本看不上眼。

用佩琪的话来说,挑礼物其实也是在挑男人,男人愿意送给你多少钱的礼物,就代表你在他眼里值多少价钱。

佩琪觉得世界上最动听的一句情话竟是:你很贵。

但岳崖儿总觉得这三个字有些不大对劲,若是一个男人在酒店的大堂里说出这三个字,不让人产生歧义也很难吧。

可是佩琪最在乎的就是利益关系,她深知在这个社交网络遍地开花的时代，认识一个人的成本要多低有多低，以及美容整容技术先进后美女不再是稀缺物，"爱情"简直就是奢侈品，不是所有人都能有好运等来驾着七彩祥云的至尊宝，很多不期而遇，不过是一场蓄谋已久的骗局，因此能为自己赚得多少彩礼，才是衡量这个人值不值得爱与付出的唯一标准。

佩琪拆完了所有的品牌袋和盒子，最后只留了个粉色的Chanel轮胎包和一只浪琴手表，佩琪不开心地嘟囔道："怎么没有他的礼物啊？"

"谁啊？"

"那个悉尼小哥哥啊，他说他的礼物圣诞节前一定会到，他给我买了个LV的旅行箱呢。"

岳崖儿知道那款LV旅行箱，官网的定价大概是四五万吧，是各大明星及时尚大咖机场走秀和旅行必备的宠儿。

"该不会是骗人的吧？"佩琪自言自语道。

"你这段时间去哪里了呀？"岳崖儿突然想起上次见佩琪已经是半个月前的事情了。

佩琪听罢，气鼓鼓地敲了敲岳崖儿的脑袋："一看你就没关注我的朋友圈，我在巴黎旅行啊，还特意发了九宫格呢。"

岳崖儿赶紧打开佩琪的朋友圈，果然近七天她的定位全是在巴黎，要么对着巴黎铁塔来张下午茶自拍，要么在凡尔赛宫里跟凡·高的星空合影，要么在塞纳河畔高举红酒杯开心畅饮，无忧无虑的样子就像巴黎广场上飞翔的白鸽。

"哇……你代购代到巴黎去了？"岳崖儿一边说着，一边给佩琪的朋友圈点赞。

"对啊。"佩琪把额前细碎的刘海撩到耳朵后面，坐到沙发上，"你是不知道现在的白富美有多任性？人在英国念书，也不是没钱跑巴黎，但是她要抢的Hermès得从凌晨四五点开始排，她懒得排，就直接给我包了机票和吃住，让我专程飞到巴黎给她抢了十个Hermès，啧啧啧，真是大佬大佬。"

看到佩琪代购的生活过得如此滋润,岳崖儿都差点有辞职跟着她一块儿干的想法了。

"不过我可算是捞到好处啦,相当于免费游玩了一趟巴黎,现在欧洲可热闹了,大街小巷都挂着灯,酒吧啊餐厅啊到处洋溢着圣诞的氛围,教堂里有很多唱圣诞歌的唱诗班呢……"佩琪手舞足蹈地说着,脸上洋溢着发自内心的开心笑容。

"对了宝宝,我给你带了圣诞礼物哦,本来打算圣诞节给你的,但你知道的,圣诞节那天我要在酒店里打扮得美美哒,等我的悉尼小哥哥。"佩琪从包里取出一个精致的牛皮纸首饰盒,上面点缀着一朵简单的永生花。她郑重其事地把礼盒交到岳崖儿的手里:"嘿嘿,Merry Christmas!"

"哇,谢谢你,佩琪。"岳崖儿打开首饰盒,只见里面固定着一枚胸针,用鹿头和钟表零件形状拼接而成,"这是 ME I 的胸针?"

明明 ME I 这款麋鹿胸针据伊万介绍只有洛眉亲自制作的限量版十枚,而且还没正式开售,佩琪怎么会买到?

"什么 ME I?这是法国的一个小众牌子 YOYO,设计师是无比帅气的中法混血儿丹尼尔,他的作品深受各大品牌的喜爱,不久之后肯定会迅速蹿红,所以趁他还没有升值之前我囤了一堆关于他的商品,这可是个不容错过的商机,等到他的作品大红大紫到市场供不应求时,我就可以适当抬高价格小赚一笔啦……"

佩琪还在絮絮叨叨着,岳崖儿却越发觉得不对劲,眼前这枚胸针与洛眉的 ME I 胸针在设计上大同小异,只是这枚胸针更富有张力,鹿头极力伸展,像四方扩散的枝干,钟表的零件也更为巨大,相比之下 ME I 的则比较小家子气。

岳崖儿连忙打开 FAS 的官网,ME I 这款胸针作为"圣诞季"的神秘单品登场,相关的品牌文案要等今晚零点开售才会正式揭开,所以到现在顾客们根本无法知悉这款所谓的"神秘单品"究竟是什么,当然正因为这种神秘营销,使得它成为令人瞩目期待的时尚黑马。

"现在儿点了？"

"十点过一刻啊，怎么了？"佩琪随意地回答，完全没注意到岳崖儿紧张不安的情绪。

岳崖儿快速拨打伊万的电话，那边传来的是令人绝望的机械客服声："对不起，您所拨打的电话暂时无人接听，请稍后再拨。"

"你怎么了？"佩琪发现了岳崖儿的慌乱。

"出大事情了。"岳崖儿咬着手指头忐忑不已，在拨打了数通伊万的电话都无人接听之后，她翻出孙宴的手机号。

孙宴那边很久之后才接起，传来的却是吵闹的DJ舞曲。

在一片喧嚣混乱的杂音中，岳崖儿与孙宴的对话仿佛不在一个频道上，最后孙宴只听到了"找伊万"三个字，挂断电话便给岳崖儿直接发来了一个位于朝阳市中心高档公寓的定位，后面跟着三个字——"伊万家"。

岳崖儿望着"伊万家"三个字呆若木鸡，但很快她回过神来，眼下的情况还是先找到伊万说明这件事情比较要紧。

在佩琪诧异的目光中，岳崖儿迅速叫了辆快车，无奈赶上北京的返程高峰期，岳崖儿临时换成了地铁，在倒转了三条挤到变形的地铁线后，岳崖儿终辗转来到了伊万家门口。

清脆响亮的门铃声持续不断的响起，正在淋浴的男人终于听得不耐烦，关掉了花洒，拿起洗手池上一件叠放整齐的睡袍随意穿上，踩着 Hermès 的拖鞋慢悠悠地走向门口。

门铃旁的显示屏上呈现的是一张焦躁无比的熟悉大脸，搓着手来回张望着，两只圆溜溜的眼睛像是要把猫眼看穿一般。

伊万蹙起眉头，打开公寓的门："什么事？"

伊万足足比穿着平底鞋的岳崖儿高了一个头，于是当这个男人站在她眼前时，她直直的目光对上的是性感无比的胸膛，结实的胸肌因为均匀的呼吸而微微起伏着，再往下看是令人血脉贲张的八块腹肌，肌肉线条十分完美。

"看够了吗？大晚上的不睡觉跑到我家里来是为了趁机窥伺我美好的肉体吗？"伊万面无表情地说道，修长的手指将浴袍拉了拉，覆盖住胸前的春光。

岳崖儿定了定神，咽了口口水，抬头看伊万——他的头发微湿，一双好看的瞳孔还泛着朦胧的雾气，整张脸显得迷离俊美。

"我……我……"岳崖儿整张脸涨红得像煮熟的虾，结结巴巴地半天说不出一句完整的话。

"如果不是工作的事情那你这样没提前预约闯到我家算是骚扰了，知道吗？"伊万语气平静，准备关上门。

岳崖儿还是支支吾吾得像是被人蒙住了嘴巴，只好伸手挡住门，在被门板结结实实地夹到之后，大叫了一声："痛痛痛！"

伊万连忙把门拉了回来："你神经病啊？"

"是……是工作上的事情！"岳崖儿捂着被夹肿的手，忍着疼痛龇牙咧嘴，"洛眉的胸针不能上线。"

"理由呢？"

"她……她是抄袭的。"

在伊万不可置信的表情中，岳崖儿手忙脚乱地掏出手机给伊万看了关于 YOYO 同款胸针的介绍。

YOYO 这个牌子作为一个新生品牌，还未正式打入中国市场，所以国内鲜有人知，但是这款麋鹿胸针的创意设计在今年一月份就已经在法国的某品牌发布会上亮相并注册了商标版权，所以不可能是模仿洛眉的设计。而洛眉的胸针设计之所以会与其如此相像，只有一种可能——抄袭。

抄袭的人在时尚圈里，是被嗤之以鼻的，一旦被发现，将永远被踢出这个圈子并被圈内人所鄙视，这是一辈子也无法洗脱的污点，更何况洛眉还是小有名气的设计师。

伊万的表情越来越凝重，随后他转身快步走进公寓里，抓起桌子上的手机，开始一一给 FAS 的技术部、公关部以及物流部打电话，命令他们立马取消 ME I 麋鹿胸针的上线端口,并将"圣诞季"的神秘单品改为 Tom Ford 的 50 支 Lips & Boys 限量版 mini 唇膏套装。

等伊万忙完这一大堆事情后,才转过身瞥见沙发上正襟危坐的人。

趁着伊万有工夫舒口气的间隙,岳崖儿小心翼翼地问:"伊总,处理完了吗?"

"差不多了,但还是要确保唇膏能准时上线。"

"之前没听说过圣诞季会推出唇膏啊?"岳崖儿问。

"这是我的 B 计划,作为一个商人,任何事情都要有两手准备。"

岳崖儿点点头,对伊万的崇拜之心油然而生:"伊总,你真厉害。"

"这次还好你发现了,不然 FAS 将面临抄袭的危机,无论对于哪个公司来说,将是被钉在耻辱柱上的事情。"伊万扶额叹息,"洛眉,这个该死的女人。"

沙发上的人儿沉默了下来,伊万突然间盯着岳崖儿夹得红肿的手指说:"你的手,还好吧?"

岳崖儿下意识地收了收手,手指向内蜷成拳头:"没……没事。"

伊万走到电视机前,从上方的柜子里取出一个医药箱,拿出酒精和纱布,走回岳崖儿的跟前,半蹲下身子:"把手给我。"

岳崖儿慢慢地摊开手心,伸到伊万眼前,像慢吞吞的蜗牛,惴惴不安地伸出触角。

伊万放了条手帕在自己的大腿上,将岳崖儿的手拉过来放在上面,熟练地缠上纱布,整个动作一气呵成。

岳崖儿从俯视的角度看向伊万,整张脸显得更加柔和俊美。

"纱布记得每八个小时更换一次,伤口不要碰水……"伊万耐心地嘱咐了一大堆,岳崖儿盯着自己木乃伊一般怪异的手指,哭笑不得。

手机声响起,是技术部那边打来的电话,伊万一边接听一边刷新着 FAS 的官网,"圣诞季"的神秘单品已经替换成 Tom Ford 唇膏套装。

伊万在舒了一口气之后,又开始精神抖擞地投入到工作状态中,给 FAS 的老总 Rex 打了个电话,向他解释圣诞季神秘单品被替换一事,但只言片语中没有提到任何关于洛眉抄袭的事情,只是说这件胸针还不太成熟,并冷静地分析卖出唇膏套装的收益远远高于 MEI 的胸针。

岳崖儿知道伊万这是在保护洛眉,他的用心良苦,他毫无保留的信任,在被那个女人伤害过后依然选择为她提供保护。他此刻痛楚万分却还要强装着镇静,去一丝不苟地处理工作上的事情。

岳崖儿有些心疼这样的伊万,即便她知道他的深情不是为了她。

伊万处理完所有的事情,瘫坐在柔软昂贵的灰色地毯上闭目养神,他的睡袍半开着,清晰可见那诱人的身材。

整个公寓安静了下来,岳崖儿这才反应过来自己和伊万孤男寡女共处一室,意识到这点的她心脏再次慌乱地跳动起来,面红耳赤得几乎要休克过去。

冷静,冷静,岳崖儿你是个成年人了,又不是没谈过恋爱,应该学会成熟地应对这样的情境。岳崖儿不停地安慰自己,但心里仿佛又有另外一个小恶魔举着三角叉跳出来说:面对如此性感尤物,不扑倒你还算是个正常女人吗?!

岳崖儿如拨浪鼓般晃着脑袋,想将自己试图对伊万图谋不轨的想法从脑袋里剔除出去,可脑袋瓜里就像开了小剧场一样根本停不下来,而且还是不忍直视的羞羞情节。岳崖儿就这样顶着满脑子的马赛克画面,不知不觉猥琐地嘿嘿笑着,口水"飞流直下三千尺"。

"你在干吗?"显然被沙发上那个表情怪异的岳崖儿给吓住的伊万伸出手,在她面前来回摆动,"你脸抽筋了?"

岳崖儿回过神,连忙擦了擦口水,极力将自己的面部表情回归到正常:"没……没,我……"

"今天谢谢你。"伊万的缓缓吐出这几个字,岳崖儿愣了愣,慌乱地笑了笑。

"我……"伊万还想说什么,手机又是响个不停。岳崖儿歪头瞥了眼,看见是洛眉打来的。

伊万不慌不忙地拿起手机接听,电话那旁传来洛眉歇斯底里的嘶吼声:"伊万,你凭什么?"

岳崖儿知道伊万接下来要应对的必然是来自洛眉狂风暴雨般不满的宣泄,而在这样的情境下还是先离开为妙。

她对着伊万指了指门口的方向,比了个回家的手势,然后站起身子准备离开公寓,手腕却忽然间被紧紧扼住。

"别走。"

伊万将岳崖儿拉了过来,岳崖儿猝不及防地一屁股坐回了沙发上,呆若木鸡地看着伊万,伊万还在平和地跟洛眉对:"你难道没有做错什么吗?"

门铃"叮咚叮咚"响起,门外传来洛眉丧失理智地喊叫声:"伊万,你给我出来!"

岳崖儿正寻思着找个衣柜躲起来或者钻到卫生间里趁机再溜走,却见伊万已经大步走向门口。

伊万开了门,洛眉便如洪水决堤般冲了进来:"为什么?为什么要耍我?你明明敲定了圣诞季的神秘单品是我那枚胸针!为什么出尔反尔……"

"洛眉你讲点道理……"伊万正说着,回头发现岳崖儿已经不见踪影了,但沙发靠背后方却鼓起毛茸茸的黑发。

他流星般的步伐迈过去,将躲在沙发后面的岳崖儿拎了起来:"你躲什么?"

被拎起来的岳崖儿和突然间安静下来的洛眉面面相觑。

洛眉声音变得沙哑:"她怎么会在这儿?"

岳崖儿面对眼前的尴尬情境不知该摆出什么样的表情,于是她的哭笑不得和无奈绝望在洛眉看来变成了似笑非笑的嘲讽,洛眉直接冲到岳崖儿面前,扬起手扇给了她一巴掌。

岳崖儿麻木地呆立在原地,脸上一阵火辣辣的疼痛,脑袋一片白茫茫,来不及思考和反应。

洛眉继续抬起手,在第二个巴掌即将落到岳崖儿脸上时,被伊万死死地抓住:"你闹够了没?"

"伊万,你是不是喜欢她?"洛眉带着哭腔问道,虽然在咆哮,她的哭相却很美,梨花带泪,叫人心疼。

岳崖儿屏住了呼吸,脸上的疼痛感似乎瞬间消失了,她望向伊万,也在等待着这个问题的答案。

伊万仍旧面不改色,声音却变得低沉:"洛眉,我对你很失望。"

洛眉哭着往后退了几步,身子瘫软下来坐在毯子上。

"我不知道你为什么会变成这样子,但是抄袭在时尚圈是一件无法被原谅的事情,这点你作为设计师应该比我更清楚。"

"我……我是有苦衷的。"洛眉抬起头,楚楚可怜地仰视伊万。

"我不想再听你那些所谓的悲惨故事了,时尚圈是火热的,但也是冷酷的,没人会关心你的经历,你必须用作品说话,毕竟这个圈子不是靠卖惨就能融入的。"伊万严肃地说道。

"为什么你会跟 Vivi 说出一样的话?"洛眉苦笑了一声,"我原以为你说的永远爱我是真的,原来所有的山盟海誓只有在说出口的那瞬间是真的啊。"

"洛眉,这一切跟爱情无关。"伊万的声音在偌大的公寓里回响。

"什么,跟爱情无关?"洛眉不甘心地咬了咬嘴唇,慢慢站了起来,瘦削的身子轻轻颤抖着,"那与什么有关?"

"我这次选择跟你合作,是因为你的设计让我很惊喜,但我没想到这惊喜却是抄袭而来的,如果不是岳崖儿及时发现,给 FAS 造成的利益和名声亏损是我们所有人都无法想象的。"伊万的眼神黯淡下来,"我错就错在相信你已回炉重造,胜利归来,但你变了,洛眉,你已经不再是当年那个拿下国际设计大赛冠军的你了。"

伊万的一言一语深深刺伤了洛眉的心。洛眉闭上双眼,睫毛颤抖着,泪水顺着她的眼角滑落:"对不起伊万,但是我真的是有苦衷的。"

"我不会再相信你了,你走吧,我也不想听你的故事。"伊万摆了摆手,"我会忘了这件事,你在我心里仍旧美好如初,但请你不要来破坏这份回忆,也不要再来打扰我的生活,我们以后,只是萍水相逢的关系。"

"好一个萍水相逢。"洛眉脆弱的目光里多了几分锋利,"伊万,你别忘了,当初在艺术院校是你死缠烂打追我的,是你先招惹我的,那时候你不过是个人人都嫌弃的胖子,是我……"

伊万打断她的话:"够了,你走吧。"

他转过身去,背对着洛眉,不再去看她。

洛眉顿了顿,站在原地抽噎了一会儿,见伊万始终没回过身,又恶狠狠地瞪了一眼从头到尾没有说过一句话的岳崖儿,死心般朝门外走去,"砰"的一声合上门。

公寓里又只剩下岳崖儿和伊万两个人。

岳崖儿看着伊万悲伤的背影,心中百般不是滋味,她想安慰伊万可是又不知道该说什么,她想做点什么却又怕影响他的情绪,她像只断了线摇摆不定的风筝惴惴不安。

半晌,站在落地窗前的落寞背影终于发出了声:"对不起,你先回去吧,我给你叫辆车。"

"不用不用,我自己打车就可以。"岳崖儿连忙拎起包,百米冲刺般跑出伊万的公寓。

伊万转过身,见岳崖儿已经消失在门口了,还听得见她没搭乘电梯匆忙踩楼梯的脚步声,以及门上微微的晃动——证明她刚刚来过。伊万嘴角扬起一抹自嘲的笑意,脸上的表情悲伤无比。

岳崖儿穿过接二连三亮起来的声控灯跑下二十四楼,在公寓楼前双手撑着膝盖大口大口喘气,回头望了眼顶层公寓亮着的灯,落地窗前似乎有个小小的黑影,她抽了抽嘴角,心里五味杂陈。

等气息终于均匀下来,岳崖儿缓慢地走在街道上,脑袋放空,走到公寓楼中心的雕塑广场上,见昏黄路灯下的长椅上坐着一个瘦削的身影,弯着身子头埋得很低,岳崖儿一眼便认出那是洛眉。

岳崖儿想抽身离开,但还是于心不忍地退了回来,走到洛眉跟前,轻声地问:"你还好吗?"

洛眉仰起脸,整双眼已经哭得红肿:"你是不是觉得我很可笑?"

岳崖儿摇摇头,在洛眉身边坐下,"我很羡慕你。"

"呵……"

"我说真的。"岳崖儿抬起头,今晚的天空万里无云,城市的雾霾遮住了星与月,"你长得那么美,又在自己领域里小有成就,还拥有像伊总这样光芒万丈的人,他的心里也有你。"

"有什么用呢?他不会再爱我了。"洛眉的眼神落寞。

"可是你仍有重新来过的机会,伊总没有说出你抄袭的事情,我也不会说的。"

"我根本没有抄袭。"

"哈?"

洛眉娓娓道来:"YOYO的设计师丹尼尔是我前男友,那枚麋鹿胸针是我跟他一起设计的。我原本是做了个鹿头的胸针,有一天我送他的表坏了,他将零件拆下来修,却怎么修不好,后来我意外发现,当钟表的零件跟鹿头结合在一起时,就变成了完美而巧妙的组合。丹尼尔说,这个设计就好像让爱我的时间都暂停了,成为小鹿大脑里的永恒,所以才有了这枚胸针……"

"那怎么会……"

"后来我跟他分手了,因为他有很严重的狂躁症,不断地用自残来威胁我,我劝他振作起来,再后来他的事业渐渐走上正轨,我也就放心了,只是我没想到他会私自占有那枚胸针,注册人只写了他自己。"

"那你应该跟伊总解释清楚啊。"

"本来就是我愧对于他,我不过是想利用伊万、利用 FAS 去报复我的前男友,我也知道抄袭的事情会被揭穿,可是我就想毁了所有人,毁了所有一切,毕竟 Rex 也曾经毁灭过我。"

Rex？岳崖儿没想到洛眉跟Rex还有扯不清的渊源。

"那你接下来打算怎么办？会起诉丹尼尔吗？"岳崖儿问道。

洛眉摇了摇头，表情慢慢恢复了平静："一切都结束了，今天伊万的话叫醒了我，我没想到他还一直记得我们在艺术院校的那段日子，我对于他而言，始终是美好的，那么就已经足够了。"

岳崖儿轻轻地叹了口气，但还是问出了心中一直以来的疑问："那你还爱他吗？"

"我从来就没有忘记过他啊。"洛眉长笑了一声，仰起脸，整张脸沐浴在橘黄色的灯光下，柔美动人，"这么多年来，我兜兜转转，陪伴在我身边的人那么多，可是始终没有一个让我长久地安定下来，因为我知道，他们都不像伊万，或者说，他们都不是他。"

洛眉的声音很轻很轻，仿佛一阵轻轻的叹息，在细水长流的时光里惊起一阵小小的浪花。

"既然爱他，就应该把自己的心意告诉他啊。"

"你傻啊，有些人一旦错过便是不可能了，当年我和伊万分开不到半年，我就找了新的男朋友，这一点，我永远也不会原谅我自己。"洛眉说着说着哭了，像四月落雨的季节，美丽的杏花落在芭蕉叶上。

人生中总有那么多得不偿失的遗憾，总有一个让你念念不忘的人。在你错过了之后，此生便在人山人海里怅然若失，边走边爱也不过是一步步妥协换来的将就，从此你爱的人都像他。

你会永远记得他的音容笑貌，记得你们曾经在一起的浪漫，愈是发现时光无法倒流便愈是悲伤，只有悔恨终老，在摇晃的老年椅上满脸皱纹，笑着或者哭着忆起那个人。然后岁月开始倒转，像是按下了倒退键，你在欣喜或悲伤的记忆中回到初见的那一刻。

我们重新来过吧。我们重新认识吧。

可是这句话，只能下辈子再说了。

下辈子，希望初恋是你，余生也是你。

如若不然，白首是你，我等你。

Chapter 9
第九章

ME I 胸针被替换下来的事情迅速在公司里引起非议，尤其是没有被告知任何原因更是让人揣测万分，虽然上面已经传话封锁消息，包括对外界的公关也做得滴水不漏，但还是少不了掘地三尺、打破砂锅追到底的八卦小能手，比如云小虎。

云小虎查翻全网，终于找到了十年前关于洛眉的新闻："那个洛眉看起来无忧无虑的，没想到身世这么惨啊！"

"怎么回事？"岳崖儿感到好奇。

云小虎用自己的话总结了下："她父母很小的时候就离婚了，后来跟着母亲改嫁了一个法国人，没想到继父却对她意图不轨，多次骚扰她，母亲性格软弱，一直拦着不让她张扬。母亲死后，她才把继父告上了法庭，这件事情还是洛眉在上大学的时候发生的，当时在法国引起了不小的轰动……"

"后来她拿自己的作品参赛，设计意图来源于自己悲惨的身世，拿了大奖，但很多时尚圈人士觉得她根本不配拿这个奖，而是靠着卖惨进来的……"云小虎翻出一张洛眉在颁奖典礼现场声泪俱下的照片。

岳崖儿一怔，回想起伊万那晚在酒店对洛眉的冷言冷语："我不想再听你那些所谓的悲惨故事了，时尚圈是火热的但也是冷酷的，没人会关心你的经历，你必须用作品说话，毕竟这个圈子不是靠卖惨就能融入的。"

"可洛眉还是有才华的啊……"岳崖儿还是选择相信那枚麋鹿胸针是洛眉和丹尼尔一起设计的。

"这我就不知道了，时尚这个东西也没有一个准则，只有先做出自己的特色和品牌，才有话语权，洛眉大概是从一开始方向就不对吧。"云小虎无奈地摆摆手。

坐在一旁的苏曼妮反唇相讥："这个女人就是太想投机取巧，伊万和Rex给了她那么好的资源，她却偏偏不珍惜。Rex本来就很看重伊万，当年就极力反对他和洛眉在一起，本来伊万已经栽过一次跟头了，现在又栽了第二次，我估计这个女人要被Rex给封杀了吧，至少以后想在华人的时尚圈混是不可能的了。"

岳崖儿叹了口气，众说纷纭，她也不知道孰对孰错，但她总觉得伊万有权知道真相。

好不容易熬到下班时间，在打听到伊万的具体位置后，岳崖儿直奔仓库。

伊万这几天都没来公司，一直在总部和仓库之间为了圣诞季的单品来回奔波，之前"双十一"物流的教训已经够惨痛了，他要确保能打好圣诞节这场漂亮的翻身仗。

FAS"圣诞季"的单品被转移到朝阳区的仓库，与其他在售商品区分开来。仓库就在北京的CBD边上，拥有得天独厚的地理条件，物流配送十分方便，仓库分为若干个房间租赁，FAS的单品摆放在最后一个房间里。

岳崖儿推开门，里面是个三百平方米的小仓库，灯光亮如白昼，一排排的货架上整齐摆放着精致的各大品牌盒子，她一排排找过去，但货架中间空空如也，不见人影。

"你怎么来了？"熟悉而低沉的嗓音在背后响起，岳崖儿后背一直，慢慢转过身去，见伊万正站在货架旁，手里拿着个显示库存情况的 iPad，冷色调的白色长条灯将他的脸色照得更加冷若冰霜。

"我……"岳崖儿支吾了半天说不出一句话。

"你是怎么进来的？"伊万继续面无表情，"算了，一定是孙宴吧。"

岳崖儿答应过要替孙宴保密的，但是整个品牌部就只有三个人有进入仓库的权限，伊万、Vivi 和孙宴。

用脚趾头猜也知道 Vivi 不可能，只有孙宴了吧。

好像自从那晚岳崖儿去完伊万家回来，孙宴对岳崖儿就有了不一样的区别对待，变得格外热情，包括进仓库的权限，孙宴也是毫不犹豫地给了。

"你来有什么事吗？"伊万又问道。

岳崖儿沉默了会儿，原本组织好的语言在伊万面前还是变得断断续续："关于洛眉的事，她真的不是抄袭……我觉得我们应该是误会她了……"

岳崖儿还未说完话，伊万的手机便震动了起来，岳崖儿抬眼一瞥，又是洛眉。而伊万只是低头看了眼，并没有回复。

岳崖儿咬着嘴唇，不知道该怎么继续说下去。

"其实我都知道了。"

"哈？"岳崖儿蓦然睁大眼睛。

"丹尼尔和她的事，Rex 调查清楚后告诉过我了。"

"那你……"

"我跟她的合作关系已经结束了，所以再无瓜葛。"

岳崖儿突然觉得自己在这一刻变得可笑至极，伊万和洛眉之间无论会走向哪一步，她都无权干涉，她已经做了太多超出工作以外的事情了。

伊万会不会讨厌我？是不是都不想理我了？岳崖儿想到这儿，不安和委屈的情绪涌上心头，她觉得自己始终说不好话，做不好事。

明明言多必失,却为了拼命表现自己而格格不入的掺和,在冷静思考一番之后意识到失误,恨不得捶胸顿足。

无论是职场还是爱情,总是做不到圆滑世故。

岳崖儿垂着头,豆大的泪水在眼眶边打转,她吸吸鼻子,准备向伊万道歉,抬起头却见眼前男人的目光一直落在她交合的双手上,伊万淡淡地说:"创可贴都发黄了,怎么还用着?"

岳崖儿下意识地用另一只手遮住创可贴的位置:"我……今天早上出门前刚换的。"

伊万从容地从西裤里掏出一片创可贴,递给岳崖儿:"贴上吧。"

伊万怎么会随手携带这东西?岳崖儿顿了顿,接过创可贴,把原先的撕下,贴好。

伊万盯着岳崖儿笨拙的动作以及最后手指头上歪歪扭扭的创可贴,皱了皱眉:"贴得真丑。"

岳崖儿撇撇嘴:"创可贴怎么贴都不好看。"

伊万没再说什么,转过身走到货架的最后一排,认真核对商品和下单信息,岳崖儿侧着头看他,伊万站在那里笔直得如同一道忽远又忽近的大山,有她读不懂的沟壑。

岳崖儿想了想,硬着头皮走了过去:"伊总,有没有需要我做的?"

"你下班就可以了。"

"哦。"岳崖儿悻悻地准备走开,伊万却忽然叫住他,"这些货我刚刚已经确认过一遍了,你帮我再看一遍吧。"

岳崖儿点点头,伊万看的那堆商品正是 Tom Ford Lips & Boys 系列唇膏,这款唇膏除了以设计师生命中最重要的男人名字命名外,还推出了特别定制款,可以定制专属男友或者偶像的名字。

岳崖儿核对 Tom Ford Lips & Boys 系列唇膏下单信息时,伊万便绕到另外一旁去看高跟鞋的库存情况了。

"Holden、Beau、Henry、Casey……"岳崖儿小声默念着订单上顾客所指定的英文名。突然她念到了"Ewan",微微一愣,Ewan 不就是

"伊万"的英文名吗？岳崖儿好奇地查看收件人的姓名，看到了她最熟悉的名字"Vivi"。

岳崖儿吸了口气，像发现什么重大秘密一般警惕地掩了掩订货单，小心翼翼地通过货架两层之间的空隙看到对面站着的伊万，他脸上仍旧什么表情也没，认真工作的时候，仿佛把全世界都屏蔽了。

伊万刚刚已经核对过一遍订单信息了，所以不可能没发现 Vivi 定制了伊万英文名的唇膏。

岳崖儿目光死死地盯着那支刻有"Ewan"的口红盒子，她缓慢地伸出手，有那么一瞬间真想直接拆开看看刻有伊万英文名的口红颜色究竟是什么色系的。是高贵冷艳的莫兰迪色？还是娇俏可人的罗马假日色？抑或是热情似火的罂粟花色？

就在岳崖儿触碰到 Ewan 口红的那一刻，"啪"的一声，整个仓库突然黑了下来。岳崖儿眼前一片黑漆，她愣在那里，什么也看不见，一阵鸦雀无声之后，才听见伊万富有磁性的声音："应该是停电了。"

伊万打开了手机手电筒，朝岳崖儿这边照来，"我们先出去吧。"

岳崖儿点点头，也打开自己手机上的照明灯，跟在伊万身后，两人一前一后在黑暗中摸索着。伊万的背影散发着倨傲的气质，他沉默着，像一棵无声移动的大树。

伊万走到门口，拉了拉门把柄，门是紧锁着："我忘了这里是电子门。"他在手机里找到仓库保安的电话，拨通，听保安的语气似乎是去处理电闸了，要一会儿才能回来。

岳崖儿抽抽嘴角，和伊万面对面尴尬着，两人都不知道说什么话好，空气静到可以听见彼此的呼吸声，她只好低下头去刷手机，看到一条来自洛眉的消息："伊万在哪儿？"

岳崖儿瞥了眼就站在身边如冰山一样的伊万，斟酌再三，准备敲下"他在工作"。这四个字刚敲完还未发送，洛眉又发过来一条信息："我在机场。"

岳崖儿顿了顿，抬起头去看伊万，"伊总，洛眉说她在机场。"

伊万"嗯"了一声，仍旧面无表情。

"她应该是要回法国了，你要不要去送送她？"岳崖儿又问道。

伊万不悦地皱了皱眉头，"你为什么那么帮着她说话？"这句话让岳崖儿一瞬间变得窘迫，不知道该如何回应。伊万语气冰冷道："你是不是觉得洛眉很可怜？但是时尚圈便是这样的残酷，即便她被剽窃了作品是真的，FAS也不会替她打官司，一是没证据，二是扯不清，这些都属于私人恩怨问题。换一个角度想，为什么我之前一再跟你强调要尊重品牌原创价值，如果盗版和偷窃泛滥，时尚圈不就鱼龙混杂了吗？"

伊万环抱着双手，像老师般谆谆教诲："我向来就很鄙视盗版和高仿品，很多人以为花更少的价格但是可以享受到正品品牌的logo，这是一种幸运。但是，买fake本身就是一种虚荣的心理，因为无法承担起品牌本身的价格却又想要拥有让人看起来昂贵的身价，如果你买不起一线奢侈品牌，那你完全可以退而求其次买适合自己的平价牌子，等你的经济实力足够支撑起购买欲望时，再去重新追求。正是因为有那么多虚荣的买方市场，所以fake才大肆其行。"

岳崖儿若有所思地点点头，然后坚定地举起一只手与眉毛齐平："我发誓我再也不会碰盗版了。"

"你之前卖的那些货呢？"

"已经全部捐了……"岳崖儿结巴道，本来她还给自己留了几件逼真得不能再真、做工不能再精良甚至比正版质量还好的盗版包，但听完伊万的这番话，已经有扔掉的心思了。

"时尚买手对于设计师而言，是发掘他们的品牌价值并将其推广的星探，一个好的时尚买手，在认可了品牌价值之后是不会容忍自己千辛万苦淘金来的作品被其他人抄袭和仿制的，所以一个合格的时尚买手，应当是发自内心热爱品牌本身的。"伊万不动声色道。

岳崖儿捣蒜般点着头，眼神变得黯淡下来："对不起啊，一想到我以前卖了那么多盗版和高仿，就觉得很对不起设计师，而且还欺骗过消费者是正品渠道来着。"

"意识到错误就好,随时都有重来的机会。"伊万的嘴角微微上扬,他走近,伸出手摸了摸岳崖儿的头,"你一定能成为一个非常优秀的时尚买手的。"

得到肯定话语的岳崖儿迟迟没有缓过神来,她脑袋上落下的那只大手还残留着温度,她愣了愣,抬起头看向伊万。

灯光亮起,伊万那张脸一瞬间亮起来,他似笑非笑,如海洋般辽阔的双眸终于有了一丝丝的生动,大概是带着几分笑意与期待。

伊万收回了手,不自在地来回搓了搓,有些嫌弃:"你这是几天没洗头了?"

啊啊啊!岳崖儿这几天忙得筋疲力尽回家倒头就睡,为了图方便就出门的时候洗个了刘海,她尴尬无比地摸了摸自己的头发。

果然很油……

这场对话就在岳崖儿很油的头发中狼狈收场,岳崖儿还来不及嘴硬给自己辩解头发并不脏的一万个理由,门已经咔嚓一声被推开了,保安站在门口,对着伊万赔笑道:"不好意思啊,伊总,让你久等了。"

"没关系。"伊万把手插到裤兜里,岳崖儿紧紧地盯着,觉得伊万似乎正在裤兜里默默地抽纸巾擦手。

一想到这里,她就无地自容,于是在伊万提出要不要送她回家时,岳崖儿扔下一句"还有地铁"便一溜烟地跑开了。

伊万盯着岳崖儿跌跌撞撞的背影,不禁又露出若有若无的笑容。

岳崖儿以百米冲刺的速度在街上奔跑,每次与伊万的对话,就像交锋对决过后的惨败逃亡,直到跑出五百米远,她才气喘吁吁地停下来,慢慢挪动步子走到地铁口。口袋里的手机铃声响了起来,岳崖儿瞥了眼,是佩琪打来的,她没有犹豫地按下了接听键。

岳崖儿一开始只听见自己不停歇的喘气声,她喂了几句,把手机贴得离耳朵更近了,在呼呼刮来的寒风中,她听到了手机那端一阵阵小小的抽噎声,好像随时都要哭断气似的。

岳崖儿全身上下的细胞紧张了起来:"佩琪?你怎么了?"

佩琪的声音很沙哑,"他骗了我。"

"谁?"

"那个悉尼男人。"

岳崖儿倒吸了口凉气,理了理思绪,冷静道:"你现在在哪里?我去找你。"

岳崖儿赶到佩琪家里,佩琪正坐在自己的单身公寓里泪眼婆娑,她身边堆放着揉成团的鼻涕纸,见到岳崖儿来,起身直接扑进了她的怀里。

岳崖儿轻轻地拍了拍佩琪的后背:"到底发生什么事情了?"

佩琪从桌子上抓起手机,给岳崖儿看她跟一个女生的聊天记录:"我和他不是在蹦迪群里认识的吗?刚刚群里的一个小姐姐来问我认不认识他?说他骗了她四百块钱,而且还借了很多群里女生的钱……"

"那你……"

"我也借给他了,借了两千块钱。"佩琪说着眼泪又掉了下来,"两千块钱倒也不算什么,但我没想到他竟然连几百块钱也骗,还跟我冒充什么富二代,更可笑的是我两千块钱还是借的最多的了。其实也怪我自己太贪心,之前看他在群里各种炫富,以为他应该还蛮有钱的,他来撩我,我们就聊起来了。中间他还说要给我买礼物什么的,问我要什么,我随口说了LV的粉桶包、Burberry的双肩包和Gucci的手提包,他隔天就发了包包到家的图片,我当时还在想这个男人怎么那么大方,以为天上掉馅饼了……"

"可是他跟你借钱你都没怀疑吗?"

佩琪点点头:"我怀疑过,可是你知道吧?人有时候就是会被一些事情冲昏头脑,以为两千块钱能换来我想要的那些名牌包包,他们这些假富二代一定也是抓住了女生这样的心理,自己一分钱都没出,反而让女人给他们倒贴了很多钱。"

这不正是曹群的作风吗？这年头渣男原来都渣出一个样了啊，岳崖儿在心里啧啧感叹。

"其实我中间有好几次都觉得他不太对劲，但是他奶奶过生日的时候还让我以女朋友的名义送花到他家，虽然我知道他以前很花心，但是我以为一个连家人的电话号码和住址都肯暴露的男人应该不是骗子吧，也以为他已经定心了……本来我这个人跟爷爷奶奶的关系就特别好，他用老人这一招对我特别管用。"佩琪一边抽纸巾擦眼泪，眼妆已经完全晕染开了，活像个熊猫。

"而且啊，这个人不止是个假富二代，还是个流浪汉。"佩琪仰起头，想让眼泪倒流回去。

"什么意思？"

"我们群里也有小伙伴是悉尼的，跟他见了面，说他不修边幅邋里邋遢的，一直都是穿一套衣服，一看就是几个月没洗澡了，而且还穷到把别人的外套给顺走了，从来不买单，各种蹭吃蹭喝蹭车。"

"可是你不是跟他视频过吗？"

"对啊，但是隔着屏幕你也闻不到臭味啊，而且我以为他就是故意那么不爱打扮的，因为他说他以前家境还挺好，后来各种赌博把家里输得倾家荡产，现在无法原谅自己所以变得有些堕落，我也就相信了。"佩琪越说越气，似乎愤怒代替了悲伤，"最可笑的是，他应该是住在机场里，其实我之前也奇怪每次跟他语音都能听见飞机场的登机广播，虽然我英语不好，但 airport 这个单词还是能听懂的，我问他，他说是送朋友，敢情天天送啊……"

佩琪的口吻越来越激动："这真的是我见过最落魄的富二代了吧？他朋友圈的照片也全部都是盗的，难怪我觉得照片上的人好像长得不一样，还傻乎乎地跟自己解释可能是 P 图和整容的原因，而且他前几天就把我们共同的群全部给退了，美其名曰要跟我定心不钓鱼了，其实是被群里人追着讨债了，没脸待了。"

佩琪的语气开始从悲伤到愤怒再转为吐槽了："真的以后在街边看

到流浪汉玩手机，可能他在社交网络上是个身价上亿的王者，什么劳斯莱斯幻影什么高端酒局什么结识各大名人政要，这些真的是吹吹牛和盗图就可以做到的……"

"那你现在要怎么办？怎么着也得把两千块钱给要回来吧？"岳崖儿提醒道。

"当然了，老娘跟一个流浪汉白白'亲爱的'叫了一个多月，真是三观都毁了，还能便宜他啊……"佩琪抽了抽鼻子，将鼻涕纸扔到一边，"真是气死我了，还好他当时跟我要裸照我没给……"

"但是不能强硬跟他要，我得先顺着他的意思。"慢慢恢复冷静的佩琪大大地吸了口气，拿过手机，找到刚刚在她嘴里被咒死了无数次的渣男的号码，打开语音，对方秒接。

"你在干吗呀？"佩琪的声音瞬间变得柔软起来，前一秒还是个骂天骂地的泼妇，这一刻立马变成了撒娇小白兔，让岳崖儿大跌眼镜。

"没干吗，你等我下……我这边有点事情要处理……亲爱的，你等我下……真的……"

听得出对方模棱两可的语气，佩琪直接开门见山，换了个冰冷的口气："我全部都知道了。"

"你都知道什么了？"对方还在试图隐瞒。

佩琪深吸了口气，闭上眼睛，心死如灰："什么都知道了，你把两千块钱还我吧。"

"我知道，我会还你的，我现在真的有急事，你等我下。"

佩琪不给对方挂断的机会："拜托你还我好吗？不要把最后一点点信任都磨灭。"佩琪开始打感情牌，声泪俱下。

"我会还给你的，你等我下。"

"不，我就要你现在还我！现在！"

"我还你的话你就不跟我分手吗？"

"你先还我。"

"那我还你的话你别拉黑我，听我解释行吗？"

"你先还我我再听你说,我现在只要你还我钱。"佩琪还在坚持。

对方终于妥协下来:"我知道了,我找我妈妈借……我妈妈一直在担心我,等她把钱转给我,我就给你转过来……"

佩琪听到对方惨兮兮的口吻,一时间竟有些心软,岳崖儿及时悬崖勒马,在手机上飞快地打下几个字:"可怜之人必有可恨之处。"

佩琪瞥了一眼,更加坚定地来回重复着"还钱"两个字,大约过了五分钟之后,对方把钱转过来了,佩琪秒收,然后迅速麻利且毫不客气地拉黑了对方,对方随后打来国际长途电话,也被佩琪屏蔽了。

佩琪两手一抹,将眼角两行泪水擦掉,她站起身来,走到厕所里用凉水洗了把脸,望着镜子里狼狈不已的自己笑了起来:"我啊,就是自作孽不可活,总是贪心地想找个金龟婿,到头来被人耍了,好在没丢身,财也追回来了,就当是个教训了。"

岳崖儿沉重地走到佩琪身边,倚靠在门上,忧心忡忡看着佩琪,佩琪转过头对着岳崖儿扬起一个大大的笑脸:"我没事,我很好啊,本来老娘也没有很走心,你不是知道我最擅长的就是装深情吗?"

说到佩琪的装深情,岳崖儿这点是绝对佩服得五体投地的,她总能表现出爱对方爱到要死要活事实上内心毫无波澜甚至还有点厌恶,而在全方位的掌握这个男人的基本情况发现远远达不到自己的理想后,便会无情地抛弃,男人大多会不知所以,然后回头可劲儿倒追她。

"可是我现在气的是圣诞节没人陪我玩了,唉,大家的行程肯定都安排好了,真是烦躁。"

佩琪是个尤其注重仪式感的人,无论是国内还是西洋的节日,她都要给自己安排个境外游,再不济也是国内游。用佩琪的话来说就是,除了春节在家过,情人节就要对着希腊爱琴海许下心愿,生日就要奖励自己个浪漫的土耳其热气球之旅,端午节就要去屈原的故乡吃粽子看龙舟,万圣节就要打扮成妖魔鬼怪去参加个看起来像从精神病院里跑出来的一群疯子的聚会。

当时岳崖儿还反问她:是不是清明节还得给自己去新西兰预约块

墓地啊?可想而知遭遇的是佩琪一个巨大的白眼,感觉眼珠子都快翻到天灵盖里去了,佩琪用不咸不淡的语气戳着岳崖儿的脑门说:"清明节过后有曼谷的S20电音泼水节,这也是不可错过的一个节日。"

佩琪使出浑身解数参加大大小小的活动,生怕命里注定的那个人在她的哪次疏忽中成了漏网之鱼,可越是心急,就越是一无所获。

佩琪重新振作起来:"你周末放假吧?陪我出去散散心。"

"我最近工作可忙了……"岳崖儿正说着,见佩琪深邃的眼神愈发的犀利,只好妥协,"你想去哪儿?"

"古北水镇,听说那里圣诞季可美了,正好周末就是圣诞节,反正我是被澳洲这个大猪蹄子放鸽子了,你得陪我去。"

"凭什么这罪孽要我来替他偿还啊?"岳崖儿叫苦不迭。

闺蜜失恋真是一个撒手锏,因为她会仗着失恋的卖惨劲儿跟你哭天喊地,提出各种让你没有办法拒绝的提议,一旦回避就是不讲仁义没有同理心。

岳崖儿和佩琪在网上报了个古北水镇周末游的行程,出发那天佩琪整个人裹在一件大翻领红色羽绒服里,戴着巨大无比的墨镜,墨镜下隐隐约约可见一双眼妆都挡不住的哭得红肿的双眼,岳崖儿知道佩琪嘴上说着不在意,但心里还是很难受。

古北水镇是位于北京密云市的一个人工小镇,这里的圣诞节没有想象中那么热闹,大约是天气冷的缘故,古色古香的建筑两旁是光秃秃的树木,冷冷清清的河道上已经结了冰,五颜六色的鱼儿冻在水里,仿佛时间静止了一般。

岳崖儿拿着手机走走拍拍,虽然是佩琪提议要来这里的,但她一路上都显得闷闷不乐的,板着一张好像别人欠了她几百万的厌世脸。

"你说我是不是太急于求成了,是不是不配拥有好的爱情啊,其实我觉得我自己也不差啊。"沉默了一路的佩琪突然开口道。

相比起佩琪这个号称无所不能的"爱情专家",岳崖儿简直就是个爱情小白,她二十多年来只有曹群这么一个渣男,经验当然不算多,所以也不知道能给佩琪什么实质性的意见:"但我们好姑娘,一定是光芒万丈的。"

好看的皮囊看不上你,有趣的灵魂你攀不起,相互嫌弃而后选择单着的人太多了,所以后来佩琪变得目标很明确,她就只有一个很物质的要求。其实佩琪的家境也不算差,但父母都在国企上班,身边朋友的儿子从事的也是铁饭碗工作,佩琪不想选择这种人生一眼就能望到尽头的人去度过余生。

"算了,你让我静静吧。"佩琪在街边的一家咖啡厅里坐下来,"我觉得我现在完全没有心情,看什么都是黑白的,就好像我的世界失去了色彩。"

本来应该是悲伤的氛围,但被佩琪这句矫情的话一搅和,瞬间失去了气氛。

"我陪你吧。"岳崖儿在佩琪身边坐下。

"你不是还想登司马台长城吗?你去吧,我在这里等你回来。"

"那你一个人不要紧吗?"

"我都多大个人了,难不成会喝咖啡噎死啊。"

岳崖儿看出佩琪真的想一个人安静地待会儿,只好嘱咐几句之后独自朝着司马台长城走去。

上山是坐缆车,岳崖儿的车厢里只有她一个人,她望着长城脚下清如琥珀的湖水,一瞬间无比希望身边有个喜欢的人能陪着自己,可是这世间的很多美景,都是一个人独自欣赏的。

岳崖儿下了缆车,还要走一段路才能到达长城的最高点,就在她低头踩着砖块慢吞吞走着时,忽然听见身边的人"哇"了一声,一道金色的余晖洒了过来。岳崖儿转身,看到的是光芒万丈的落日,晚霞映红了半边天,一片又一片的火烧云,天空像织女美丽的锦缎。

岳崖儿痴痴地看着,傍晚的风轻轻吹拂着她的发丝,她对着夕阳会心笑着,像是所有的悲伤与痛苦都被这温暖的余晖治愈了。

突然，她的头被重重地砸了一下，岳崖儿低头，落到脚边的是一个玩偶钥匙扣，玩偶是兔子形状，却是岳崖儿没有见过的卡通设计，黑白交织的蚕茧裹着一只黑色的兔子，兔子露着两个长长的耳朵，好像被束缚于蚕茧之中，又仿佛在安逸的睡觉。

岳崖儿抬头去看玩偶的主人，是一个看上去很年轻的男人，戴着细框金丝边眼镜，干净明媚的笑容，嘴边有浅浅的酒窝。

"不好意思啊，砸到你了，钥匙扣是我的。"站在台阶之上的男人不好意思地笑了笑，岳崖儿觉得直接扔给他好像显得不太礼貌，于是慢悠悠地爬上台阶，把钥匙扣交到男人手里。

男人接过钥匙扣，将它挂在自己的背包上，出于职业病岳崖儿上下打量着眼前的男人，白衬衫、休闲裤、球鞋，虽然很简洁，却并不朴素。

但令岳崖儿最感兴趣的还是他钥匙扣上的小玩偶："这只兔子真可爱。"

男人笑了笑，露出浅浅的酒窝，像一个不谙世事的大男孩。

"这只兔子，究竟是自愿在蚕茧里还是被迫的呢？"岳崖儿好奇地问。

"你觉得呢？"男人反问道。

"我倒觉得是一种保护茧。"

"哦？"

"这个兔子的材质是皮质的，而不是毛茸茸的款，感觉这是一只给自己披上盔甲的兔子。黑色的色调很沉闷，但蚕茧却是斑马的颜色，其实这只兔子虽然生活在黑暗里，但一定很向往蚕茧之外的阳光吧，所以才会伸长了耳朵想一探究竟，蚕茧上的白色其实是兔子世界的另一种色彩……"岳崖儿的职业病又犯了，见到一件时尚单品便喜欢夸夸其谈大肆评论一番，不然心里总觉得不自在。

"你说得很有道理。"男人笑了笑，取下那只钥匙扣，"你是懂它的人，送给你吧。"

"啊，我不能要。"岳崖儿连忙摆摆手。

"收下吧。"男人唇红齿白的笑容看上去人畜无害,岳崖儿不好意思再拒绝,便接过那只兔子。

男人点点头,转身走下台阶,他白色的衬衫沐浴在夕阳的余晖下,像是染上了一抹暖橘色,他的身材瘦削,却在风里显得挺拔隽秀。

岳崖儿低头看着手中的兔子,兔子上没有任何品牌 logo,她拿出手机搜了搜,也没找到任何相关的信息。

难不成是自己设计的?岳崖儿自言自语道。

等岳崖儿从司马台长城上走下来时,天色已经昏暗了,古北水镇亮起星星点点的灯光,远远地望去就像坠在地上的银河。

岳崖儿陶醉在晚风和美景中,得意得忘了形,感觉走路都是飘着的。

"我来自深林,来自巨鼎,来自羁绊,来自一切你没有目睹过的山高水远……"岳崖儿大声念着,一个人嘻嘻哈哈地笑着。

还未走到咖啡厅,便见佩琪形影单只落寞地坐在橱窗前玩着手机,低低的帽檐看不大清楚她的表情。

佩琪看到岳崖儿手上的兔子,眼睛一亮:"这兔子真好看。"

"我捡到的。"岳崖儿撒谎道,生怕佩琪给她脑补一个遇到陌生人谁知是霸道总裁从此玛丽苏护体进阶豪门太太的一百万字爽文。

"哦。"佩琪悻悻地收回目光。

"你没事吧?"岳崖儿关心地问。

"没啊,我就是觉得只有男人能让我活跃起来,这里都没男人。"

听闻这话的岳崖儿怒不可遏地敲了敲眼前这个女人的脑袋:"所以这就是我抛下所有工作抽空出来陪你玩还反被你嫌弃所得出来的结论?男人是啥,有闺蜜重要吗?"

佩琪"嘿嘿一笑",补充道:"对啊,男人在你变丑的时候会嫌弃你抽身走掉,但是闺蜜在你变丑的时候会不离不弃并且嘲笑你。"

岳崖儿翻了个白眼,一时间竟无言以对。

Chapter 10
第十章

圣诞节过后,岳崖儿在 FAS 发现了那枚刻有"Evan"的口红,自然是被涂在 Vivi 的嘴唇上,牵牛紫色,带着复古的高级哑光感。

当时 Vivi 正在洗手间里补着口红,嘴角扬成一个微笑的弧度,在岳崖儿看来,却像是在亲吻伊万时的心满意足。

当口红代表男人时,岳崖儿对口红的想入非非已经有些到了不忍直视的地步了。

一个女人究竟要有多爱一个男人,才会把他的名字刻在口红上,日日夜夜的亲吻。

尽管公司所有人都在传伊万和 Vivi 之间除了工作还有不可告人的亲密关系,尽管所有人都默认 Vivi 迟早有一天会成为伊夫人,可那也只是旁人的口舌与眼光。

岳崖儿也在 FAS 的官网上默默定制了一支"Ewan"的口红,但是没有填写自己的真实信息——虽然用员工的身份可以打折。

苏曼妮和云小虎率先提交了各自的年终策划案,苏曼妮推出了"节日礼服"的策划方案,并声称已经联系到了包括 Cymbeline、

Pronovias、Vera Wang 在内的不少品牌礼服供应商，对方均有意向合作。苏曼妮的工作能力确实不容小觑，每提出一个想法绝对是做足了前期到后期的一条龙准备工作，而非一时兴起，在品牌部这短短几个月的时间里被认为是继孙宴之后的翘楚。

相比起苏曼妮的高端大气，云小虎走的仍是亲民路线，建议 FAS 作为一家专注于品牌的电商企业，应该多组织一些线下活动。用云小虎接地气的话来说便是"从群众中来，到群众中去"，听取广大消费者的意见，可以举办一些女性喜爱的换装晚宴、插花教学、舞蹈沙龙之类的活动。

而岳崖儿这边，还毫无头绪，不知从何下手，出了会议室，她愁眉苦脸地往休息区去打算喝杯咖啡冷静下，忽然伊万叫住了她。

岳崖儿一脸错愕地转过头，只见伊万快速走到她跟前，低头看着她手里攥着的那只兔子钥匙链："你从哪里拿到这个的？"

刚刚在会议室里，岳崖儿曾百无聊赖地揪着这只兔子的耳朵玩，以为是漫不经心的参会态度惹恼了伊万，岳崖儿忙把兔子往身后藏，支吾着半天说不出个所以然来。

"我问你这只兔子哪来的？如实回答就行。"面前的男人板着面容。

"朋友给的。"那只兔子钥匙链正是那天在司马台长城上的陌生男人给的。

"哦？很交好吗？"

"没……没有，就萍水相逢。"岳崖儿摆摆手，拼命撇清关系。

"那你认识余茌吗？"

"余茌？"

见岳崖儿一副困惑的表情，伊万解释道："她是一个非常神秘的华人设计师，她的作品"LIA"在海内外都有很大的影响力。不过本人非常低调，不出席任何商业活动，不接受任何采访……哪怕是电话采访，跟商家合作全靠邮件，所以至今她的身份是一个谜，甚至是男是女都无从知晓。但很多人觉得她应该是个女人，因为她的设计充满了女性色彩。你手上的这只兔子,是她即将发布的作品之一,我也是通过某些特殊渠道知道的,所以现在各大商家都在争夺她下一批作品的第一经销权。"

岳崖儿看着手中不期而遇的兔子,真后悔当时没跟那个男人要个联系方式,不然还能询问一下。

"你这周日有空吗?"伊万问道。

岳崖儿点点头,虽然周日是跨年夜,但她感觉自己已经步入老年生活了,跨年夜什么的是属于年轻人的节日,就不瞎凑热闹了。

"31号晚有个晚宴,你陪我出席下吧,听说余垩可能会来。"

"哦。"岳崖儿懵懵懂懂地点点头。

接下来的几天岳崖儿将重心放在了出席晚宴穿什么这件事情上,佩琪听说晚宴的事情后比岳崖儿还激动,在电话那旁"啊啊啊"尖叫了十几分钟之后,不出一个小时便气势汹汹地冲到了岳崖儿家楼下,一边说着"这绝对是近几天来能让我打起十二分精神的事情了",一边将岳崖儿连拖带拽地拉到商场里,像玩起了换装游戏一样给岳崖儿一连换了不下十套礼服。

"伊万除了带你,还带那个黑山老妖吗?"平时听多了岳崖儿对公司人的吐槽,佩琪为了方便好记给每个人起了外号,黑山老妖指的正是Vivi,苏曼妮是千年狐狸精,云小虎则是武大郎。佩琪当时的话是这么说的:"没个百万千万的还敢惦记我闺蜜,对于他来说难道不是得不到的潘金莲?"这句话听起来倒像是在骂自己,但岳崖儿知道佩琪读书少,也就哭笑不得懒得计较。

伊万随后发来了高铁的订单,31号早上从北京出发,下午到达上海,1号下午返程。

岳崖儿吓了一跳,仔细查了查那个晚宴的详细信息,才发现每年的举办地都在上海,伊万大概是以为自己知道所以没多说,而岳崖儿当时满心欢喜也只顾着能跟伊万一起参加晚宴连连点头答应,没问具体地点在哪里。

"哇,看高铁订单只有两份,那看来只有你们两个人了,而且还会在上海停留一晚,你俩该不会……这可是个千载难逢的好机会啊……"佩琪满脸的坏笑。

"我是去参加活动,你想什么呢。"

"你要是没点坏心思脸红什么呀,这年代办公室恋情又不违法,要是我是你啊,就抓着伊万那样的男人死都不松手,这可是个活在小说里的人物,你要是错过了哭都来不及。"佩琪认真地给岳崖儿挑了件 Chanel 的亮片鱼尾裙,把她推进试衣间里。

岳崖儿穿上这条鱼尾裙,只觉材质轻薄贴身,大量银色的亮片让自己宛若童话中的美人鱼,裙摆处是半透明飘逸的纱裙设计,像是摆动着的鱼尾,平添了几分梦幻的仙气,配上一双银色的高跟鞋,整个人袅袅动人又轻柔万分。

佩琪拍手鼓掌,啧啧赞叹道:"我可是第一次见你那么美。"

"不过呢,就是胸平了点。"虽然礼服里有胸垫,但佩琪还是觉得远远不够,她不知道从哪儿拿来两个硅胶垫,使岳崖儿的胸前立刻变得饱满起来。

买完礼服岳崖儿又被佩琪拖着去了 Victoria's Secret,佩琪眼光十分毒辣,专挑那些性感得让人血脉贲张的内衣套装:"对了,伊万喜不喜欢制服啊?感觉你俩完全可以演一部办公室禁忌戏……"

岳崖儿捂着红到不能再红的脸,完全不想和佩琪待在一个空间。

佩琪直到给岳崖儿连 YSL 黑鸦片的香水都安排上了,才肯放心地踏上去往三亚 ISY 电音节的行程。

岳崖儿圈着日历上的日子,眼看着距离跨年夜越来越近,她的心情就如坐上跳楼机一样失控,她把行李满满当当地塞进 18 寸的黑色行李箱里,心想当年她跟曹群在一起四年都没如此精心打扮过,好像直到遇见佩琪之后,才解锁了各种小女人应有的一面。

等岳崖儿赶到高铁站时,伊万已经站在检票口处检票了,他戴着墨镜,平时用发胶梳起的碎发柔顺地垂在额前,看上去温顺了几分。身上穿着休闲装,肩上背着 Dior 男士双肩包,简洁大方,本来外形就已经十分出众加上身材高挑,很多人都不禁转头多看几眼。

面对来自人群注视下的无形压力,岳崖儿不敢穿过人群挤到伊万身边,只好远远地跟在他身后,等她找到自己的位置时,伊万已经坐在过道的位置上了。

"伊总好。"岳崖儿打了招呼,还未等自己反应过来,伊万已经站起来从容地拿过她的行李箱,往行李架上一摆。

岳崖儿被伊万巨大身形包裹着前后不过几秒钟,对方身上传来的气息让她足足愣在那里很久,直到伊万拉拉她的袖子示意她挡住了后面的人,她才回过神来,忙抱着一大袋零食坐到靠窗的位置上,脸转过一百八十度张望着窗外,掩盖像被蒸熟的红脸蛋。

"不累吗?"

"嗯。"岳崖儿的脸仍旧没有转过来。

伊万奇怪地看了眼岳崖儿抱着一大包零食一动也不动,生怕别人抢走的姿势,转而戴上蓝牙耳机,闭上眼睛听了起来。

身边久久没有动静,脸上的红色也终于慢慢退了下去,岳崖儿才敢小心翼翼地转过头,蹑手蹑脚地把零食放在座位下方,缩着身子坐了起来。

北京到上海的高铁差不多五个小时,岳崖儿一边喝着饮料一边看着电影,很快便觉得膀胱胀胀的,但身边的男人闭上眼睛似乎在睡觉,完全没有起身的意思,岳崖儿只好憋着,继续看了半个小时的电影。但实在是忍不住了,她左顾右盼了一会儿,用指头戳了戳伊万的胳膊,又叫几声"伊总",可是伊万却像什么也感觉不到。

岳崖儿把自己憋得面红耳赤,想起前不久看到的"男子与美女坐飞机为保持形象憋尿六小时昏倒"的新闻,她要是因为这种事情晕倒那可真是丢脸丢大了,于是岳崖儿思忖再三,轻手轻脚地站了起来,准备一步跨过伊万迈出去。

她慢慢地抬起脚，抬到与伊万的膝盖齐平的高度，然后伸长了想往过道迈去，没想到因为太过用力，腿突然抽筋了，她颤抖了下，整条腿痉挛起来，岳崖儿一个重心不稳直接坐在伊万的大腿上。

伊万感受到腿上的重量后瞬间睁开眼睛，看到岳崖儿的脸近在咫尺，发现这个不知天高地厚的女人莫名其妙地光天化日之下坐在了他的大腿上，而且似乎没有要起来的意思。

伊万摘下蓝牙耳机，不耐烦地皱了皱眉："你干吗？"

岳崖儿的脸痛苦得扭曲成一团，指了指自己的脚："我抽筋了。"

"抽筋为什么要在我身上抽？"伊万一本正经地问。

"我本来想出去上个厕所的。"岳崖儿因为疼痛，连说话都有些含糊不清了。

伊万"这种事情为什么要摊上我"的疑惑表情保持了三秒之后，才去看岳崖儿的腿："哪里抽了？"

岳崖儿指了指悬在过道上方往上翘的小腿："这里。"

伊万环顾四周，除了右后方有对小情侣中的女生不停地探头往这边看，似乎在跟男朋友撒娇也想要伊万这样同款的抱抱之外，其他人都在自顾自地做自己的事情，不然说不定被哪个"热心肠网友"偷拍下这迷惑的情形，那可就不好了。

伊万弯下身子，一只手握住了岳崖儿抽筋的小腿。岳崖儿"啊"的一声还没叫出口，便被伊万立马捂住了嘴。

岳崖儿跟着伊万比了个"嘘"的手势，强忍着痛苦一言不发。

伊万将岳崖儿的腿"咔"地掰直了，岳崖儿身子猛地一颤，手捂着嘴巴，脸一阵青一阵紫。伊万一只手来回轻轻地揉着，岳崖儿慢慢放松了下来，疼痛也终于有了些缓解。

"还疼吗？"伊万小声地问。

"好……好多了。"岳崖儿的眼角已经有几滴泪珠在来回打转了。

"起来吧。"伊万动了动大腿，表示自己大腿也很麻，被一个近一百斤的女人坐了这么久。

在伊万的搀扶下，岳崖儿慢慢站了起来，她动了动腿，见伊万目不转睛地注视着自己的大腿，想到刚刚两人没羞没臊地互动，她的脸上再次一阵红，扔下一句"我去卫生间了"便一瘸一拐地跑了。

岳崖儿在卫生间里冷静了很久，想到伊万身上那股好闻的香水味，想到他均匀而绵长的气息，想到他那张英俊的脸庞近在咫尺，心情怎么也无法平静下来。

岳崖儿检查了N遍自己的妆容没有问题之后，才慢吞吞地回到座位上，伊万站起身来让座："你要出去告诉我一声就可以了，你这小短腿迈不过去的。"

"哦。"岳崖儿把头埋得低低的，坐回到自己的座位上。

"你吃什么？点份餐吧。"

岳崖儿摇摇头，指了指自己的一大包零食："我吃这些能饱。"

"那些没营养。"伊万一口回绝。

"哦，那要份海鲜饭吧。"

伊万点点头，给自己和岳崖儿下了单。高铁乘务员把饭送过来的时候，伊万又在闭目养神了，乘务员把饭放在前面的小桌板，笑着问岳崖儿："你男朋友是演员模特吗？长得好帅啊。"

岳崖儿摇摇头，深感自己要是跟伊万在一起了，大概就是走哪儿都跟粉丝见面会一样吧。

岳崖儿打开海鲜饭津津有味地吃了起来，期间继续观看电影。哪知这部电影前面剧情发展都很正常，到后半部分突然"开起了车"，于是等伊万睁开眼时，无意间瞥到的正好是一幕香艳的画面。

岳崖儿意识到身边男人不正常的脸色之后，连忙啪的一声把手机扣在桌子上，大口大口舀着饭，头埋得更低了。

"你想看什么就直接看，不用在意我。"伊万悠悠地说道。

"这个电影很正常的，只是这里……咳……"岳崖儿就像被家长发现看小黄片的孩子一样心虚。

"很正常，你慌什么？"伊万漫不经心地瞥了一眼岳崖儿，低头吃起了自己的牛腩饭。

接下来的时间里，岳崖儿除了安静地待着什么也不敢做，喝水吃零食怕上厕所，看电影又怕不知道会跳出什么奇奇怪怪的画面，最后只能倒头睡觉。

五个小时漫长的高铁时光终于过去了，抵达上海时，天上飘着雪花，纷纷扬扬地落下，伊万叫了辆去往酒店的专车，岳崖儿望着车窗外雪景中的魔都，抑制不住心中的向往。

酒店在外滩边上，伊万订了两间大床房，被告知六点集合出发前往晚宴。

岳崖儿推开酒店房间门，巨大的落地窗外，黄浦江美景尽收眼底，对岸是东方明珠和陆家嘴的高楼大厦。站在这个房间里，纸醉金迷似乎也离得不远了。

岳崖儿迅速梳洗了一番，对着网上教程给自己化了近两个小时的精致妆容，换上鱼尾裙，扎起半摞头发，尽量显得女人味十足，手拿包里面除了装一些个人物品之外，她将那只小兔子也装了进去。

岳崖儿对镜自拍了几张发给佩琪，得到佩琪满意的答复之后，终于等到姗姗来迟的伊万来敲门。

伊万看到开门的岳崖儿眼前一亮，上下打量了一番："挺漂亮的。"

岳崖儿抿嘴一笑，伊万今天的穿着是一身白色的西装，与自己的白色鱼尾裙很相衬，岳崖儿拿了件白色的毛呢大衣披在身上，两人一前一后走出酒店，上了辆专车。

晚宴的地点在陆家嘴一处私人住宅里，三层的小洋房，门前的长街上停放着几排豪车，院子内铺着一条红地毯。伊万从车上下来的时候，很多记者的长枪短炮立马就对了上去，一顿咔嚓咔嚓的狂拍。

岳崖儿在车里坐了一会儿，始终没有勇气下车，直到车窗被人轻轻敲了敲，伊万的双手背在身后，朝岳崖儿做了个出来的手势。

记者们的镜头立马又转移到了岳崖儿身上，毕竟伊万带来的女伴也绝对是重头戏，往常陪伴在伊万身边的都是 Vivi，这次突然换了个时尚圈里没有见过的新面孔，记者们仿佛捕捉到惊天新闻一般，快门按得更勤快了。

岳崖儿站在原地僵硬地笑着，双手死死地拽着鱼尾裙，前面的伊万微微抬起了胳膊肘，看向岳崖儿，示意她牵住自己的手，岳崖儿走上前挽住伊万的胳膊，有了可以依偎的人之后，她不再那么紧张。

伊万头侧头朝记者们礼貌微笑的同时，轻轻对岳崖儿说了句："放轻松。"岳崖儿长呼一口气，害怕自己笑得难看，索性绷着脸，假装很酷的样子，两人一路走过众星捧月的红毯，在签名板前签名，随后步入晚宴。

晚宴就在一楼的大厅，女士们衣香鬓影，男士们西装革履，受邀出席的均是时尚圈里的重要人物，当岳崖儿挽着伊万的手进入晚宴时，人们的目光齐刷刷地看了过来，几个认识伊万的好友围了过来，其中一个留着胡子的雅痞男子叫住服务员，递给伊万一杯红酒："伊总，好久不见，别来无恙啊。"

伊万拿起红酒杯与之轻轻地碰了碰，小啜一口。

"这位美丽的小姐是……"男子看向岳崖儿。

"她是品牌部门的员工，岳崖儿。"伊万含笑介绍岳崖儿的身份，又介绍那名男子，"他是 HION 公司的总经理，钱鑫，钱总。"

HION 公司岳崖儿自然是早有耳闻，FAS 和 HION 这两家专注做品牌的电商公司可谓是时尚圈里的两大巨头，受众群体和品牌定位几乎一致，难较高下。表面上看是其乐融融的兄弟企业，喊着要齐心协力为中外品牌合作付诸努力，实际上暗自较量恨不得争个你死我活。而这钱鑫也恰恰是个狠人物，他不过三十出头，便一路带领 HION 在经济低迷期杀出一条血路，这点是连 Rex 都曾在采访中夸赞的。

"岳崖儿，这名字真有意思。"钱鑫一口略带港腔的普通话，拿了杯红酒递给岳崖儿。

岳崖儿受宠若惊地接过高脚杯，跟钱鑫碰了碰杯。

钱鑫一饮而下，冲她晃了晃手中空空如也的高脚杯，示意自己已经全部喝完了，岳崖儿只好咕噜咕噜地大口往喉咙里灌，尽管伊万在一旁提醒道"量力而行就可以"，但岳崖儿还是拧着一股劲儿把那半杯红酒喝完了，随后脸便已经开始微微泛红。

"岳小姐真是爽快，佩服。"钱鑫朝岳崖儿竖起大拇指，而后对伊万说："伊总，我还有事，那就先失陪了。"

伊万点点头，钱鑫刚走，又有一些人过来酬酢。

岳崖儿的脑袋已经有些不大清醒了，只能勉强让自己镇定下来，安静地待在伊万身边，在别人看向她时便抿着嘴笑着，其实意识是完全模糊的，那些人在她看来都产生了重影。

终于暂时得以抽身，伊万把岳崖儿带到二楼的 VIP 半开放式包厢里，从这里可以看到一楼大厅的全貌："你先醒下酒，然后找找看有没有那天送你兔子的那个人在场，如果看到的话立马联系我。"

岳崖儿点点头，这才是伊万今天带她过来的主要目的，一切机缘巧合不过是因为那只兔子，可是她不胜酒量，连这样一场晚宴上的半杯红酒都承受不住。

岳崖儿有些沮丧地拿起桌子上的水果和蛋糕往嘴里塞，一边喝着水，呆坐了好大一会儿，酒劲儿终于有些过了。她低头去看一楼的大厅，伊万如一匹白马一般耀眼，他不用去周旋，便有源源不断的人过来与他寒暄碰杯。

如果陪在伊万身边的是 Vivi，是不是能够八面玲珑？岳崖儿想到这里有些难过，即便与伊万并肩同行，还是跟不上他的步伐。

"这么美丽的小姐怎么一个人在这里呢？"

带着几分戏谑的声音在岳崖儿的脑后勾响起，岳崖儿转过身去，来者正是钱鑫。

钱鑫手里拿着高脚杯，在岳崖儿旁边的沙发坐下说："一个人不会无聊吗？"

"我刚刚有点醉,来这里醒醒酒。"钱鑫这个人给岳崖儿的第一感觉就两个字——危险。

不知道是不是因为他是竞争对手的缘故。

"服务员,帮我拿杯酸奶。"钱鑫转头对身旁的服务员说道,服务员点点头朝门外走去,包厢里只剩下岳崖儿和钱鑫两个人。

钱鑫笑了笑:"酸奶可以解酒。"

"谢谢啊。"

"你是什么时候进FAS的?"

"今年九月份。"

"啊,难怪面孔那么生呢,我们HION秋季也有招人,怎么没来我们公司呢?错过了岳小姐这样的人才,真是可惜呀。"钱鑫拿出一包烟,递给岳崖儿,岳崖儿摆摆手表示自己不抽,他便自己点了根烟抽了起来,"不过进FAS短短几个月,伊万便能把你带到这么重要的场合,可见你对他很重要嘛。"

"不是,我是来找……"岳崖儿停顿了下,意识到自己差点把公司的商业机密说出口了。

"来找余苼的,对不对?"钱鑫嘴里吐出一圈圈的烟,向后伸直双腿靠在猩红色的沙发上,"但是余苼今晚是不会出现的,多少人都在等着,要我说啊,其实可能都没余苼这个人。"

"啊?什么意思?"岳崖儿一头雾水。

钱鑫笑了笑:"我的意思是,余苼可能不是一个人,而是一个团队,能把自己炒作得如此炙手可热,想来也不是一个人能干出来的。"

"可是……万一是这个人非常有才呢?"岳崖儿问道。

钱鑫顿了顿,随后一脸玩世不恭的笑意:"当然也不是没这种可能,如果是的话,那余苼就是个天才。"

岳崖儿和钱鑫正说话之际,伊万已经不知不觉上了二楼,走进包厢里,钱鑫看到伊万,脸上的笑容又绽开了:"伊总,我跟这位美丽小姐正聊着呢,不介意吧?"

"当然不介意,我也就是应酬累了,上来休息一下。"

"哈哈,下面有多少人巴不得能和你谈上话呢,你说累我可真替他们觉得不开心了。"

伊万和钱鑫有一搭没一搭地聊着,服务员送来刚刚钱鑫要的酸奶,钱鑫把酸奶递给岳崖儿,伊万却举起了高脚杯:"我们一起干一个吧。"

岳崖儿觉得拿酸奶干杯似乎有些奇怪,便倒了杯果汁,三人互相碰了碰。

"伊总真是好酒量,这一晚上看你喝了不少酒了。"钱鑫笑了笑,"看来就算没有 Vivi 帮你挡酒,你自己一个人也是很能行的嘛,对了,Vivi 今晚怎么没来?"

"她有事。"伊万淡淡地说道。

钱鑫笑了,一边低头看了震动的手机一眼,似乎收到了一条什么重要的信息。

之后,他突然笑不出来了,说了声"失陪",便匆匆起身朝包厢外走去。

"伊总,刚刚他说余茟今晚不会来晚宴了。"岳崖儿对伊万说道。

伊万点点头,脸上一副"我早就知道了"的表情:"Vivi 已经见到了余茟,刚刚钱鑫应该也知道了,所以才那么大的反应。"

"什么意思?"

"回酒店再说吧。"伊万起身,带岳崖儿离开了晚宴。

伊万和岳崖儿是从晚宴的后门溜出来的,谁也没发现。

"我喝了不少酒,想走一走。"出了别墅,伊万说道。

"好啊,反正这里离酒店也不远。"岳崖儿穿上了毛呢大衣,整个人很暖和,"那个余茟……"

"调虎离山之计。"伊万慢悠悠地解释道,"其实我和 Vivi 也不确定余茟今晚会不会来晚宴,所以我和她分头行动,她去余茟的工作室等着,我带你来参加晚宴,而只有我来参加晚宴了,钱鑫才不会起疑,因为他也在盯着余垩这个人,谁都想拿下 LIA 的独家经销权。"

"刚刚钱鑫说余垩可能不是一个人是一个团队?"

"他忽悠你呢,钱鑫这个人诡计多端,你要小心为好。"

岳崖儿恍然大悟地点点头,果然自己的第六感没有错。

"那余垩长什么样子的啊?是男的还是女的?"岳崖儿好奇道。

伊万翻开 Vivi 发来的一张照片,虽然是偷拍,但还是能看清楚脸部轮廓,五官十分清秀,正是那天岳崖儿在司马台长城遇到的男人。

这个世界可真小……

"就是他,送我兔子的那个男人。"

两人彼时已经不知不觉走到了外滩边上。夜晚的灯光亮如白昼,伊万双手插在西服裤兜里,像极了民国时期有钱人家的大少爷:"那和 LIA 合作的事情,希望你能多帮点忙。"

"我能帮什么忙啊?"岳崖儿一头雾水。

"余垩拒绝和我们合作。"

"为什么啊?"

伊万蹙眉道:"换种说法,他拒绝和任何公司合作,他是个个人意识很强的设计师,可能担心一旦与公司合作,作品就会变得商业化吧,毕竟这是很多品牌无法避免的事情。虽然我们一再跟他强调根本不会干涉他的个人创作,但余垩本人还是不放心,包括今天 Vivi 都亲自上门拜访了,他也没同意。"

"这样啊,可是我跟他只是路人的关系,我不过是随意曲解一下他的作品,他就把兔子送给我了。"

"至少从某种程度上说,他是认可你的曲解的。"

岳崖儿沉默了,她明白伊万的意图,虽然她实在不愿意将一次萍水相逢演变成一场别有所图的商业合作。

可是眼前这个男人,无论他说什么话自己都会言听计从。

还有不再遥远的浪漫之都巴黎,似乎也在朝自己挥手。

巴黎时装周,岳崖儿自打从云小虎的嘴里听到这个机会时,便朝思暮想着。

　　"这件事情公司不会明说，但是会暗地里考察每个新人，最满意的那个，将拥有参加巴黎时装周的资格。"云小虎的话仿佛就在耳边。

　　拿下 LIA 的第一经销权说不定便是上天赐予的机会，如若不然，她怎么会恰好在一个陌生的地方遇见 LIA 的主人。

　　岳崖儿犹豫了会儿，终于还是点了点头。

　　这天晚上岳崖儿回到酒店里翻来覆去怎么也睡不着，她下了床，脚踩在细致柔软的地毯上，在落地窗前来来回回地走着。整个魔都像座不夜城，生生不息又了无生息。

　　她知道自己即将做的事情对余茎谈不上利用，不过是刻意隐瞒自己的身份去了解他的精神世界。

　　但岳崖儿不知道原来时尚买手还要做这样的工作。

　　她甚至都不确定余茎在第二次见面时会不会讨厌自己，就这样仓促地接下了伊万给的任务，而她的奖励是那没有明提却似乎都心照不宣的巴黎时装周机会。岳崖儿也不确定自己点头答应的那一刻，究竟是为了伊万，为了 FAS，还是为了一心奔着巴黎时装周的自己。

　　Vivi 很快便发了一份余茎的详细资料到岳崖儿的邮箱里，岳崖儿打开文件压缩包，里面密密麻麻地记录着余茎的所有信息，甚至包括他的饮食和爱好，好似把一个人的底都翻过来。

　　岳崖儿一边感叹着信息时代的可怕一边粗略地翻看余茎的资料，在翻到他的家庭背景时看到了两个字：孤儿。岳崖儿心里一沉，她无法想象那天那个笑起来人畜无害的大男孩是如此孤独。

　　岳崖儿突然觉得胸腔里喘不过气来，她关掉了手机扔在一边，觉得自己像个无耻的偷窥狂，虽然她也理解这是商场上的必要手段，知己知彼方能百战不殆，但岳崖儿还是不能适应，仿佛所有的商业合作都是蓄谋已久的。

　　她起身走到和隔壁房间隔着的那堵墙，把耳朵贴在上面，她想知道隔壁的伊万在做什么,可是她什么也听不见。

岳崖儿感到有些沮丧,地上的行李箱还打开着,那件佩琪挑的内衣明晃晃地摆放在最上方,她有些烦躁地走了过去,把内衣藏在了自己看不见的地方。

隔壁房间里,伊万同样心绪不宁,他半坐在床上,只开着床头灯,一张俊秀的脸隐匿在半明半灭中,他细细思索着这一天,想起岳崖儿穿着鱼尾裙的惊艳万分,想起他在外滩的长街上拜托她拿下 LIA 独家经销权时她脸上复杂的表情,想起无意中瞥见她补唇色时唇膏上明晃晃刻着的 EWAN。

伊万闭了眼,岳崖儿的面容却更加清晰了,他烦躁地走下床,在酒店的桌子上开了瓶香槟,倒入高脚杯,一饮而下,一杯又一杯。

明明晚宴上已经喝了不少,但他觉得自己醉得还不够厉害。

第十一章

余茌的工作室距离岳崖儿住的地方并不远,向东坐五站公交车便到了。岳崖儿每天准点下班后便来这里闲逛,为了显得不那么刻意遇见余茌,她有时在工作室对面的小餐馆吃饭,有时骑着单车来回转圈假装迷路,有时跟附近公园的大爷大妈们唠唠嗑,顺便打听打听。

"那个玻璃屋是什么店啊?怎么一直都拉着窗帘?"岳崖儿指的方向正是余茌的工作室,一座复式的玻璃楼,用厚重的防尘帘遮着,黑压压的看不清里面的样子。

"那个不是什么店,就一个男孩住着,好像是他的工作室吧,但其实也就他一个人。"其中一个牵着哈士奇的大妈回应道。

"他平时是不是很少跟人打交道?"岳崖儿又问道。

"他很少出门,见了我们就乐呵呵地笑,每天不知道闷在里面干吗,感觉这孩子因为常年不晒阳光吧,所以长得可白哩。"

岳崖儿没打听到有用的信息,只好随意敷衍了几句之后离开,继续在玻璃屋的四周转悠。这个玻璃屋给人的感觉是矛盾的,明明透明玻璃的设计初衷是让更多的阳光照射进来显得宽敞明亮,可是这个玻璃屋却一直被遮盖住,反而让人加深了好奇心。

岳崖儿正走着，忽然身后被什么东西猛烈地撞击了一下，她转过身，发现一个骑着自行车的小女孩来不及刹车，随后整个人摔倒在地上。岳崖儿连忙扶起小女孩，询问她有没有受伤，但小女孩只是表情痛苦地咬着嘴唇，一声不吭。

"你摔到哪里了，给姐姐看下好不好？"岳崖儿问小女孩，小女孩像没听见似的，慢吞吞地把自行车摆好，往前推着走，腿却是一瘸一拐的。

"姐姐帮你推车吧？"岳崖儿跟了上去，但小女孩还是不予理会。

岳崖儿感到有些奇怪，又怕小女孩再出什么事故，便保持着三米的距离跟着，想护送她安全到家为止。

小女孩似乎没注意到岳崖儿跟随着自己，步子缓慢地推着自行车。岳崖儿盯着小女孩的背影，估摸着对方看上去也就六七岁的样子。

小女孩拐进了一处院子，岳崖儿抬起头看院子上方的门匾，上面是一块老旧的木头匾，潦草地写着"聋哑人学校"五个大字，院子里有几个小孩蹲在地上玩玻璃弹珠，与一般孩子不同的是，他们之间的交流是无声的，全靠手势和唇语。

小女孩把自行车停好，一溜烟跑进院子里的白色两层矮楼后面了。

岳崖儿跟着走近白色大楼，发现一间间屋子正是教室。

第一间屋子里有几个小朋友乖巧地坐在书柜前翻着绘本，第二间屋子则有个老师在给孩子们上手语课，黑板上大大地写着一个"爱"字，年迈的女老师比了几个不同的爱心手势，底下的孩子们也跟着比着，整间教室非常安静。岳崖儿继续往前走，透过玻璃窗看着教室里发生的一切，直到走到最后一间教室时，她停下脚步。

这是一间画室，孩子们坐在画板前画着画，小小的脑袋瓜认真地歪着。画板上的画色彩鲜艳明丽，岳崖儿被其中一幅画所吸引——画上画着的是一只在照镜子的可爱猫咪，镜子里反射出的却是一只头上写着"王"字的老虎。

一位穿着白衬衫的男人站在孩子身边指导着，等那个男人直起身来，岳崖儿才看清他的脸。

　　余芏也是抬眼无意间看到了站在窗外的岳崖儿，起先他只是觉得有些眼熟，很快便回想起是在司马台长城遇到的那个女孩。他朝岳崖儿招了招手，然后踩着十分轻的步伐走到门口："是你啊？你怎么会来这里？"

　　"我无意间路过的。"岳崖儿笑了笑，问余芏，"你是这里的老师吗？"

　　"我是这里的志愿者，每到周末就过来教孩子们画画。"

　　"这样啊，对了，刚刚有个小女孩骑自行车摔倒了，我不知道她有没有受伤，但是她好像听不懂我的话。"

　　"这里的孩子都是聋哑人，与正常人的交流是会有些困难。"

　　岳崖儿点点头，转身环顾院子一周，找到刚刚那个小女孩，正坐在跷跷板上发着呆，因为没人跟她玩，所以只能在跷跷板的一端，怎么也上升不起来："就是那个女孩子。"

　　余芏微微一笑，小跑过去，用手语跟女孩交流，女孩似乎很听余芏的话，乖乖地把裤子卷起来，露出瘀青的膝盖。余芏又跑了回来，在教室里拿了些跌打油给女孩涂抹，一边变换着鬼脸逗女孩开心。

　　岳崖儿静静站在一旁看着余芏的一举一动——他像朵向阳而生的向日葵，治愈着孩子的心灵。

　　"她叫卫蓝，今年才七岁，性格比较内向，所以很少跟人搭话。"余芏给卫蓝擦好药，将她的裤脚放下，摸了摸她的头。

　　叫卫蓝的女孩起来走了几步，然后蹦跶着跑进画室里去了。

　　"这里的孩子真可爱，说实话我是第一次来这样特殊的学校。"岳崖儿望着孩子们一张张纯真的笑脸，感叹道。

　　"你要是有空随时可以联系我过来做志愿者，这里的孩子们，只要有人愿意陪他们玩就很开心。"

　　岳崖儿点点头，在余芏的许可下，她进入教室给余芏当绘画课的助手，岳崖儿发现聋哑孩子似乎比一般的孩子更早熟和独立，也许是因为从小就意识到自己的不一样，害怕缺陷会给别人带来麻烦，所以即便是拧不开颜料盖这样的小事也不愿意让人帮忙。他们是一条条孤独的小鱼，生活在自己的气泡里，又像有着坚硬躯壳的蜗牛，与这个世界保持着敏感的距离。

卫蓝的画里有辽阔浩瀚的大海，海面露出鲸鱼的尾巴，岳崖儿仔细一看才发现这头鲸鱼在哭泣，海水正是它一滴滴眼泪所汇聚而成的。

"这只鲸鱼为什么要哭呢？"岳崖儿奇怪地问，卫蓝显然听不见岳崖儿的话，低头一笔一笔用蓝色的水彩填充着鲸鱼的眼泪。

余苼走了过来，看着画上的鲸鱼："这头鲸鱼叫Alice。"

"Alice？"

余苼不紧不慢地解释道："Alice是这个世界上最孤独的鲸鱼，她没有家人没有朋友也没有爱人，她无论说话还是唱歌，都没有人理睬，在其他鲸鱼看来，她是个哑巴，因为正常鲸鱼的频率是15—25赫兹，而她的频率是52赫兹。

"她是在1992年的时候被发现的，人们想象她是一只孑然一身的鲸鱼，在大海深处独自漂泊，唱着无人能懂的歌；人们想象她毕生都在用独一无二的频率呼唤着自己的另一半，却不曾接收到来自大洋与大陆的任何回应。她是如此孤独地活着，因为52赫兹的频率感受不到其他鲸鱼的存在，也许她这一生都认为海洋里只有自己这一条孤独的鲸鱼存活着……"

余苼笑了笑："Alice的故事，是我告诉卫蓝的。"

"这里的孩子，是不是都像Alice一样孤独？"岳崖儿问道。

余苼点点头，"他们生下来就不能说话，也听不见，几乎不能与外界交流，他们的父母很多都不懂他们，甚至抛弃了他们，但是在这个学校里，他们便不再是孤独的个体。"余苼的嘴角扬起干净明媚的笑容，"Alice的故事，在激励着他们每一个人，我想让他们知道，这个世界上有很多像他们一样特别的生灵，他们并不是被遗忘的。"

"我喜欢跟孩子们在一起，喜欢看见他们的笑容和温暖的画。"

余笙这番话深深烙在岳崖儿的脑海里,难怪余笙的 LIA 总是孤独的,以至于外界妄自猜测能够设计出这样心思细腻的作品,作者一定是个女性。

岳崖儿为自己抱有不单纯的动机接近余笙而感到惭愧,犹豫着要不要告诉他 FAS 想与他合作的事情,但眼下温情的氛围根本让她无从开口,岳崖儿只好把想说的话咽回肚子里。

身边的卫蓝拉了拉余笙的衣服,比了半天的手势,余笙明白了她的意思:"她的白色颜料用完了,我得回工作室给她拿。"

"我陪你去吧。"岳崖儿主动说道,她想见见余笙的工作室究竟是什么样子的。

余笙点点头,没有拒绝。

余笙带着岳崖儿来到玻璃屋,开了灯,玻璃屋是个小复式,入门处有个巨大的书架作为屏风,上面摆放着一些关于美学及设计类的书籍,里面是秩序整洁的工作室,一张巨大的长条桌子横亘在大厅中央,上面堆放着一些设计器材、物料以及未完成的图纸,大厅四周均是货架,摆放着已经设计成形的作品,包括包包和首饰还有图案样品。

岳崖儿看到了一只巨大的鲸鱼尾巴,用蓝色渐变色的毛衣线编织而成,鲸鱼尾巴的一个小角落里写着"To Alice","她也是 Alice?"

"是的,Alice 是我正在设计的系列作品之一。"

"你是个设计师?"岳崖儿明知故问。

"嗯,小众设计师,不是很出名。"

岳崖儿知道他谦虚了,明明他的作品是各大时尚头牌公司趋之若鹜的,他却仍优雅地行走在自我构建的纯真美好的世界里。

岳崖儿仔细端详着鲸鱼的尾巴,喃喃自语:"人类有时候也想变成片刻的 Alice 吧,鲸鱼生而孤独,不曾像人类一样热闹地活着,所以她也许会以为孤独就是活着的方式。但是人不一样,如果不被理解,如果厌倦融入，就宁愿孤独地活着。"

"而你的作品，让人觉得孤独是可以被接纳的。"岳崖儿环顾四周，仔细打量着余茌的设计，"就如同这个世界上有很多人不能理解抑郁症的存在，但事实上心理上的疾病和身体上的疾病程度等同，我们的心灵也是会生病的，在生病的时候非但不给予关怀反而处处讥讽，这对于抑郁症患者来说是雪上加霜的。"

"你知道这世界上最孤独的汉字是什么吗？"

岳崖儿摇摇头。

余茌眯起眼睛笑了笑："以后有机会再告诉你，或者你自己找到也行。"

余茌拿完颜料和岳崖儿回到了学校里，余茌除了负责教孩子们画画之外，也会给孩子们准备晚饭，他已经提前一天制作好了给孩子们的紫菜包饭，耐心地发放到每一个孩子的手里。

岳崖儿观察着余茌，也许是因为混在小朋友堆里的缘故，他的笑容总是干净得没有一丝杂质，就好像他身上那件一尘不染的白衬衫。

岳崖儿慢慢融入孩子们的生活，在余茌的指导下学会了一些基本的手语，孩子们虽然很害羞，但只要岳崖儿主动跟他们互动，他们也会用腼腆的笑容回应。

岳崖儿在学校里待了整整一个下午，不知不觉天已经黑了，快要走的时候，卫蓝把那幅"鲸鱼的眼泪"送给岳崖儿当礼物，岳崖儿满心欢喜地收下。

"你要是不介意的话我可以送你回去。"余茌不放心岳崖儿一个人回去，尽管她再三解释这个点还有公交车。

余茌指了指门口停放着的一辆白色小电动："我出门卖菜可都是靠它咧。"

"好啊。"岳崖儿看到小电动忍俊不禁。

余茌骑着电动车载着岳崖儿，两人戴着头盔，在昏黄的路灯下快速前行，余茌笑得像个没心没肺的孩子，即便在市井里生活了那么多年，脸上却没有沾染一点俗气的气息，仍旧纯净仍旧明媚。

之后的一个星期，岳崖儿获得了不去公司打卡的特权，FAS品牌部的同事们也见怪不怪，作为时尚买手，跑市场不坐班是常有的，只是云小虎却不习惯办公室里少了岳崖儿这个忠实八卦听众的存在。

云小虎在一次语音里跟岳崖儿说："还是你比较有趣，每次我跟曼妮说一些新鲜的事情，她都是一副老娘八百年前就知道了你怎么现在才知道的鄙夷表情，我啊，还是喜欢你那没见过世面的样子。"岳崖儿听到这话，恨不得通过手机回传给云小虎八百个耳光子。

岳崖儿每天都会先到学校看望孩子们，然后带一些小礼物。余笙工作日的大部分时间都闷在自己的工作室，岳崖儿假装顺道去看过他几次，有时候帮他端茶倒水，有时候静静地坐在一边看他画设计稿，有时候两人骑着电动车从百货市场里挑来大包小包的材料。

余笙从不打开玻璃屋的厚窗帘，他像吸血鬼一样活着，相比起盛放的阳光，他更喜欢万籁俱静的黑夜，黑夜里他能窥见孤独的心灵，这些夜里袭来的细微情绪是他获取灵感的重要来源。

到了晚上，岳崖儿便将这一天对余笙作品的观察整理成文件发送给伊万，但她没有写关于学校的事情，她害怕外界的过多关注会打扰孩子们宁静的生活，而面对岳崖儿一丝不苟地汇报，伊万也只是淡淡地回复"收到"两个字。

伊万从来没有发过朋友圈，岳崖儿想多了解一些伊万的所思所想都无从下手。

岳崖儿叹了口气，虽然跟踪记录设计师生活的工作很轻松，但她还是想念在写字楼里的忙碌，不知道从什么时候开始，见不到伊万会让她的心里有些落空。

这天岳崖儿正在给余笙设计的作品样图拍照，突然收到李晓双火急燎原的电话："岳崖儿，你是不是借了高利贷？现在人家找上公司了，你快过来看看吧。"

见岳崖儿的脸色越来越凝重，余苙关心地问："你没事吧？"

"我出了点麻烦，得赶紧去解决下。"岳崖儿连包都顾不得拿，急匆匆往外走去，在路边拦了辆出租车去往FAS，完全没注意到从玻璃屋里追出来的余苙。

岳崖儿在车上打开借贷的APP，本来只是借了五万块钱，结果两个月过去，雪球般利滚利滚竟滚成了二十万。

借贷软件害人不浅啊，岳崖儿一路都很焦躁。

等岳崖儿赶到公司时，借贷平台的人已经笑呵呵地从伊万手里拿过一张支票走了，正巧路过岳崖儿身边时，笑道："小妹，以后有需要还往我这里借啊，这不快过年了，催得紧，要不还能给你宽限好几个月呢！你这公司可真好，还帮员工还钱。"

面对对方的地痞流氓模样，岳崖儿一声不吭。对面是伊万那张死气沉沉的脸，同事们交头接耳议论纷纷，还有云小虎和李晓双投来担忧的目光。

"下午叫保洁阿姨过来好好再打扫一遍，这地都被踩脏了。"Vivi翻了个巨大的白眼，穿着紧身的黑色针织衫，如一只精瘦的黑乌鸦。

伊万没说话，阴着脸转身走进办公室里。

岳崖儿想了想，跟了进去，关上门，站在伊万面前乖乖认错："伊总，这笔钱我会还的。"

"你为什么借高利贷？"伊万一脸冷漠。

"我真不知道那是高利贷，我看很多人在用，以为是信用卡之类的……"

"那你借的钱都拿去做什么了？购物？买奢侈品？"

岳崖儿此时就像个做错事等待训斥的小孩子，捣蒜般点着头。

"我之前是不是跟你说过，时尚不是盲从购物，不是人云亦云的买买买，不是用过度的购买欲望去刺激自己无力承担的消费能力。"伊万叹了口气，一脸恨铁不成钢的模样，"你都把我的话当耳边风了？"

"可是在FAS是不允许穿重复的衣物，包括包包……"

"谁告诉你的?"伊万口气严肃。

Vivi明明在上班的第一天这么说过,岳崖儿感到委屈:"大家好像都是这样子的。"

"大家都这么做,所以你就跟着这么做吗?一点都没有自己的主见,如何成为时尚买手?你们现在这些年轻人,就是太容易冲动消费,又没有办法承担其所带来的后果,时尚不是盲目追求爆款,只有合适自己的,用着自信的,才是对的。"

伊万长篇大论了一番,见眼前的人儿始终垂着头一副完全意识到自己做错事的哭丧模样,不忍心再训诫下去,只好叹息道:"其实这些都是你的私事,我无权干涉,但是我希望你能成长。"

岳崖儿倏地抬起头,对上伊万的双眸,不敢注视太久,而后又低下头,咬了咬嘴唇:"我知道了。"

"好了,你出去吧。"伊万坐回到自己的办公椅上,扶额闭着眼睛,他以为她在改变,可没想到还是那么令他头疼,从双十一到圣诞节的漂亮胜仗,岳崖儿的所有努力伊万都看在眼里,可是直到今天高利贷找上门来,他才真正看到这个女人捉襟见肘狼狈的一面。

他想要怜惜她,可是话出口全变成了锋利的刀剑。

他一直觉得岳崖儿是很有潜力的,完全可以成为下一个孙宴,他对她的欣赏日益渐增,也断然不想让她毁在金钱这件事情上。

明明再往前走就可以过上想要的生活,为什么她偏偏像被物质迷了眼,伊万既觉得心疼,又生气。

岳崖儿沮丧地走出伊万的办公室,哪知推开门后,外面全是贴着耳朵听八卦的脑袋,李晓双紧张兮兮道:"伊总是不是把你骂得头破血流啊?"

岳崖儿摇摇头,她倒是情愿伊万把自己骂得狗血淋头,不然的话自己便不会在每次犯错事之后继续辜负了他的一番用心良苦。岳崖儿在心里暗暗发誓这是最后一次了——最后一次让伊万生气。

"不过伊总今天出面替你摆平高利贷的样子可真帅气!"李晓双

把岳崖儿拉到一边,手舞足蹈地形容道,"那些放高利贷的人张口就要二十万,伊总直接拿出法律告诉对方民间借贷利率不能超过36%,否则超过部分的利息约定无效,那兵来将挡水来土掩的气定神闲可是把那群地痞流氓给扎扎实实地唬住了呢,最后伊总好像帮你先还了钱,讲到了八万块吧,啧啧啧,不愧是商界精英的,还能砍价。"

"不过你以后可不能再借高利贷了啊,幸好这件事情闹得不是很大,要是传出去 FAS 的员工被高利贷找上门,这对企业文化的影响多不好。"李晓双戳了戳岳崖儿的脑袋瓜,"你啊,真是太粗心大意了,我就算是没钱也只敢开银行的信用卡,怎么敢用这些不正规的借贷平台啊?"

岳崖儿连连点头,表情也很不开心:"我已经知道自己错了,绝对不会出现这样的事情了。"她感觉身上的担子更大了,本来自己在新人里的业绩便不算是最好的,加上高利贷上门来闹的事件,估计要在考核上记处分了,而且品牌部的考核好死不死,正是由 Vivi 掌管。

"岳崖儿,你最近手头那么紧啊,要不要我先借你点钱应急?"云小虎凑到岳崖儿身边,而后又补了一句,"不过你要是做我女朋友的话呢,这些钱就不用还了。"

岳崖儿翻给云小虎一个巨大的白眼。

苏曼妮则躲得远远的,一副事不关己高高挂起的模样。

岳崖儿回到家的时候,天已经完全黑了。小区门口的辅路最近在修路,坑坑洼洼的一片,岳崖儿怕踩了空,便举着手机打开照明灯。

远远的,岳崖儿便见保安亭那里站着个人。走近了才发现是认识的人:"余茬?"

余茬看上去已经站在风里等很久了,他的嘴唇被吹得红紫,整个人裹在一件宽大的黑色羽绒服里,见到岳崖儿来。咧开嘴一笑。

"你怎么在这里?"

"你的包忘了拿。"余茬支起一只手,手肘上挂着岳崖儿落下的斜挎包。

"我明天去拿就好了啊。"

"但是我看你今天有事匆匆忙忙走了,有点担心你,所以想来你家看看,虽然平时送你回家过,但是也不知道你具体住哪一栋,所以只能在这里等着。"

"你直接发微信问我不就好了?"

"我手机出门忘带了。"余茞笑了笑。

岳崖儿此时又是心酸又是感动,余茞在年纪上比她还小一岁,跟他在一起总有种带弟弟的错觉,因为他太不像生活在光鲜亮丽时尚圈里的人了,他总是一副不食人间烟火的单纯模样。

"那你要不来我家里喝杯热水吧?"岳崖儿觉得直接打发余茞走似乎不太好。

余茞点点头:"你的事情处理完了吗?"

"嗯,已经解决了。"岳崖儿带着余茞上楼。

岳崖儿进厨房烧水,余茞在沙发上等着,看到地面上堆放着的一排排名牌包包和衣服,笑了笑,问岳崖儿:"你很喜欢这些牌子吗?"

岳崖儿慌乱地把名牌衣服和包包塞进柜子里:"我打算转卖掉一些了,不然还不起这个月的信用卡了。"

"那你舍得吗?它们一定都是你的宝贝吧?"余茞反问道。

"不舍得也没办法啊,我的经济能力其实不允许我驾驭它们。"岳崖儿无奈地耸了耸肩。

"那看来我的作品售价得定低一点,不然我怕像你这么可爱的女孩子会买不起。"

岳崖儿摆摆手:"不用,你的定价已经很良心了,其实奢侈品贵我完全可以理解,因为它的品牌价值就在那里,消费人群经济实力也在那个高度上,反倒是像我这样的买家,没有去选择合适自己的品牌。其实有很多充满设计感又价格实惠的产品适合我。可是我以前一直误以为非要用 LV、Burberry、Prada 这些才算是潮流和时尚,其实不是的……"

"每个人都有享用奢侈品的权利。如果你买不起但是非常喜欢的话，试试二手也是不错的选择。"余茥笑道。他的脸酝酿在手中杯子升起的雾气中，看上去朦朦胧胧的。

岳崖儿点点头，余茥的话突然给了她很大的启发。

"每个人都有享用奢侈品的权利。"

岳崖儿一瞬间联想到了奢侈品共享方案，FAS定位的是高端人群路线，但是奢侈品昂贵的价格会把许多潜在顾客拒之门外，如果能够跟一些品牌达成合作共识，拿出部分奢侈品出来共享，这样每个人都有机会享受到奢侈品，而且人对包包衣服的新鲜感总是一时的，共享正好可以满足他们的"喜新厌旧"。

奢侈品共享的方案迅速在岳崖儿的脑海里成形，岳崖儿激动不已地给了余茥一个大大的拥抱："啊，余茥！谢谢你！"

余茥被这突如其来的拥抱吓住，整个人呆若木鸡。

岳崖儿拍拍余茥的肩膀："我刚刚想到了一个非常好的点子，是你的话启发了我。"

余茥挠了挠后脑勺，不好意思地笑了笑，不知道自己哪句脱口而出的话语启发了岳崖儿。

岳崖儿将自己的奢侈品共享方案制作成PPT，经过长达一星期的加工后，终于在某个周一的早晨提交到了公司的例会上。

当岳崖儿面对自认为完美得无可挑剔的PPT发表了长篇大论之后，却遭到了Vivi的第一个反对："我们公司是做品牌代理直销的，不是什么二手转卖。"

"我提出的并非二手转卖，而是共享经济。"

"哦？"Vivi"啪"的一声将钢笔放在会议桌上，抬高了几分音调，声音尖锐，"你觉得共享经济能走多远？现在满大街的小黄车小蓝车小红车都已经倒了，成了无法回收的街道垃圾。"

"但是共享奢侈品不一样，我这里提出的共享是服装和包包。"

"好，那如果 FAS 的衣服和包包都可以共享的话，谁还愿意来购买全新的商品？"

"当然也有部分无法接受共享的人会买。"岳崖儿的语调越来越弱。

"这个比例是多少？要怎么针对不同的人推广这个活动？"Vivi 怼得岳崖儿连连败退。

岳崖儿站在 PPT 前不知所措，PPT 上的黑色条纹将她的脸映得坑坑洼洼。

会议室里的人纷纷倒吸了一口凉气，以往也有新人提出过不合格的方案，但是没有哪一次像今天一样让 Vivi 大动肝火，大家都在猜想 Vivi 是不是还对于高利贷事件耿耿于怀。

"既然从事的是时尚买手，就做好本职工作，如果想不出方案，也可以直接跟公司明说，但是像这样投机取巧的方案，只会让我觉得心寒。"Vivi 极其尖酸刻薄的声音在会议室里久久地回响。

会议室里一阵死寂，没有人敢发出一丁点儿声响。

坐在 Vivi 身旁的伊万缓缓开了口："Rex 也曾考虑过奢侈品共享的方案，但是共享市场太过庞大，我们无法掌控，所以这个方案目前对于 FAS 来说，不太可能实施。"

岳崖儿的脸色黯淡了下去，连伊万也反对她的想法，只能说明她的方案在 FAS 是完全不合格以及行不通的。

"但是……"伊万拖长了语调，"岳崖儿能提出这个方案，说明现在市场上确实有很多喜欢奢侈品却又用不起奢侈品的群体，所以我们在选择单品时能不能试图去矫正现在公众对于时尚与潮流的一些误解？不是用得起奢侈品才是时尚，而是挑选在适合自己刚需的基础上符合美学审美的。

"我希望 FAS 的品牌部在选购单品时不要仅仅局限于那些一线大牌，选择一线大牌固然投机取巧，因为我们 FAS 合作的大牌每年都会开放给我们一些独家经销权的单品数额。但是，如果能够挖掘到不同年龄层次、经济水平的女性适合的单品,我觉得才是一个成功的品牌公司。"

伊万话音刚落,会议室里的人都沉默了,纷纷低头看着自己身上的奢侈单品。

"奢侈品共享不是不可行,只是不适合公司现阶段发展,我仍旧鼓励每一个新人大胆地提出自己的想法,不要害怕被否定,因为你们即使是错误的也是对我们有借鉴意义的,这是一次很好的尝试。"伊万语重心长地说道。

Vivi 没有说话,表情如冰山一样冷漠。

岳崖儿从会议室里走出来,垂头丧气地坐到自己的位置上,愈发觉得是自己太急于求成,反倒弄巧成拙了。

"别灰心,其实伊总今天的话也是鼓励你。"云小虎拍了拍岳崖儿的肩膀,"哪有不犯错的新人嘛。"

"可是我好像就没见你犯过错啊?"

云小虎嘿嘿一笑:"那可能因为我就是我,是不一样的烟火吧。"

岳崖儿沉重地叹了口气,打开电脑,将自己心血来潮做的奢侈品共享方案直接拖进回收站里,眼不见为净,然后百无聊赖地打开新闻页面跳转到时尚板块。

"那个时代有很多长情的人做着长情的事,所以诞生了很多美好事物流传下来,反观时而疯狂、美好如烟花般绚烂又极易消逝的新时代,时尚圈谈论最多的是如何卷金夺银,高级的审美似乎正在走向崩塌。"

岳崖儿在网上看到这句话时便想起了余茔,想起聋哑人学校里的那群孩子们,他们和余茔所设计的作品一样孤独,无论是被蚕茧束缚着的兔子,还是 52 赫兹的鲸鱼,都是孤独的个体。

余茔正是怕商业转化泯灭了自己原本创作中的柔情,所以拒绝与公司合作。余茔与那只 52 赫兹的鲸鱼一样,都在等懂得他的人出现,哪怕深海里不再有回响,他也日复一日地歌唱着,如同停止设计,就等于终止生命。

当岳崖儿在 PPT 上敲出余芏的品牌名"LIA"时，她突然明白了余芏问自己世界上最孤独的字的答案。

世界上最孤独的字，不就是"俩"吗？

俩是两个的意思，可是翻遍新华词典也找不到一个和它发音相同的字，它就这么孤零零地拥有专属自己的拼音。最讽刺的是，"俩"字本身的含义并不孤独，而是两个人，就好像明明形影单只却还要安慰自己不是孑然一身，而是会有人与自己同行。

这个世界上很多人都是如此，不停地寻找着，不停地坚信人是成双成对来到这世间的，抱着无比坚贞的希望马不停蹄地寻找着另一半，最后换来的还是失望。

岳崖儿想了想，给这个策划案取名叫"世界上最孤独的俩"。

而品牌定位，正是那些内心孤独的人群。

下班途中照常经过朝阳大悦城，岳崖儿每次都要路过这个人潮拥挤的路口，到马路的另一边去换乘地铁。岳崖儿望着那些闪闪发光的奢侈品牌店面，想到自己负债如山的信用卡，毫不犹豫地抽腿离开了。

她望着形形色色的人群和在红绿灯前等待着的陌生面孔，想起伊万说过的不要盲目跟从，想起曾经她像无数从小城镇刚踏上这片城市的少女那般迷失在物质世界里，刷爆了信用卡去支付自己承载不了的虚荣欲望，总觉得要用一身奢华无比的 logo 装饰自己才显得尊贵万分。

三个多月前她还只是一个被城管追得四处窜逃的地摊小贩，如今她已经能底气十足、发自内心感觉自己是真的生活在大城市里了。曾经她觉得虽然生活在北京，但北京距离自己还是很遥远，而今她深感这里包罗万象，它包容着内心明净也包容着思想冗杂。

苏曼妮挽着顾平的手说笑着从商场里走出，手上拎着大包小包的品牌购物袋，看见岳崖儿时，远远地打了声招呼："好巧啊，你下班也来这里逛？"

岳崖儿摇摇头，笑了笑："我只是路过。"

"今天 Givenchy 打八折呢，你快去看看吧，错过就没啦。"苏曼妮晃了晃手中的品牌购物袋。

以前岳崖儿听到这样的消息一定会挤破了脑袋地冲进去买，认为要是错过就是罪过，只要买到才是赚到，明明做过生意的她也还是很容易被打折这样的字眼所吸引。可是在经历过这么多事之后，她懂得如何去控制自己的购买欲了，在买一件东西时，她学会先问自己究竟是"我想要"还是"我需要"，以及这件商品究竟适不适合自己，反省过后她就能牢牢地掌控自己的钱包。

当然像苏曼妮这样自带 ATM 的就不用考虑那么多了，买就完了。

"我不买啦，最近买的东西太多了。"岳崖儿微笑道。

"这可不像你哦。"苏曼妮打趣地笑道："你这段时间跑市场，感觉衣服也变得朴素了些，不过还是蛮适合你的。"

岳崖儿会心一笑："其实我刚进公司的时候一直在模仿你，你穿 Fendi 我就跟着穿，你戴 Bvlgari 的珠宝我也跟着戴，但是后来我发现，这些都是不适合我的，就好像让一个本该待在田野里的稻草人非要去钉在教堂的十字架上一样可笑，我效仿到最后不过是东施效颦……

"我也曾因为完全不懂品牌戴了盗版进公司被伊总训斥，其实我在进 FAS 之前，是真的不懂什么叫时尚，我以为大牌才是时尚，但后来我明白了，适合自己的才是时尚，就像每个人有每个人的风格，而你的风格是小香风名媛风，这些是我学不来的。"

"那你这也算是青出于蓝而胜于蓝了。"苏曼妮明媚地笑了笑，"其实我自己的经济能力也支撑不起我买这些奢侈品，但还好遇到了顾平，只要我喜欢什么他就统统买给我，说要让我做全天下最幸福的女人。"苏曼妮把头靠在顾平的肩膀上笑着。

顾平和蔼一笑，两人眉来眼去地互动着，岳崖儿也不便久待，说了再见，便转身钻进旁边的地铁站了。

岳崖儿的脑海里一直浮现着苏曼妮那张倚在顾平肩上灿烂的笑脸，不是所有女人都能像苏曼妮那样好命遇到一个有能力照顾她的如意郎君，这个世界最现实的事情是到头来还是得自己努力。

但是女人奋斗的意义不是为了血拼奢侈品，不是穿了一身 logo 就能抬高自己的身份贴上白富美的标签，不是朋友圈每天在过精致的生活和光鲜亮丽的 party。

真正的提升是自我充盈，和见天见地见自己的过程。

苏曼妮看似衣食无忧了，却还要来 FAS 从新人做起，其实她也不傻，她也在由外而内地提升自我。

岳崖儿正准备把这段时间的感悟整理一下发给佩琪，点开佩琪的朋友圈，看见的是她正在三亚吃吃喝喝的照片，以及穿着性感的比基尼在碧水蓝天下的摆拍。

岳崖儿不想去打扰佩琪的岁月静好，便退出了聊天框。

Chapter 12
第十二章

岳崖儿最终还是决定把自己是FAS员工的事情告诉余苼，没想到余苼非但没有惊讶，还表示自己早就料到了，岳崖儿问他是什么时候猜到的，余苼说第一次见面的时候，当她道出与自己不谋而合的设计理念时，余苼便明白她那些话语是非专业人士说不出来的。

岳崖儿提议可以用聋哑学校里孩子们的画作为突破口，让更多的人在关注和追溯LIA品牌理念的同时也注意到这群孤独的孩子，但余苼只有一个要求，不暴露学校的地址，即便有捐赠活动也要经过自己工作室之手再转接给孩子们，他生怕有任何疏忽，会影响到孩子们的成长。

"FAS是个非常优秀的公司，一定能把你的作品……"岳崖儿想让余苼尽可能多地了解FAS，好让他更加放心把作品LIA交由FAS操刀。

但余苼只是从容地笑道："我选择的并不是FAS，而是你。"

"嗯？"岳崖儿一愣。

"我相信你，所以才愿意跟FAS合作，如果FAS不让你负责LIA，那么我也会终止与FAS的合作，其实来找过我的人很多，但是我觉得最懂我作品的人是你。"余苼云淡风轻地说道。

"可是我在 FAS 还只是新人，公司不会同意把 LIA 这么大一个项目交给我负责吧？"就算是除了伊万，也还有 Vivi 和孙宴，这个任务无论如何也不可能落到自己的头上。

"但这是我无法妥协的要求，我相信只有你，不会让 LIA 变质。"余苼的眼神始终很坚定。

岳崖儿想了想："我试试吧。"

岳崖儿卷土重来，经过上一次提出奢侈品共享方案被 Vivi 批评得一无是处后，她布线行针，做足了充分的市场调研并且处处结合作为设计师的余苼的想法，提出了"FAS 公益行"的理念。切入点是孩子们的画，引起共鸣的是都市里孤独的人群，有人处高楼之上但仍一身锈，有人住鸿沟却梦里有白马。

"世界上最孤独的'俩'，LIA 的品牌理念在于诠释孤独而不是传递孤独，无论是 52 赫兹的鲸鱼还是包裹在蚕茧里的兔子，它们都像极了孤独的我们，虽然我们是孤独的怪人，离群索居，但是孤独的我们，有一天也会成为一个部落。孤独不是一件可怕的事情，这世界上有许多孤独的人，孤独不是世界上只剩自己了，孤独也能成就一个世界。"岳崖儿站在 PPT 前胸有成竹地解说着，她 PPT 的背景正是卫蓝画的那幅鲸鱼的眼泪。

PPT 的光影流动在她的脸上，她每一个细微的表情仿佛都抒写着"骄傲"两个字。伊万不知不觉有些看呆了，这个女孩是从什么时候开始变得那么光芒万丈？

伊万突然想起第一次见到岳崖儿时，她以怪异的姿势全身披满了盗版 Gucci 从他的眼皮底下逃之夭夭，第二次见面她已经堂而皇之地换上了一身职业装出现在 FAS 的电梯里，之后她莫名其妙成了品牌部的一个新人，在自己目光所及的地方事必躬亲。

她像坚忍顽强的弹簧一般，越是打压便反弹得越厉害，她的身上永远有一股不服输的执拗，在她眼里看不到任何对岁月的懈怠，她总是在鞭策自己成为更好的人,即便她曾经走了弯路,被时尚圈里的物质浮云蒙蔽了双眼,她也能拨开云雾追寻心中的明月。

伊万兴味盎然地注视着岳崖儿,原来这个看似不起眼的女孩子已经在短短三个月的时间里脱胎换骨了,如毛毛虫破茧成蝶,而这期间的一步步成长,是伊万一路见证着的,这种感觉很奇妙,就好像自己悉心培育着的种子,终于等到花开枝头的那一天。

岳崖儿自信满满地陈述完毕,无意间扫到正在目不转睛地看着自己的伊万,她以为是自己的错觉,但在她看了周围人一圈目光再次落到伊万身上时,他仍在看自己。

岳崖儿一阵脸红,顿了顿,继续说道:"余荃已经有意向与 FAS 合作了,但是我必须负责 LIA 这个品牌。"

岳崖儿这句话让在场的同事们噤若寒蝉,作为一个入职品牌部不到半年的新人便敢提出独自负责一个品牌,更何况这个品牌还是 LIA,公司非常重视的项目,简直是痴人说梦,异想天开。

上次 Vivi 对她的唇枪舌剑还历历在目,同事们纷纷把目光望向 Vivi 和伊万。

不出所料,Vivi 冷笑了一声,用轻蔑的目光看向岳崖儿:"你是觉得余荃跟公司的合作都是你一个人的功劳吧?"

"我并没有这样认为。"岳崖儿反击道,"这并不是我的要求,而是设计师本人提出来的。"岳崖儿亮出一份余荃的声明,推到 Vivi 和伊万面前。

孙宴难以置信地瞪大眼睛看那份声明,来回摩挲着合同,仿佛要把上面的字抠出来一般:"这真的是设计师本人的要求?"

"如果你们都怀疑这份声明有假的话,可以用邮件跟设计师进行确认。"岳崖儿一字一顿地说道,声音清晰响亮。

Vivi 的脸色一瞬间阴沉了下来,她铁青着脸,缄口无言。

"我同意。"低沉富有磁性的声音从 Vivi 的身边传来,会议室里从头到尾一言不发的伊万开口道。

"LIA 对于公司来说那么重要的一个品牌，怎么能交给一个新人呢？"Vivi 愤愤不平。

"但这是设计师的要求，我们应该完全尊重设计师的意愿，如果连这一点都做不到，设计师还怎么放心跟我们进行后续的合作。"伊万不动声色道。

"但是也不能贸然行事，设计师毕竟不懂公司的运营，所以把一切事情想得太简单了，虽然我不知道设计师为什么会有这样的要求……"Vivi 说到这里时意味深长地看了一眼岳崖儿，所有人都能听出 Vivi 的话中有话。

"我愿意负责 LIA 的项目，由我来带领岳崖儿跟设计师对接。"这是 Vivi 最后的妥协，原本在她的计划内，甚至都没有岳崖儿的参与。

"我心意已决，LIA 就全权交给岳崖儿吧，FAS 其他人的意见和方针只能作为参考。"伊万面无表情地说道，"这件事情，我会跟 Rex 报告清楚的。"

"哗"的一声，Vivi 踢开凳子站了起来，她狠狠瞪了一眼岳崖儿，极力克制住心中的怒火，转身向会议室门外走去，啪嗒啪嗒的高跟鞋声音清脆而响亮。

"大家散会吧。"伊万的脸上仍旧看不出任何情绪。

大家纷纷站起身走出会议室，伊万叫住岳崖儿："你留下。"

会议室里很快只剩下伊万和岳崖儿两个人，岳崖儿面对刚刚 Vivi 巨大的反应还心有余悸，战战兢兢地走到伊万跟前："伊总。"

岳崖儿在公司里面对他时总是一副唯唯诺诺俯首称臣的模样，伊万忍俊不禁："你又没做错什么，害怕什么？"

"但 Vivi 发了那么大的火……"岳崖儿都不知道以后在 FAS 还要怎么面对 Vivi，她和 Vivi 在两次会议上的针锋相对似乎已经注定了她们今后在公司的不和谐。

"Vivi 也只是出于担心公司，你别放在心上。"伊万的声音变得柔和起来，"看来你这段时间和设计师相处得蛮不错的，竟然能让对方在短短几天的时间里愿意把品牌的负责权交给你。"

伊万低头翻看手机里岳崖儿之前发给他的汇报信息："我并没有看出什么不妥啊,你是如何捕获设计师的芳心的?"

岳崖儿生怕自己想多了,赶忙用很官方的口吻回答道:"我只是去试着理解他的创作而已。"

"除此之外没做别的了?"

伊万的目光紧紧地盯着岳崖儿,看得岳崖儿全身发怵有些不自在。她结结巴巴道:"没……没了。"

"噢。"伊万的口气听上去似乎有些失望,顿了顿说道:"那你帮我问问他什么时候能签合同,合同这两天我会让法务部尽快拟出来的。"

"余茫说可以签电子合同,他随时都有空。"

"但我想见见他。"伊万面不改色道。

"哦……好的,我问问他。"岳崖儿拿出手机去翻余茫的手机号。

"你就不能直接把他的联系方式推给我?"伊万看着在打字的岳崖儿。

"啊,可以可以,这就推。"岳崖儿连忙把余茫的信息发送给伊万。

伊万"嗯"了一声,随后说道:"你可以出去了。"

岳崖儿点点头,觉得今天的伊万有些不对劲,但又说不上来,可能是态度太随和了吧,以前伊万在自己面前总是冷若冰霜,今天却好像多了很多表情。

岳崖儿走后,伊万立马向余茫发送了好友验证,备注是"FAS品牌部经理伊万",不一会儿余茫便通过了,伊万打开余茫的朋友圈,仔仔细细地翻看到他的照片,但余茫的朋友圈基本都是一些设计的日常,完全没有关于自己的照片。

面对余茫指定岳崖儿作为负责人这件事情,伊万不知道为何有种所属之物被抢走的感觉,虽然是从前不在乎的人,但是这种被横刀夺爱的不快是怎么回事?

伊万感到烦躁极了,他关掉手机,揉了揉太阳穴。

岳崖儿刚回到员工办公室里，果不其然同事们都旋风一样围了上来，话语间全是好奇岳崖儿是如何拿下余茳的。

"原来你这段时间跑市场就是在忙着拿下LIA，这么重要的事情都不告诉我，真是不够仗义。"云小虎用小拳头锤了锤岳崖儿的肩膀。

"因为害怕失败，所以才没有说的。"岳崖儿也感叹于自己的运气实在是太好，想起余茳那像棉花糖一样柔软的好脾气，其实也困惑于为什么之前那么多品牌商去找余茳谈合作会被拒之门外。后来的时间里岳崖儿曾有机会问过余茳这个问题，余茳只是笑笑，说感觉其他人都是以甲方的姿态来的，只有岳崖儿是像来交朋友的。

就像52赫兹的鲸鱼，她终其一生等待的不过是能听懂她频率的同类，而不是想着钻研她如何获取最大利益的商人。

这世间很多事情，未必像我们想象中的那般复杂，有时坦诚相待反倒能踏破铁鞋无觅处，得来全不费工夫。

岳崖儿一下成了品牌部的红人，但她知道这一切仅仅只是开始。

法务部拟好了LIA品牌授权合作的合同，伊万仔仔细细检查了不下十遍，又发给岳崖儿确认其中没有漏掉设计师指定的各项要求之后，便开车前往余茳的工作室。

岳崖儿轻车熟路地指挥着伊万找到了玻璃屋的地址，伊万望着五环之外宋庄的陌生地图，满脸的不开心与傲娇："看来你跟他这段时间混得很熟啊？"

"当然啦，还不是为了圆满完成你交给我的任务。"岳崖儿为能够促成余茳和公司的合作激动不已，以至于下车的时候见到余茳就兴奋过头地给了他一个大大的拥抱，却被伊万看不过去拎到一边。

"请你注意点形象。"

"伊总，你今天怪怪的哦。"岳崖儿歪着小脑袋说道。

"哪里奇怪了？"伊万敏感地轻咳了一声，不知道为什么，看到岳崖儿跟其他男人有接触他就浑身的不自在。

他坐在办公桌前的视角正好斜对着岳崖儿的位置，以前他抬头时总能看到岳崖儿鬼鬼祟祟看向自己的眼光，但是岳崖儿这段日子不在，他习惯性地抬头望过去却是空无一人时，心也跟着落空。

"怪帅气的！"岳崖儿调皮一笑。

这句话莫名撩得伊万一阵脸红，他不自在地又咳了几声，强装一本正经道："我们今天是来谈生意的。"

"嗯嗯，伊总请。"岳崖儿像打了兴奋剂一样精神抖擞。

伊万无语地瞥了一眼岳崖儿，恢复镇定的面容朝余茔走去："你好，我是FAS品牌部的总经理伊万，非常高兴余先生能够与我们合作。"

余茔点点头，"我的要求，你们都能满足吧？"余茔提的要求里，除了关于孩子们的隐私性和安全性之外，也强调了自己仍旧不愿暴露任何个人信息，包括性别。

"你的要求都写在上面了。"伊万把合同递给余茔。

余茔仔细翻阅着合同，岳崖儿站在一旁紧张得不行。虽然余茔是伊万和Vivi发掘的，但自己还是第一次以时尚买手的身份促成了公司与独立设计师之间的合作，以后只要她行走在时尚圈里，都能多条"为FAS签下独立设计师余茔"的行业履历，这是莫大的荣耀，岳崖儿想到这里便觉得眼前的一切太过顺利了，顺利到不真实。

岳崖儿仔细地盯着余茔的手在合同末页慢慢签下"余茔"两个字，伊万检查了一遍，微笑着伸出手："那希望我们合作愉快。"

余茔也大方地伸出手，与伊万握手。

签完合同伊万回到车里，打算顺道送岳崖儿回家，岳崖儿却站在车前朝伊万摆了摆手："伊总你先回去吧，我还要去看看孩子们。"

"什么孩子们？"伊万摇下车窗。

"就是我跟你提过的聋哑学校的孩子们，我跟余茔答应了今天要去看他们，教他们做饺子。"岳崖儿笑了笑。

余茔走过来扯了扯岳崖儿的袖子："快走吧，孩子们正等着呢。"

余茔扯岳崖儿袖子的动作在伊万看来十分的碍眼，他皱了皱眉，打开车门:"等等,我也要去。"

"啊?"岳崖儿以为自己听错了,但伊万已经下了车笔直地站在她的跟前,一本正经地解释道,"我也有权了解这些孩子们的真实生活吧?我想去看看。"

岳崖儿之前翻时尚圈的八卦新闻时,了解到伊万不结婚的原因之一是十分讨厌小孩子,而今讨厌小孩的不婚男人竟然主动提出去陪孩子们包饺子?岳崖儿想到这里,忍不住"扑哧"一声笑了出来。

伊万瞪了她一眼,冷冷道:"你笑什么?"

"没什么?"岳崖儿忙收回了笑容。

当伊万板着张脸出现在孩子们面前的时候,孩子们就如同见到西游记里骇人的妖怪一般睁着大眼睛,有的还悄悄往后退了退。

"你太凶了,吓到孩子们了。"岳崖儿推了推伊万的胳膊,示意他脸色放松下来,但伊万还是一脸冰霜,不耐烦地皱了皱眉头,望着一桌子的面团。

"要怎么做?"

"先擀饺子皮。"一旁的余茎笑嘻嘻地开口道,不少孩子都躲在他身后。

余茎熟练地拿起面团,搓条,切块,再用擀面杖擀成圆形,整个动作一气呵成,他把擀好的饺子皮放到一边:"这样就可以了。"

余茎转身看了眼身后的小朋友,数了数,一共二十个人头,比画着手语。

"那我们就分成三组吧。"他用手在空中一划,分出三个组别来,"这组,我来带,这组,是崖儿姐姐的,最后这组,由这位叔叔来带。"

伊万听闻余茎把他称之为叔叔,不悦地瞥了他一眼,但余茎似乎没注意到伊万杀气腾腾的目光,继续笑着跟孩子们互动。

被分到伊万一组的小朋友们开始闹小情绪了,极不情愿地耷拉着脸,一张张小脸皱得比苦瓜还皱,卫蓝也正好被分到了这组。

自知不太受欢迎的伊万有些尴尬地轻咳了几声,他把长面条切成很多块,将擀面杖放到身后的小朋友手里,小朋友拿起擀面杖擀着面团。

因为伊万切的面块大小不均,所以擀出来的饺子皮也是完全不同。

站在孩子中间的卫蓝实在是看不下去了,在伊万准备切第二块长面条时,她直接拿过刀子娴熟地切了起来。

岳崖儿忍俊不禁,明明是教孩子们和饺子皮,到了伊万这里反倒变成孩子们教他了,而他仿佛才是那个懵懂无知的学生。

"我们来比赛吧,看看一分钟内哪个组擀的饺子皮最多。"余荖很擅长调节气氛,他在孩子们中间就像偶像一样被紧紧跟随着。

见孩子们对这个提议兴致颇高,余荖按下秒表开始计时。

伊万听说要比赛也被激起了莫名的胜负欲,他和孩子们手忙脚乱地配合着,最后卫蓝嫌他太碍事,直接将他撵到一边自己动手了,伊万就站在孩子们的旁边,可怜巴巴地观望着。

岳崖儿和自己带的孩子们则稳中求进,不慌不忙各司其职,余荖似乎有意要让着岳崖儿,刻意把速度放慢,以至于有的孩子不太高兴地打了个手势指责余荖偏心,当然最后还是余荖组取得了顺利。

卫蓝因为输了有些不甘心,把擀面杖往桌子上搁着的一个塑料袋重重一拍,袋子里装的是面粉,卫蓝这一拍,里面的面粉被弹了起来,不偏不倚地正好洒了伊万一脸。伊万一瞬间闭上眼睛,脸上白花花的一片,他站在那里很久都没有缓过神来。

孩子们见了伊万这副滑稽的模样,笑得前仰后合。

伊万慢慢睁开眼睛,本来有些不悦的他见着孩子们的笑脸,也不再计较脸上的这一团面粉,反倒是一边擦了擦脸上的面粉一边咧着嘴跟着孩子们大笑着。

这是岳崖儿第一次见到笑得这么爽朗的伊万,和孩子们一样肆无忌惮。

伊万笑着笑着才发现自己好像笑得有些过了,忙收起表情恢复正色,见岳崖儿朝自己看来,他的嘴角又微微向上扬起。

连伊万自己都有些惊讶,向来不太喜欢小孩子的他此时此刻竟然在跟一群小朋友包着饺子,虽然这些孩子们总是嫌弃他手脚笨拙,还有些小孩子比着手语说他是慢吞吞的乌龟,但他心里却如吃了蜜糖一样甜蜜。也许是因为孩子们纯真无邪的笑脸,也许是因为想要证明自己也有和善的一面,也许是只要能跟她待在一起,无论做什么事情都能开心……

什么时候,变得这么在意这个女人了……伊万蹙起眉头。

孩子们看着心事重重的伊万,哪想得到那么多。卫蓝抓起一把面粉,跳起来拍到伊万的头上,伊万乌黑的头发瞬间变得花白起来。

反应过来的伊万也抓了一把面粉糊到卫蓝的小脸上,本来是规规矩矩包饺子皮的活动,最后变成了面粉大战。卫蓝直接躲到岳崖儿身后拿她当挡箭牌,伊万本想抓卫蓝的手,却一个巴掌拍到了岳崖儿的羽绒服上。

岳崖儿在身后卫蓝的怂恿下开始还击,和伊万像两个幼儿园没毕业的幼稚鬼一样斗了起来。

本来只是在一旁看热闹的余荦也加入进来,面粉被纷纷扬扬地挥起,散落在厨房里,白花花的飘浮在空气中,与尘埃与阳光共舞着。

每个人的脸上都露出发自内心的笑容,像太阳散发着热量。

饺子在锅里热腾腾的煮好,盛放在一个个小碗里端到孩子们的手中,孩子们吃着亲手制作的饺子笑得合不拢嘴,分发完最后一个孩子的,锅里只剩下寥寥无几的饺子。

"看来失策了,没控制好饺子的数量。"余荦抱歉地笑了笑。

"没关系呀,最重要的是孩子们能吃得开心。"岳崖儿盛了三碗汤,每碗汤里正好能放两个饺子,她把其中一碗汤推到伊万面前,"珍惜吧。"

伊万也丝毫不嫌弃,脸上还维持着做方才饺子时开心的笑容,端起碗,喝了一口:"好喝。"

卫蓝见他们三个大人可怜巴巴地分着为数不多的饺子,走了过来,把自己碗里的饺子夹了几个到他们的碗里,其余小朋友见状,也纷纷端着碗过来分饺子。

"你们自己吃就好啦。"余苼比了手语,摸了摸孩子们的头。

但孩子们还是懂礼貌地分着饺子,岳崖儿望着自己碗里多出来的十个饺子,鼻子微微一酸。

伊万吃着孩子们给的饺子,心里也是一阵感动,这群孩子们虽然听不见声音也不能说话,却在用最朴实善良的方式与人打交道,他们懂感恩的心,你若投之以桃,他们便回馈给你整个花园的芬芳。

伊万告别了孩子,孩子们都站在学校的门口久久不肯离去,目送着他驾车离去,伊万还和卫蓝拉钩,承诺着下次要开车带她去市里兜风。

坐在驾驶座上的伊万因为一整天都泡在厨房里而有些狼狈,黑色西装上全是白花花的面粉,岳崖儿望着这样接地气的伊万,觉得好笑又觉得可爱:"伊总,今天的你很不一样哎,我还以为你很讨厌小孩。"

"是很讨厌。"伊万不置可否,"但是我今天发现,小孩子们也不都全是令人讨厌的。"

"那你以前为什么讨厌孩子呢?"

伊万一本正经地解释道:"我有个年纪很小的弟弟,每次他来我的公寓,都要翻箱倒柜把家里弄得鸡飞狗跳,如果我不满足他要求的话,他还会一把鼻涕一把泪地跟我妈告状污蔑我欺负他,小孩都是骗子和演员,我对此深信不疑。"

"哈哈,但是这里的孩子不会的,他们很懂事。"

"嗯。"伊万点点头,"虽然以后 LIA 由你全权负责,但是你跟余苼之间做了什么还是要汇报给我的。"

末了,伊万又加了四个字:"一字不漏。"

"那你是想听什么方面的,工作上的还是……"岳崖儿慢慢凑近伊万,压低了声音,"私人的事情。"

伊万脸上浮起一阵难见的红晕。

岳崖儿额前的发梢落在他握着方向盘的手上,一阵阵的瘙痒弄得他有些不自在,他挪了挪手:"你们之间有什么私人的事情?"

半晌听不到身边人的回答,伊万奇怪地"嗯?"了一声。

"当然是孤儿院的事情啊。"岳崖儿调皮一笑,将头发撩拨在耳朵后面,端正好坐姿,双眼望着前方。

伊万没再说话了,他停顿了会儿,打开车里的音乐,放的是日本热门曲目《lemon》,扣人心弦的旋律在整个车厢里渲染开来。

岳崖儿闭上眼睛听了会儿,这是她最喜欢的一首歌。有人说,爱情带给你的如柠檬的酸楚,到最后都会酿成柠檬汽水味般的甘甜。

你是满船的烟波,你是海底的星河,可是烟波望不尽,星河不可得。

前方的路上铺满了灯光,将黑夜照得亮如白昼,像穿过幽暗且漫长的隧道之后遇见的天亮,岳崖儿突然开口问道:"你喜欢我吗?"

伊万全身猛地一颤,踩下刹车,车子停在高架路上的临时停放区:"你……你说什么?"

声音非常不冷静。

"我……"岳崖儿看到身边男人的慌乱,她愣了会儿,用玩笑掩饰突如其来的尴尬,"我在唱歌呢……你喜欢我吗?雨下得那么大,我没说完的话,你听到了吗……"

岳崖儿把脸偏向一边,哼起了歌。

伊万不正常的脸色慢慢消散了,他镇定了会儿,拉下手刹,再次踩下油门,车子缓慢地向前开去。

岳崖儿哼着歌曲很快便没了声音,也许是因为害怕被拒绝所以选择了玩笑话代替,明明有那么多可以告白的时机却还是临阵推脱了,这个时代越来越多的人羞于表达爱,羞于启齿爱,也许是因为爱本身容易,可是爱的成本太高。

岳崖儿害怕话说出口便覆水难收,她怕被伊万拒绝之后自己在工作上无法再面对他,会因为他的一句不经意的话而患得患失,会被他的一举一动牵动着神经而失去了自我。曾经岳崖儿已经在爱里受过伤,即便她知道伊万不是那样的男人,可是她也失去了赴汤蹈火的勇气了,不敢付出真心，害怕被再次辜负。

其实上下级的关系也没什么不好，至少有一天她如果要离开FAS也是坦荡荡地走，而不是被流言蜚语所困扰。想到在一起后的不可控性和一地鸡毛，岳崖儿还是选择退回到原点，保持现在的关系吧。

伊万心神不宁地继续开着车，他的脑海里反反复复回想着岳崖儿那句"你喜欢我吗"，他确认最开始的那句绝不是歌词，可是他除了那句问话，大脑里只剩下一片无边无垠的混沌。

车子终于开到了岳崖儿的小区门口，岳崖儿正准备打开车门，车却是紧锁着的，她奇怪地看了眼伊万，伊万欲言又止，停顿了一会儿才按下解锁键。

岳崖儿犹豫着打开车门，从车上下来，在终于吸到车窗外的空气之后转身对伊万扬起一个僵硬的笑容："伊总，晚安。"

伊万坐在车里缄默不语，他的侧脸仍旧冷漠而倨傲，大概静止了三秒之后，他缓慢地启动车辆，向前驶去。

岳崖儿望着渐行渐远的车灯，恨不得抽自己几个耳光，她感觉自己好像做了一件十分糟糕的事情。

她的神情变得沮丧起来，抬头看了眼无风无月也无星河的黑压压的夜空，叹了口气，走进小区里。

Chapter 13
第十三章

这一年很快就要翻篇了，FAS 品牌部迎来了年终总结大会，今年品牌部秋季入职的新人们均战果累硕，无论是"双十一"的单品竞赛还是圣诞节的圣诞季单品，每场战役都打得华丽而漂亮，尤其是年末时岳崖儿还拿下了 LIA 的品牌授权。

除此之外最受期待和瞩目的是 FAS 的年会，"FAS 之夜"在时尚圈里可谓是一场举足轻重的年终盛典，届时将会邀请合作的品牌方和一些流量明星，整个年会如时装周般热闹奢华，除了回顾一年来 FAS 的战绩外，还将透露新一年的神秘单品，毕竟 FAS 在整个时尚圈里具有领头羊的地位，其推出的单品将是备受热爱时尚的人士关注的。

岳崖儿将"FAS 之夜"的邀请函发给余荃，问他要不要来参加，不出所料余荃很讨厌这类型的商业活动，推掉了。随后，余荃发了一张即将完成的礼服照片给岳崖儿，照片上的星空裙令岳崖儿眼前一亮，带细钻的渐变蓝色倾泻而下，如融化的银河坠在一片深蓝里，裙摆处有一只仰望星空的兔子，探着耳朵仿佛御风而来。

"太美了。"岳崖儿已经词穷到不知道还能用什么样的词汇来表达这件礼服给人的惊艳。

"喜欢吗？你要不要试试看？"余茞继续发来消息。

"我可以吗？"岳崖儿内心欢呼雀跃。

"嗯，算是专属设计师送给你的礼物。"余茞寥寥数语，却拨动心弦。

岳崖儿下班之后便迫不及待地往余茞的工作室奔去，当余茞拉开帘子时，岳崖儿见到的是一条比照片还要美的星空裙。她满心欢喜地试穿，感觉自己身上就像缀了一整条银河，绚丽夺目，波光粼粼令人倾倒。

"这件礼服很适合你。"余茞细心地帮岳崖儿调整好裙摆，"这是我设计的第一条礼服，正好你当模特给我宣传了。"

"啊，余茞我真是爱死你了。"岳崖儿恨不得蹦地三尺高来表达内心的喜悦。

余茞微微一笑，拿出手机给岳崖儿拍了几张照片，他很善于挖掘岳崖儿最美的角度，即便不用修图原图也美得过分。

"我真的有这么好看吗？"岳崖儿望着余茞给自己拍的照片，喃喃自语。

"当然了。"余茞笑了笑，露出白白的牙齿。

当岳崖儿穿着这条星空裙走进"FAS之夜"时，惊艳四座的星空裙立刻让她成了全场的焦点，她面带笑容地走过红毯，从容又自信。有很多人过来问这件礼服的品牌，听说是LIA之后都惊讶得合不拢嘴，毕竟LIA品牌的购买渠道可是难上加难。

"悄悄透漏一点，FAS已经成为LIA唯一的品牌授权商了，以后你们就能在FAS的官网上订购到LIA的产品了。"岳崖儿笑道。

FAS的其他女同事也争相斗艳不甘示弱，一个个盛装出席，苏曼妮一改妩媚的风格，大胆地穿了一席前短后长的红色礼服，露出白皙修长的大腿，踩着十厘米的高跟鞋，脚下生风如高贵明艳的女王。

Vivi今年仍旧是挽着伊万出场，她穿着一条简约款的黑色礼服裙，性感的抹胸、大胆的露背、腰部的收缩裁剪无不将她的S形曲线展现得淋漓尽致。据云小虎八卦，Vivi 这条礼服裙从三个月前就聘请意大利的知名设计师花重金打造了，可见 Vivi 对"FAS 之夜"的重视。

Vivi 每年在"FAS 之夜"上都与伊万形影不离，似乎有意霸气地强调自己是品牌部女主人的身份。

走完红地毯，嘉宾一一入座，伊万自然是与 Rex 同桌。VIP 座席上几乎都是耳熟能详的时尚界大佬，包括钱鑫也受邀前来参与。

身穿 Ganali 黑色西装的伊万与 Rex 交头接耳，两人似乎在谈论什么开心的事情，伊万脸上始终保持着绅士的盈盈笑意。

像岳崖儿、苏曼妮和云小虎这些新人便被安排在角落里，即便这样也丝毫不影响苏曼妮的交际能力，她仍旧能自如地穿梭在各个席位间，手拿红酒杯与人搭讪，抑或是假装不经意地站在最显眼的位置，高抬下巴露出优美的曲线，惹得在场的一些男士禁不住诱惑前来搭讪。

岳崖儿则乖乖坐在原位，将注意力全部放在年会的精彩表演上，身边的云小虎也同样被表演吸引，不停地欢呼喝彩。

钱鑫微微转头便注意到了苏曼妮的存在，他抬起高脚杯从 Rex 旁抽身，走到苏曼妮面前："模特？"

苏曼妮摇摇头，钱鑫不服输地继续猜："设计师？不对啊，像你这么美丽的小姐完全不需要靠才华吃饭。"

苏曼妮轻声笑了笑，摇晃着红酒："FAS 品牌部新人一枚，苏曼妮。"

"你的座位在哪儿？"

苏曼妮扬起下巴，指向岳崖儿所在的那张座席。

钱鑫歪嘴笑道："怎么会被安排在这么不起眼的位置，看来 FAS 完全没意识到你这块金子的存在啊。"

"你怎么知道我是金子？"

"直觉。"钱鑫朝苏曼妮眨了眨眼睛，从口袋里掏出自己的名片递到她手上，"我是 HION 的总经理，钱鑫。"

"我知道。"苏曼妮收起名片，放进自己随身带着的 Dior 小包里。小包盛放的东西太满，一支口红不慎掉落在地上。苏曼妮弯下腰去捡，身体仍摆出一个极尽妩媚的姿态，香艳十足。

钱鑫饶有兴趣地打量着苏曼妮，等苏曼妮的手触碰到口红时，他才半蹲下身子，轻轻地抚摸过苏曼妮白皙光滑的手背将口红捡起，递给苏曼妮，目光里充满了玩味："这支口红的色号很适合你。"

"谢谢。"苏曼妮拿过口红，朝钱鑫妩媚一笑，慢慢直起了身子。

"如果有什么需要我帮忙的事情，随时联系我。"钱鑫话里有话。

苏曼妮笑了笑，并没有直接回应。

"今天能认识像你这样美丽的小姐我感到很荣幸，先失陪了。"钱鑫笑了笑，转身离开。

苏曼妮见钱鑫往岳崖儿的方向去了，心里暗暗不爽，抿了抿嘴。

岳崖儿正在专心地看秀，完全没注意到钱鑫不知何时坐到了她身边，等她回过神看到身边坐着的男人，正一脸痞笑地看着她。

岳崖儿有些错愕："你……"

"岳小姐，这是我们第二次见面了，真有缘分哪。"钱鑫笑了笑，举起红酒杯，"我记得你酒量不太行，就不勉强你了。"他将杯中的酒喝完。

岳崖儿身边的云小虎反应过来来者正是钱鑫后，差点从椅子上跳下来，瞪圆了眼睛看着钱鑫："你、你怎么会……"

"怎么？我不能过来认识下你们吗？"钱鑫笑了笑。

"当然不是。"云小虎拼命地摇头，转而结结巴巴地介绍自己，"我叫云小虎……"

"幸会。"钱鑫伸出手，这可把云小虎给激动坏了，颤抖着跟他握完手之后，立马掏出手机，"我能和您合张影吗？"不及钱鑫回答，他便打开前置摄像头咔嚓咔嚓拍了几张大头合照。

"岳小姐介意跟我合个影吗？"钱鑫礼貌的问话让岳崖儿不好拒绝，只能点头答应。钱鑫拿起手机拍了几张照片："我发给你吧？"

岳崖儿完全没注意到这是索要联系方式的一种手段，懵懵懂懂地就和钱鑫成了好友。

"FAS 之夜"到了激动人心的抽奖环节。主持人念着一个又一个名字,中奖者仿佛被神选中一般欢呼雀跃地奔上舞台,领过手中的奖品。

奖品大多是与 FAS 合作的品牌赞助的,Christian Louboutin 权杖口红套装、Jo Malone 田园香水、Loewe 拼图包……均由 Rex 亲自颁奖。

Vivi 抽到了 Cartier 的双环玫瑰金项链,她自信大方地拖着黑色的礼服裙摆走上舞台,Jimmy Choo 鞋跟细得像锥子一样,她却能在光滑无比的镜面舞台上稳健地走着。

Rex 亲自把项链给 Vivi 戴上,Vivi 脸上摆出极其职业的好看笑容,迎合着摄影师不停歇的镜头。

Vivi 走下台后,Rex 接下来宣布的这个奖项是所有人意想不到的:"巴黎时装周的门票。"

巴黎时装周,那个浪漫而遥不可及的梦想……岳崖儿没想到这个机会会以这样的方式呈现在自己的眼前。

那个幸运儿会不会是自己呢?

岳崖儿屏住了呼吸,感觉整个人的注意力都紧绷在一根神经上。

台上的 Rex 有意卖关子,他缓慢地打开抽中的红包,从里面抽出一张纸条,还没看便掩在胸前:"大家猜猜会是谁呢?"

台下发出窸窸窣窣之声,Rex 调皮地笑了笑,正要念出来时,却又定睛看了眼纸条上的名字。他似乎自己都没反应过来,导播的镜头便切到了纸条上,在 Rex 身后的屏幕上放大。

纸条上的名字,是苏曼妮。

所有人的目光都齐刷刷地看了过来,苏曼妮激动不已地从椅子上跳起来,难掩兴奋地捂着嘴巴,在而后响起的铺天盖地的掌声和欢呼声中拖着那席红色的晚礼服神采飞扬地走上舞台。

不是自己啊……岳崖儿失望,眼神空洞,明明整个会场人声鼎沸,她的耳边却只有嗡嗡嗡,像飞机落地的巨大轰鸣。

台上的 Rex 欲言又止,他正打算说什么时苏曼妮已经快速走到了他身旁,按捺不住内心欢喜地看着 Rex 手上的巴黎时装周邀请函。

Rex回头看了眼大屏幕上的纸条名字,又低头扫了眼手中的邀请函上的名字,停顿了会儿,将邀请函递给苏曼妮。

苏曼妮双手接过巴黎时装周的邀请函,激动得以至于向来面部表情管理得非常完美的她面对镜头时,也难掩喜悦,落下眼泪。

她等这一刻,也等得很久了。

"我没想到竟然不是你,明明你拿下了LIA的品牌授权啊。"云小虎替岳崖儿打抱不平。

岳崖儿也以为会是自己,可是现实却狠狠地抽了她一耳光。

怎么会这样?明明自己才是做得最好的那个人……明明自己的综合业绩才是品牌部新人里最高的……

所有不甘、委屈、难过的情绪交织在一起,泪水顺着她精致的妆容落了下来,她再也无法戴上面具虚假地笑着,岳崖儿偷偷抹干眼泪站了起来,想要离开会场。

云小虎看出岳崖儿一落千丈的情绪,拉住她的手:"先把合照照完吧。"

会场里的人已经争前恐后地往舞台上挤去,每个人都不遗余力地想要在摄影机前占得先机。苏曼妮作为今晚最大的赢家自然是直接被推到了离Rex最近的位置,她的另一旁则是伊万和Vivi。

FAS之夜最后的这场合照就像是一场没有硝烟的宫心计,盛装出席站得位置越好,便能在第二天刷爆流量的时尚通稿上看见自己,所以很多人即便在FAS之夜上百无聊赖,也会努力撑到最后合照的时间。

Rex作为活动的主办人以及FAS的老总自然是合照中心,他身边的黄金位置向来都是留给各大部门的高管,除此之外各大部门高层旁边的位置就成了其他人所虎视眈眈的。

云小虎拉着岳崖儿的手极力想要离Rex更近一些,但无奈大家都不是吃素的,恨不得连个苍蝇能飞进来的缝隙都不留。

岳崖儿和云小虎很快便被挤散了,因为巴黎时装周的事情她完全没心思照合照,便孑然一身地站在最后面,与世无争。

正当摄影师大喊着"茄子"准备按下快门时,伊万突然转身往后走去,大家奇怪地看着伊万,只见他面色平静地走到最后一排,拉起了岳崖儿的手。

手肘被男人紧紧地扼住,岳崖儿一脸错愕,呆滞地像个提线木偶被伊万拉扯到了中间的位置,伊万淡淡地说道:"品牌部的员工应该跟我站在一起。"

站在人群前面的钱鑫别有深意地看了眼岳崖儿,眯起眼睛笑道:"我们伊总真是关爱员工啊。"

Rex 也跟着笑了笑。摄影师已经接连按下了快门。

等合照的人群散开后,伊万对岳崖儿说了句:"你等我一会儿,我送你回家。"然后神色匆忙地找 Rex 去了。

岳崖儿在原地站了一会儿,会场的人群慢慢散去之后只剩下满地的狼藉,还有还在逮机会攀谈的人群,拿着巴黎时装周邀请函的苏曼妮则在众星捧月下往会场门外走去了。

"走了呀。"云小虎过来拉了拉岳崖儿,"他们这些高层应该一会儿还有酒局,我们这些小喽啰就不用参与了,我送你回家吧?"

岳崖儿犹豫了会儿,还是跟着云小虎离开了。

等伊万回过头来,绕着会场找了半天也没找到岳崖儿,最后只好发消息给岳崖儿:"你在哪儿?"

岳崖儿收到这条消息时已经和云小虎走进地铁站了,她正纠结着要回复伊万什么时,地铁车厢的门打开了。云小虎上了地铁,转身看着愣在原地的岳崖儿:"快上来啊,愣着干吗?"

岳崖儿想了想,还是踏进了地铁里,靠在车厢上,在晃动着的地铁里给伊万回了消息:"我快到家了。"

等了很久,对话框里迟迟没有弹出来伊万的回复,岳崖儿死心,关掉了手机。

等云小虎下车后,前面一个小女孩突然转过头来不停地张望着岳崖儿的星空裙,并对妈妈说:"那个姐姐的裙子好漂亮。"

岳崖儿用尽最后一点力气朝女孩笑了笑,然后闭上眼睛,这一天下来,自己已经筋疲力尽。想到巴黎时装周的美梦离自己远了,岳崖儿就想放声大哭,但是她忍住了,成年人很多时候的崩溃都是悄无声息的,是眼泪也冲刷不干净的巨大悲伤。

等岳崖儿睁开眼睛,恍然发现自己不知道乘坐了多久。她向窗外张望,看到的是陌生的街道,听着报站声响起时,才发觉自己坐过好几站了。不过下一站离余茳所在的工作室不远,岳崖儿想了想,索性下了车,往余茳的工作室走去。

玻璃屋仍是用厚重的防尘窗帘遮着,从缝隙里透出来的光亮显示里面还有人在。岳崖儿走到门口,轻轻敲了敲门,余茳很快过来开了门,一脸奇怪:"你不是参加年会吗?怎么过来了?"

"我过来还礼服。"

余茳上下看了眼两手空空的岳崖儿:"你把礼服脱了穿什么呢?"

"我不知道。"岳崖儿实在是憋不住,"哇"的一声哭了出来,余茳被吓了一跳。

岳崖儿直接钻进了他的怀里,此刻她只想要一个拥抱,不管对方是谁。

余茳双手轻轻揽住了岳崖儿,拍了拍她的肩膀,试图让她平静。

岳崖儿哭得越来越大声,这是她自从失恋之后哭得最撕心裂肺的一次,悲伤像填不满的黑洞,一点点蚕食着她的理智。

余茳站着,岳崖儿趴在他肩膀上过了很久很久,但他还是一动也不动地保持着这个静止的姿态。直到岳崖儿终于慢慢哭累了,一声一声的抽噎着,吸了吸鼻涕,才从他的肩上离开。

"先坐会儿吧。"余茳把岳崖儿请进屋子里,让她在沙发上坐好,他拿来一卷纸巾塞进岳崖儿的怀里。

泪水终于干涸了,岳崖儿现在只觉得头和眼睛疼得厉害,她抽了几张纸巾擦干眼泪,看到地上揉成一团团的废弃设计稿时,她的心情莫名地好了些,哭着哭着又笑了起来。

"对不起啊，我好像把你的星空裙弄脏了。"岳崖儿沮丧地说。

"没关系的，只要你拍了美美的照片就行。"

岳崖儿觉得自己大哭一场之后终于缓过劲儿了，叹息道："去巴黎时装周的名额，不是我，明明我已经那么努力了。"

"你那么想去巴黎时装周吗？"余荏轻声问道。

"难道你不想吗？"岳崖儿反问。

余荏平和地笑了笑，然后摇摇头："我不太喜欢这些热闹的地方，你知道的。"

余荏喜欢的事物总是冷清的，就像被防尘帘厚厚包裹着的玻璃屋，像深海里踽踽前行的鲸鱼，像在蚕茧中沉睡的兔子，像那群与这个世界无声交流的孩子们。余荏说如果不是为了孩子们，他真想把工作室搬到与世无争的深山老林里，与花鸟做伴，枕着清风明月，不沾染浊世寸尘，为自己广袤的精神世界构建一片世外桃源。

岳崖儿与他恰恰相反，她觉得也许是因为自己还没有看开的缘故，仍旧眷恋着一切金光闪闪的东西，像光鲜亮丽的时尚圈，像繁花似锦的美好前程，像浪漫多彩的巴黎时装周。

"你现在回去太晚了，要是不介意的话可以在这里过夜，我今晚要通宵赶设计。"

岳崖儿想了想，接受了余荏的建议，她冲了个澡，换上余荏的睡衣。余荏虽然高高瘦瘦的，但穿上他的睡衣还是显得很宽松，卫衣长至膝盖。她躺在二楼的床上，正好可以透过栏杆看到一楼工作室的全景，余荏低着头，拿着直尺一边量一边勾线，看不见他的表情，但是他的动作和姿态十分专注、认真。

能够做自己喜欢的事情，是会孜孜不倦的。

岳崖儿盖好被子，翻了个身，沉沉地睡去。

在这张陌生的床上，她睡得异常香甜。

"FAS之夜"过后，公司便开始放七天的年假了，岳崖儿想到自己辛苦工作了那么长时间终于迎来了假期,心情愉悦不少。

起床后,她和余茔去买了面包、牛奶给学校里的孩子们当早餐,在学校里待了整整一个上午才打算回家。

岳崖儿坐在余茔的小电动上,到自家小区门口时远远便看见那里停着辆眼熟的阿斯顿·马丁。等岳崖儿定睛看到车牌号时,车里的人已经缓慢地摇下车窗,一脸严肃地看向岳崖儿:"你一晚没回来?"

"你在这里等了一晚?"

伊万的身上还穿着昨天那套 Ganali 黑色西装,原本涂了发胶的碎发有些凌乱地散落在额前,他的双眼上去很疲惫,布满了几丝血丝。

"我……"岳崖儿不知道该如何解释,尴尬地从电动车上下来,对余茔说道:"你先走吧。"

余茔点点头,骑着电动车离开了。

"你昨晚一直跟他待在一起?"伊万的目光紧紧地盯着岳崖儿白色毛呢大衣下的那件男士卫衣。

昨天的"FAS 之夜",他有好多事情想告诉她,也有好多的真相想要解释给她听,他甚至在不得已去应酬前不忘嘱咐她等着自己,可是回来之后却不见她的身影了。他给她发消息,收到的回复却是她已经在回家路上,之后他想打电话确认岳崖儿是否安全到家,听到的却是冰冷的关机提示声。

不知为何,他就是心慌,他想说明巴黎时装周的事情,他知道那是岳崖儿一直所期盼的,她暗地里为了这张门票付诸了很多的努力,她一路以来的努力值得这份荣耀,可是这份荣耀却阴差阳错落在了苏曼妮头上。

伊万知道是怎么回事,他想要给岳崖儿一个交代,他在离开"FAS 之夜"后就迫不及待地往岳崖儿家里赶,可是敲了半天门都没有人开。他以为她可能还没回到家,就在楼下一直等,结果一夜过后,等到的却是她和余茔一同回来。

更甚之,她的身上还穿着一件男人的卫衣。

他不知道自己从什么时候开始想要守护这个女人的梦想，想要挽着她的手驰骋在时尚圈里，想要带她去看巴黎时装周的春光，可是突然她的身边多了一个男人，一个让他感到威胁的男人。

余苼是连伊万都钦慕的设计师，才华横溢，又大隐隐于市，这种与世无争的性格在时尚圈里看来是异类，也是难能可贵的。

伊万心里的醋意已经上升到了珠穆朗玛峰般的高度。

岳崖儿扯了扯毛呢大衣，遮盖住卫衣，犹豫了会儿发现自己无论怎么解释都讲不清楚，只好点点头。

"我昨晚找了你一晚上。"

啊？岳崖儿从毛呢大衣的口袋里掏出手机，才发现手机早就没电了："我手机没电了。"

"嗯。"

然后是突然的沉寂，两个人都不说话了。

岳崖儿觉得有些冷地裹紧了身上的毛呢大衣，伊万倒是坐在车里享受着暖烘烘的车内暖气，直到伊万终于发现站在车外的岳崖儿被冻得不轻之后，才开口道："上车吧。"

"我家就在这里。"想起比近在咫尺的豪车，岳崖儿更愿意一鼓作气地跑回家。

但伊万明显不给她这个机会："去吃个早饭。"

"我已经吃过了啊……"

"再吃一遍。"伊万霸道的口吻不容许别人拒绝，在气鼓鼓地与伊万对视了长达三十秒之后，岳崖儿意识到自己吹着冷风跟他僵着根本就是自己在受罪，终于妥协地打开副座驾的车门坐了上去。

岳崖儿在车里哆哆嗦嗦着，他就是想报复她，报复她的夜不归宿，报复她第二天和一个男人一起回来，还穿了一件男款的卫衣。

但终究是舍不得，伊万还是调大了暖气的温度，将暖气口的方向调至对准岳崖儿："多吹一会儿就不冷了。"

伊万开车在岳崖儿家附近转悠，最后终于在一家餐厅门口停下。

岳崖儿缩着身子跟着伊万走进这家环境优美的餐厅里，打开菜单吓得她差点手抖合上，不是吃早饭而已吗，怎么每道菜品都贵得吓人，但转念一想又不用自己买单，权衡再三就点了份399元的菌菇汤。

岳崖儿还以为菌菇汤里会加什么神仙食材，吃了半天发现确实只有货真价实的蘑菇，除此之外没有掺杂任何材料……

岳崖儿一边埋怨着真是浪费钱，一边偷偷地瞥了眼无比淡定的伊万，果然有钱人就是任性，就是可以为所欲为啊……

伊万从容地选了三菜一汤，菜品端上来之后，他津津有味地吃了起来。岳崖儿捧着菌菇汤盯着伊万，终于忍不住问道："伊总，你找我什么事啊？"

"没什么事。"伊万淡淡地回答道。

没什么事你在我家门口不换衣服地等了一晚上？没什么事你半路不给好脸色的拦截下余荜的电动车？没什么事你非要拽着吃饱的我来这里品尝死贵死贵的素食西餐？你怕不是精神分裂吧？岳崖儿的内心开启了疯狂吐槽模式。

"陪我吃个早餐很困难吗？"

"不难不难。"岳崖儿埋下头继续喝菌菇汤，如果吃早餐能换来巴黎时装周的话，那她就算天天把马桶水当白开水喝都乐意。

吃完早餐之后伊万把岳崖儿送回家里，岳崖儿下了车，想了想歪头对伊万挤出一个勉强的笑容："伊总，我们年后见。"

伊万像没听到似的一言不发地开着车走了。

车开走的时候，伊万一直从后视镜里看着岳崖儿，明明他清楚地记得第一次送她回家时，她明明还在阳光底下笑着跟车子的背影挥手，这一次却头也不回地转身走进小区里，这让伊万更加生气了。

刚刚吃早餐是他给她的一个机会，他希望她当面解释清楚昨晚为什么会跟余荜在一起，但她偏偏不说，只是不满地嘴埋怨他带她来这么贵的餐厅。

伊万皱了皱眉头，心乱如麻，加快了车速，离岳崖儿的小区越来越远。

岳崖儿回到屋里,在床上躺了很久终于觉得元气恢复之后,才缓缓爬起来开始收拾行李,准备去赶今晚回老家的高铁。

人们常说,小城市装不下灵魂,那些在城里被叫着洋气英文名的Lucy、Rose、Angel脱下了时髦的大衣后,就回到老家做起了翠花、妞妞、二妹。

岳崖儿上个月就在电话里跟母亲大人预警过自己已经跟曹群分手了,早料到她单身的事情会像什么惊天八卦一样传遍千里,让家里的亲戚们操碎了心,纷纷喊着要担负起岳崖儿的脱单重任。

岳崖儿假装自己生病,躲在家里闭门不出了几天,但是二姨还是发来了问候消息:"听你妈说你刚分手了,那得赶快找下家了哟。"

岳崖儿不去回复,但二姨的短信就像病毒一样接二连三的跳出来,自说自话:"二姨有个朋友不是改嫁到咱们这来了嘛?她跟前夫有个帅气的儿子,现在跟你一样在北京工作,二姨看过照片,可帅气了。"

岳崖儿直接把二姨的消息设置为免打扰,仍旧不予理会。

但二姨想做红娘的心就一天都安分不下来,仍持续不断地给岳崖儿发来:"崖儿,你是不是觉得不好意思直接加对方聊天?没关系,二姨这就给你们拉个群,你们想说什么就在群里说,要是冷场了二姨给你们暖场。"

岳崖儿大叫了一声"天哪放过我吧"后把手机丢到一边儿,脸钻进被子里,打算先好好睡一觉再精神抖擞地去跟二姨表达自己不想相亲的坚定决心。

手机还在噼里啪啦地震动着,岳崖儿直接设置了静音,蒙头睡了过去。

等岳崖儿醒来时已经是傍晚了,房间外传来妈妈炒菜的香味,她睡眼惺忪地看了看手机,竟然有三十多条未读消息,全是二姨在三人群里的自言自语。

三人群里的男生也跟岳崖儿一样没说话，岳崖儿点开群组打算看看这个跟自己同样有默契的男生长什么样子时，她看到了自己最熟悉不过的头像。岳崖儿还以为是自己眼花了，她擦了擦眼睛——

　　这个人的头像是一片空白，名字是伊万。

　　岳崖儿脑袋砰的一声像蘑菇云炸开来，思绪混乱如麻，岳崖儿反反复复地点开那个头像，仔仔细细地确认了一遍群内信息，终于发现这个"男生"就是伊万后，她整个人僵直在床上——这究竟是怎么回事？二姨要介绍的人是伊万？

　　岳崖儿忙去翻看二姨在群里介绍他的话，大概意思是，伊万的生母是二姨的朋友，伊万的父母离婚后，伊万被判给了父亲，所以从小便在北京这座大城市长大，而生母则改嫁到了岳崖儿的老家，伊万很少跟生母见面但也保持着联系。二姨正好从伊万的生母那里了解到伊万这颗优秀的苗子之后，鉴于自己膝下儿女都已成家但肥水坚决不能流外人田的初衷，死命地想撮合岳崖儿跟伊万凑成一对。

　　岳崖儿感觉三人群里尴尬得空气都可以拧出水了，她稳定好自己的情绪后，小心翼翼地点开了和伊万的对话框，对话框上的最后几条信息还停留在那晚伊万来找自己时的狂轰滥炸。

　　岳崖儿来来回回删改了好几遍，最后终于发出一句："你认识我二姨？"

　　"嗯。"伊万秒回。

　　岳崖儿在床上撅着屁股，盯着手机屏幕看了半天，旁敲侧击地问道："那你现在在哪儿？"

　　"在我亲妈这里。"

　　手机屏幕那端的伊万嘴角扬起一抹玩味的微笑，当他知道自己的老家跟岳崖儿竟是同一个地方后，便百般暗示和提醒自己的母亲，终于让她想起岳崖儿的二姨来，之后他便在二姨家附近瞎转悠，混了脸熟，一向擅于帮别人牵红线的二姨自然是不会放过伊万这等好姻缘。

　　然后伊万有意无意地提及自己所属的时尚行业，这让二姨一瞬间

爆款女王

想到了同在时尚圈的岳崖儿,伊万和岳崖儿在她看来完全是天作之合,年龄相匹配,工作领域也相同,有共同的话题可聊,于是当天便迫不及待地加了伊万的手机号,创建了三人群聊。

岳崖儿看着这句话,脑袋再次炸裂——那说明伊万现在就和她在同一个地方!在这个走路一天就能逛完的小城市里,碰到个熟人是件何其容易的事情。

岳崖儿整个人已崩溃,她怎么也没想到看似八竿子都打不着身上完全没有一点乡土气息的伊万跟自己竟然还会有这等关系。

提示短信又弹了出来,岳崖儿以为是伊万发来的,点开却是二姨发来的:"你跟那个男生聊得怎么样了?"

你怎么知道我在跟他聊天啊?岳崖儿坐立不安,差点手抖把手机给扔了出去。

"你要是不喜欢的话,我介绍给隔壁了啊?"

二姨的这招激将法对岳崖儿很有用,岳崖儿心里一着急,立马给二姨回了短信:"别,我觉得他还可以。"

手机那旁的二姨立马把这句话截了图,发给伊万:"人家姑娘对你有意思。"

伊万看着这句"我觉得他还可以"莫名地傻笑起来,大概一个人乐呵呵了三秒之后,才想起还要给二姨回微信,又为了显示自己不那么过分热情,只是简简单单地回了个"OK"的表情包。

于是岳崖儿的这句"我觉得他还可以"和伊万的"OK"表情包在二姨那里就演变成了"这两孩子情投意合着呢,很快就可以谈婚论嫁啦。"

岳崖儿走出房间,发现今天的晚餐异常丰盛,她随手拿起一只大虾剥壳吃了起来,妈妈用筷子打了打她的手:"别吃,一会儿客人来了。"

"今天有客人要来啊?"

"嗯,你二姨要过来。"妈妈嫌弃地看了眼蓬头垢面的岳崖儿,"把你这睡衣换了。"

"二姨又不是外人，怕什么？"在家里丝毫不要顾忌个人形象，这是岳崖儿最开心的事情，她吃完虾之后手便随意地往睡衣上擦了擦。

"叮咚叮咚"的门铃响起。

"一定是你二姨来了，快开门。"妈妈转身又跑进厨房里忙碌了。

岳崖儿从椅子上跳下来，慢悠悠地走到门口，开了门，一声"二姨"还没叫完，她整个人就如遭雷劈一样地僵立在那里，因为她看到二姨身后站着的那个高大挺拔的男人。

"你俩不是聊得挺好的吗？我就带他过来拜访一下你跟你妈妈。"二姨笑嘻嘻道。

岳崖儿顿了顿，内心嘶吼了一阵之后，转身一溜烟地跑进房间里，"砰"地关上房门。

岳崖儿在房间里手忙脚乱捣鼓了半天，又是化妆又是换衣服，直到妈妈一直在外面催她出来吃饭，她照了好几遍镜子确认自己的妆没什么问题之后，才蹑手蹑脚地从房间里钻出来，拉开凳子在餐桌前坐了下来。

"见到崖儿感觉怎么样啊？"二姨笑眯眯地问伊万，像卖房的中介一样拼命地推销岳崖儿，"我们家崖儿从大学开始就自己做生意赚了不少钱，现在在一家大公司工作，薪水也不错……关键是这孩子勤劳又贤惠，一个人在北京生活了那么久，全是自己做饭吃……"

岳崖儿承认除了工作是真的之外，后面二姨把她塑造成的贤妻良母的形象完全是胡编乱造，她在北京每天都是吃公司外小餐馆的饭，这点伊万是知道的。

但伊万很给岳崖儿台阶下，并不戳穿二姨，而是礼貌地点头应和。

妈妈似乎对伊万也很满意，不停地往他的碗里夹菜："多吃点啊，别跟阿姨客气。"

这一顿饭完全以伊万为中心，岳崖儿就像空气般被忽略了。

"你们之间好像都没什么互动交流啊？是不是二姨在这里打扰到了你们？"

二姨开始了新一波的神助攻,吃完饭之后直接把伊万和岳崖儿推到了同一间屋子里。岳崖儿想打开门反抗,却发现门已经被锁死了,她转过身来,与坐在床上的伊万面面相觑。

"伊总……我完全没想到事情会变成这样子。"岳崖儿叫苦不迭。

"怎么?我的出现令你感到很痛苦?"伊万似笑非笑。

"啊,没有没有,我不是这个意思。"

"可是我听你二姨说,你觉得我很好啊。"

岳崖儿的脸"唰"的一下红了:"她……她那时候一直问我,我也就给了她一个交代。"

伊万站了起来,慢慢走近岳崖儿,声音低沉:"那既然给了交代,就要负责啊。"

岳崖儿的脸红得更厉害了,伊万的气息越来越靠近,她靠在门上已是无处可逃,最后只好双手捂着脸:"我……我……"

喘不过气来,也说不上话了。

伊万望着眼前呼吸紊乱的女孩,笑了笑。他转过身去看满墙的奖状,转移话题道:"你以前学习还不错嘛。"

"唔……"岳崖儿贴在门上,惊魂未定。

伊万就在岳崖儿的房间里瞎转悠着,而岳崖儿则像是个完全被伊万提着线走的木偶,神经紧绷至极。

最后岳崖儿实在受不了地转身去大拍门,大概拍了有足足一分钟后装聋作哑的二姨才慢悠悠地走了过来:"咋了?崖儿。"

"我要上厕所!"岳崖儿匍匐在门上小声地说。

二姨没听见似的扯开嗓子问了句:"啥?"

"我要上厕所!憋不住了!"岳崖儿只好抬高了音量。

二姨这才打开了门,岳崖儿从门缝隙里像条小泥鳅一样灵活地钻了出去,直奔厕所,迅速关上门,坐在马桶上心有余悸地拍了拍胸口。

"你跟崖儿处得怎么样啊?我早就说过吧,崖儿是个不错的女孩子……"等岳崖儿从卫生间里出来时,二姨还在拉着伊万絮叨个不停。

伊万倒是一副好教养的模样，对于长辈的话礼貌地听着，脸上挂着温和的笑意，与平日里岳崖儿在办公室见到的雷厉风行的他判若两人，岳崖儿甚至都有些怀疑伊万是不是有个性格迥异的双胞胎兄弟了。

　　"你难得回老家一趟，正好赶上春节，我让崖儿带你去看看打树花，你一定没见过吧。"二姨说着便将岳崖儿的手拉了过来，放在伊万的手心上，两只手触碰到的同时，一阵温柔的暖流袭来，岳崖儿连忙收回了手，像只受到惊吓的小鹿。

　　"你又不是没谈过恋爱，那么害羞干吗，哎呀，一看你这小脸蛋红的呀，是爱情来临的样子。"二姨拍了拍岳崖儿的胳膊，揶揄道。

　　"我知道了，我带他去看！"岳崖儿可真是怕了二姨这张伶牙俐齿的嘴，拉着伊万急匆匆地朝门外跑去。

　　二姨望着两人亲密的背影敞怀大笑："这俩孩子真有夫妻相。"

Chapter 14
第十四章

　　岳崖儿的老家位于河北张家口的一个小城镇里，这里曾是一座小有名气的古城，民俗气息浓厚，每到春节，大街小巷里氤氲着浓郁的年味，大红灯笼挨家挨户高高挂起，红彤彤的像是一个个悬在半空中的小火球。门上贴着大大的"福"字，透明玻璃窗上也是形状各异的窗花剪纸，到处都是喜庆十足的红色。

　　夜幕降临，人流开始往树花表演广场拥去，熙熙攘攘的，尤其是小孩子最为兴奋。岳崖儿小时候每年过春节也都闹着要去看打树花，后来看多了也便不觉得稀奇了，但伊万说自己确实是第一次见打树花。

　　"你拉着这根绳子，别走丢了啊。"岳崖儿刚刚从家里顺带了一根红色的麻绳出来，她的手握着一端，把另一端系在伊万的手腕上，就像牵着宠物一样。

　　伊万有些无语，正想抗拒，但低头瞥见岳崖儿耐心系绳的温顺样子，心情不觉大好起来，拧着的眉头也渐渐舒展开了。

　　树花广场上已是人潮汹涌，岳崖儿带着伊万拼命挤到了一个视野还算不错的地方，表演打树花的师傅正在往炉膛里添炭加铁，在超大鼓风机的出动下，炼铁炉里的火苗子蹿得老高，火花散发的热量让人即便是在冰天雪地里也不觉得寒冷。

打树花前先有一段"祭炉"仪式，鼓声雷动，师傅跪地叩首对着巨大的炉筒造型膜拜，然后转圈跳舞祈求新一年的风调雨顺，国泰民安，气势完全不输那些在电视上看到的皇帝祭天仪式。

伊万第一次见到如此声势浩大的仪式，内心感到震撼，反观身边的女人却是一脸风云不惊、见怪不怪的表情。

大家翘首以盼的打树花仪式正式开始了。

滚烫的铁水被倒进城墙前面的盆子里，穿着羊皮袄的师傅将手中的勺子伸向铁水，火苗一下子蹿了起来，他用力挥舞着勺子，将勺子里的铁水抛洒向天空，红色的水珠"哗"的一下落成了珍珠雨，在半空中炸裂成一簇簇小伞形状的金色火花，四散开来，仿佛下了一场金光闪闪的正月初雨，城墙在铁雨中显得朦朦胧胧又金碧辉煌，如海市蜃楼般神秘庄严。

伊万在心里发出一阵惊呼，他身旁的女人高高仰着头看漫天飘落的金色铁雨，侧脸的弧度在一片金色的照耀下显得温顺而美丽，她的瞳孔倒映出波光粼粼，仿佛眼眸里有璀璨的烟花在绽放。

伊万看得有些入迷——岳崖儿就像镀上了一层金光一样耀眼得让人无法挪开视线，在漫天飞舞的树花中，在一片人欢马叫中，他听见了来自心底的声音。

怦怦怦，那是心脏在快速跳动。

红色麻绳还紧紧地绑在他的手腕上，他顺着麻绳去寻找另一端白皙纤瘦的手腕，紧紧地握住。

岳崖儿感受到手腕被人扼住后，蓦地回头看向身边的男人——男人的眼里充满着无比坚定的信念。岳崖儿在他如海洋般辽阔的瞳孔里看到了自己，两人四目相对，周围是人声鼎沸喧闹无比，他们的世界却万籁俱寂好像只剩下两个人，还有那飞扬在半空的金色烟雨。

广场上的师傅趁前一场烟花还未消散之前，接连地泼了几勺铁水，金色的火花此起彼伏错落有致，像一场永不停歇的璀璨烟火。

在一片四处迸溅的火花雨中，伊万低下头，一个吻轻轻地落在了岳崖儿的额头上，岳崖儿感受到额头上的那一抹蜻蜓点水，脑袋跟随着瞬间绽放在半空中的树花一样炸裂开来，天地间除了金光闪闪的一片，她什么都不记得了。

伊万温柔地将她被风吹拂在脸庞上的碎发撩到耳根后面，轻轻地说道："新年快乐，岳崖儿。"

新年快乐，岳崖儿。

简单的一句话，和他宽阔的胸膛，和额头上留下的绵长温热的气息一样温暖。

天空亮如白昼，男人好看的笑脸在一片温柔中令人沉醉。

打树花表演结束后，人们便四散往摆年货摊的长街去了，伊万和岳崖儿手牵着手，走在小镇街头，岳崖儿第一次觉得这个小城镇那么美，整个世界更像被施了魔法一样。

岳崖儿蹦蹦跳跳地走到一个小摊前，摊前摆放着五颜六色的针织毛线帽，她拿起其中一顶红色的戴到伊万的头上，伊万的碎发被帽子压住贴在额头前，又被岳崖儿分成了三小撮。

"真像三毛啊。"岳崖儿大笑起来。

伊万想把帽子拿下来，但看着岳崖儿笑得像孩子般纯真，便伸出手揉了揉岳崖儿的头，感受到男人宽厚手掌上的温度，岳崖儿立刻就不笑了，变得乖巧起来，圆溜溜的眼珠子看着伊万。

伊万拿起一顶小一点的红色帽子，给岳崖儿戴上，然后转身对摆摊的老板说："这对情侣帽我要了，多少钱？"

情侣帽……岳崖儿喃喃自语地看着伊万，她和伊万现在算是情侣的关系吗？

伊万付好款，拍了拍岳崖儿脑袋上的帽子，把手掌伸到她前面："走吧。"

岳崖儿顿了顿，将自己的手放了上去。

岳崖儿像个大摇大摆的国王走到伊万的前面，伊万则像那守护着公主的骑士言听计从，岳崖儿一路买小饰品、冰糖葫芦、红糖糍粑，伊万就紧随其后当起了自动提款机帮岳崖儿买单。

岳崖儿偶尔开心了，就把自己的食物分给伊万一点，往他的嘴里塞个冰糖葫芦作为奖赏，伊万笑得像棉花糖一样绵软。

从前总觉得爱情就是要轰轰烈烈死去活来，走高山，趟大河，后来却发现最美好的爱情其实是在平凡之处悄然萌芽的。不必花费全部力气，才爱得自由自在。

最美好的爱情，是因为爱本身。

"伊总，我今天在街上看到你了。"

"我今天没出门啊。"

"有啊，你还从车上跳下来了。"

岳崖儿发去一张从大卡车上飞跃而下的猪的照片。

手机对面的人沉默了。

岳崖儿躺在床上，没形象地笑得四脚朝天，这几天她和伊万的聊天总是这么弱智，像两个完全没智商的小孩，但岳崖儿很享受这种感觉，她觉得这才是情侣之间最甜的时刻。

大年三十那天，几户人家相约一起摆年夜饭，地点就在伊万的妈妈家里。伊万妈妈是个非常漂亮而优雅的阿姨，即便是出门买菜也要画上精致的妆容。方圆十里以内，都知道这个大美女。

伊万也是继承了妈妈美丽的基因，所以五官才那么标志、深邃。

二姨已经热络地跟所有人打成一片，并不停地撮合岳崖儿和伊万坐在一块儿，一边好生欢喜地拉着伊妈妈说道："这两个孩子真般配啊，等咱俩改天好好挑个黄道吉日，把两人的婚事给办下来。"

岳崖儿当时正端着碗热汤美滋滋喝着，听闻这话一口汤喷了出来。伊万赶紧递来纸巾，岳崖儿接过，手忙脚乱地擦着。两人这小小的互动在二姨那里简直就是恨不得当场摆桌酒席拜天地入洞房了。

本来只是一场再平凡不过的年夜饭，但有了二姨这张能把黑说成白的利嘴，岳崖儿和伊万直接成了年夜饭上的焦点，所有亲戚过来打招呼时都要亲切地问上一句"小两口什么时候结婚啊"，弄得岳崖儿尴尬得几乎要找个地洞躲起来。

过完大年三十之后，伊万便要回北京陪亲生父亲过春节了。

大年初一一早，岳崖儿便被二姨从床上拎起来，一顿呵斥："男朋友都要走了，你也不去送送？"

"我们回北京还会再见面的嘛！"岳崖儿抱着枕头不肯撒手，二姨直接一个巴掌把枕头拍掉，"那你总得跟人家说句一路顺风吧。"

"我已经在手机上说过了啊。"

"你得当面说！"二姨简直是操着比亲妈还急切的心，把岳崖儿像赶猪一样从床上赶了下来，轰到厕所里，"赶快洗洗，去送男朋友。"

岳崖儿深感自己要是真的跟伊万结婚了，一定给二姨颁个"最佳红娘奖"。

岳崖儿正准备好好化个妆再出门，二姨又心急如焚地催促："还化妆呢！汽车都快开走了！他又不是没见过你素颜的样子！"岳崖儿一想二姨这番话好像也有道理，便满面油光来到长途汽车站。

他们这个小城镇没有火车站，只能先做长途汽车到张家口，再乘坐高铁去北京。但她之前忘了问伊万是坐哪辆车，只好一辆辆地去找到河北市里的车。

伊万正把自己的LV手提箱放进大巴车的行李厢里，前脚刚迈上大巴车，转眼便看见一个熟悉的小脑袋在大巴车间来回穿梭着，纤瘦的小身板在风里如纸片一样。伊万眯起眼睛饶有兴致地站在大巴车旁看着，寻思着这个小脑袋瓜什么时候能发现自己。

岳崖儿来来回回找了两圈之后，回身才发现站在那里等着她的伊万，怒气冲冲地跑过去："你是不是早就看见我了，怎么都不叫我？"

看着眼前的人双手叉腰一副怒发冲冠的模样，伊万觉得可爱至极，伸出手大力地揉了揉岳崖儿脸，像搓面团一样："那么舍不得我啊？

我们不是下周就要见面了吗？就一分一秒都不想分开？"

FAS 公司的春节假期放到年初七，他们还有六天便能在公司里抬头不见低头见了。

"是我二姨让我来的！"岳崖儿推开伊万的手，大声反驳道。

"要是不想见我的话，干吗二姨的什么话你都要听？"末了伊万还加了个"嗯哼"的语气词。

"哼！"岳崖儿自觉理亏，把头偏向一旁。

"这就是你送男朋友的态度吗？怎么着也得给点甜头吧？"伊万的目光放向斜对面一对送别的情侣，两人搂搂抱抱亲亲已经有五分钟之久了。

岳崖儿一阵脸红，想了想，敷衍地伸直手臂给了伊万一个大大的拥抱："伊总，一路顺风。"

二姨说了，一路顺风的话语要当面说。

岳崖儿这一入胸膛便抽身不出来了，伊万反手紧紧地抱住她，下巴落在她的肩膀上，笑了笑："以后别叫我伊总了，听着怪怪的，直接叫我原名吧。"

"不了吧，咱俩还要在一个公司工作，要是哪天我在会议上直接开口叫你伊万，Vivi 不得打死我。"

"关 Vivi 什么事？"

"嚯，她可不就是你在公司名正言顺、不可撼动的正宫般存在吗？"

伊万看着脸拧成一团摆出一副不开心表情的岳崖儿，伸出手笑着刮了刮她皱起来的鼻子："吃醋了？"

"才没呢！"

"对了，你上次跟余荦共度良宵的事……"伊万还一直记仇着。

"什么共度良宵，我和他之前什么也没做，他一晚上都在楼下的工作室赶设计！"岳崖儿争辩得满脸通红，然后又反应过来，看着似笑非笑的男人，"原来你一直在吃醋这件事情？"

"没有。"伊万嘴硬道。

"明明就有！"岳崖儿笑笑，放肆地伸手去捏他的脸，"没想到我们的伊总也是个醋坛子啊，从前只觉得你冷冰冰的不近人情，原来谈起恋爱还是蛮可爱的嘛！"

伊万看着眼前肆无忌惮大笑的女人，心里一阵悸动，忍不住又低头去亲了亲她。

"嘟——"大巴的喇叭声长响起来。车上的师傅不耐烦地冲这对腻歪的小情侣吼道："车要开了啊！你俩是一个人坐还是两个人坐啊！"

关于 Vivi 和余苼的讨论只能到此为止，岳崖儿把伊万推上大巴车："你快走吧，Vivi 的事情我回北京再找你算账！"

伊万温柔地笑了笑，上车坐在靠车窗的位置，朝岳崖儿挥手。

岳崖儿望着车里的男人，泪水不受控地夺眶而出，明明只是短暂的告别，却弄得好像生离死别一样。以前岳崖儿看琼瑶剧还不解那些追着火车跑的情节，但现在她明白了，恋爱中所有的小事都会变得天大地大，胜过周围人的眼光。

大巴车缓缓启动，岳崖儿跟着走了几步，热恋中的她也变成了那些多情的追爱人。

岳崖儿第一次真正体会到"一日不见如隔三秋"，每天不在手机上找伊万扯东扯西聊家长里短就总觉得心里空荡荡的。有人说，初恋是你觉得这是最后的恋爱，但最后的恋爱是，你觉得这才是初恋。

岳崖儿回京那天伊万开车来机场接她，岳崖儿在无数艳羡的目光下用脸亲昵地蹭在伊万的胸膛里很久，然后一脸骄傲地坐上他的豪车，与伊万这样完美无瑕的人同行，会让人觉得美好得像生活在电视剧里。

"我给公司的人带了小礼物。"岳崖儿把一个大袋子放到车的后座位上，掰着指头数道，"有云小虎的、李晓双的、苏曼妮的、孙宴的、Vivi……反正人手一份。"

"Vivi 不会喜欢这样的礼物的。"伊万冷淡地回答道，岳崖儿打算送给 Vivi 的是一个民族花纹刺绣包，"她是个非奢侈品不背的女人。"

岳崖儿若有所思地点点头，Vivi 在 FAS 确实从来没有穿过无品牌 logo 的衣服和非大牌的包包，她永远都要让自己保持一身奢侈品，就像坠在圣诞树上的装饰，一旦取下就变得和普通的杉树没什么区别了。

但是以 Vivi 的经济能力来说她完全负担得起购买奢侈品的欲望，她在时尚圈的地位和作为 FAS 品牌部副经理的身份给她带来了很多便利，她的手上永远有用不完的各大品牌折扣券，这能为她省去不少钱。

伊万从车的后座拿过来一个 Gucci 袋子，塞到副座驾的岳崖儿怀里："给你的。"

岳崖儿从里面取出一只 Gucci 的红色包包。

"喜欢吗？"伊万口吻温柔地问。

"这是给我的？"岳崖儿拿着包包爱不释手。

"新年礼物，作为男朋友在每个节日送礼物是必修课。"伊万温柔笑道。

啊啊啊！这简直就是小说里完美男友的人设啊！原来跟男神谈恋爱的感觉那么爽！不仅事业上让人崇拜，生活中也少不了浪漫的惊喜！岳崖儿幸福到害怕眼前的一切会是大梦一场，在横七竖八地捏了自己一圈感受到真实的疼痛之后，心情慢慢地平静下来。

要淡定，不能像个没见过世面的女人一样一惊一乍。

岳崖儿故作地淡定地把包背在身上："新年红啊，我很喜欢。"

"没什么奖励吗？"伊万把脸转了过来，指了指自己的脸颊。

岳崖儿"吧唧"凑上去亲了一口，甜甜地笑了笑。

伊万摸了摸被亲吻过的脸颊，这才满意地端正好坐姿，开车离开机场："那我们就出发了。"

"你的行李太多了，我帮你拿上去吧。"伊万把车停到小区的停车场，打开后备厢，把岳崖儿的行李拿了下来，握着拉箱杆不肯撒手。

"不用，我自己能行。"岳崖儿的箱子不过十八寸，抬上六楼完全是轻而易举。

但伊万还在坚持："一个女孩子怎么能提那么重的箱子呢？"

意识到伊万不正常的坚持之后，岳崖儿抬起头盯着他，男朋友在大半夜说要帮你把明明自己一只手就能抬起的行李箱搬到家里，八成是别有目的吧？

察觉到伊万的不怀好意后，岳崖儿猛地想起自己家里还乱得更猪圈一样，虽然伊万已经在老家见过她的"闺房"了，但是悲剧不能重复第二次，于是岳崖儿再次坚决地说道："不用，我自己搬得动。"

但伊万根本不顾岳崖儿的反对，在岳崖儿准备要抢行李箱的一瞬间，他直接把行李箱抬起扛到了自己的肩上，大步往前走去："你是住20号楼吧？我记得没错的话。"

伊万的脚步快得像流星，岳崖儿跑得气喘如牛都没能跟上他这个扛着行李箱爬上六楼的人。伊万把行李箱放下，眼巴巴地等着岳崖儿按密码开门。

"你送到这里就可以回家了。"岳崖儿挡在伊万和门中间。

"送佛送到西，我只要看你平安进到家里就可以了。"伊万耸了耸肩膀，一脸单纯无公害。

男人的那点心思岳崖儿活了二十多年了能看不透？但眼见跟前的男人仍旧表情可怜巴巴地像只被抛弃的小狗，她心软了下来，转身一只手挡着，一只手按下密码。

"密码是你生日啊？"足足比岳崖儿高一个头的伊万连脚尖都不用踮，就不费吹灰之力地看到她手指在密码键上停留下的顺序。

门在岳崖儿输完密码之后自动打开了，岳崖儿转过身贴着门把门关上："谁让你偷看的？"

"我站在这里看不到都难。"伊万一脸无辜。

"那你就不能挪个位置？"

伊万顿了顿，不耐烦地把岳崖儿拎到一边，熟练而快速地按下刚刚在脑袋里记住密码，门被打开了，他推开门将行李箱拿了进去。

"我会改密码的！"岳崖儿在门外大吼道。

"随便你。"伊万懒洋洋地躺到沙发上,两腿一伸十分优哉的样子。

岳崖儿见他完全没有要走的意思,走到他跟前:"你不是说看我安全进家门就走吗?我现在已经安全到家了。"

伊万懒懒抬眼瞥了一眼岳崖儿,无动于衷。

"喂!跟你说话呢!"岳崖儿扑腾着手臂像小鸟一样,表达不满。

伊万身子往前坐直,伸出手,拉住岳崖儿的胳膊,将她揽入怀中,用宠溺的语气问道:"跟男朋友讲话有你这么凶的吗?"

岳崖儿整个人完全被伊万温柔的气息所包裹,她沉醉在伊万的温柔乡里不知所措:"我……我……"脸不自觉地红了起来。

伊万低下头,吻住岳崖儿柔软的嘴唇,伊万身上好闻的香味令岳崖儿感到窒息,她闭上眼睛,感受他绵长的气息,满脸潮红。

伊万的吻越来越炙热,想要把岳崖儿完全的占有一般,她的手慢慢环上伊万的后脑勺,安全感和幸福感在她的血液里沸腾着,她全身的每一个细胞都想用尽全力跑到伊万身上去,与他融为一体。

缠绵悱恻不知多久,伊万白皙的脸上也泛起了红晕,他低声对岳崖儿说道:"我得走了,我怕我再不走就真的控制不住了。"

"不,我想要你留下。"岳崖儿蜷在伊万宽厚的胸膛里,像一只温顺的小猫。

伊万摸了摸岳崖儿的头,笑了笑:"明天可是新年第一天,有重要的会议要开,你也不想缺席吧?"

岳崖儿还是紧紧地搂着伊万不肯放手,好大一会儿才"嗯"了一声。

"明天见。"伊万又亲了亲岳崖儿。

岳崖儿被他下巴的胡茬弄得有些痛,突发奇想恶作剧一般把嘴顶上了伊万的脖子。伊万"嘶"的低叫一声,岳崖儿却直接从伊万的怀里跳了出来:"明天见啦,伊总。"

伊万摸了摸自己的脖子,那里已经留下了紫红色的唇印,他无可奈何地笑了笑:"这是在宣誓主权吗?"

"对啊,要是 Vivi 看到了会是什么样的表情?"岳崖儿吐了吐舌头,调皮一笑。

伊万站起身来，把岳崖儿拉到自己怀里，抱了很久。

岳崖儿甜蜜地在伊万的怀里蹭了蹭。

真想时间就这样静止啊，雪花飘落，白雪覆盖，我们就这样保持着拥抱的姿势，任风吹雨打站成雕塑、站成永恒。

FAS过完年的第一个会议主要是分配新一年的任务，岳崖儿仍旧负责LIA的品牌授权一事，从设计师的设计稿到作品上市再到流通市场全权负责，云小虎则接到了新的采购任务，唯有苏曼妮满心欢喜地筹备着巴黎时装周之行。

巴黎时装周的美梦是真真切切地不属于自己了，岳崖儿咬咬嘴唇，心中仍有不甘。

从会议室里出来，孙宴笑嘻嘻地一只手攀上了伊万的肩膀，睁大眼睛仔细打量着伊万脖子上那枚紫红色的唇痕："这是什么？"

"被蚊子给叮了。"伊万不动声色道。

"这得是个雌性蚊子吧，还得是个大嘴唇的女人化身而成的蚊子吧？"孙宴打趣笑道，回头问跟在伊万身后的Vivi，"你说对吧？"

Vivi的脸色比以往更加铁青了。

"要不让我们公司每个人都亲上一口，看看谁是那只蚊子？Vivi，要不你先来吧？"嬉皮笑脸的孙宴完全不知道Vivi此时此刻想杀他灭口的心都有了。

另一边，岳崖儿把从老家带来的小礼物分发给同事们，云小虎拿到一个小老虎形状的荷包笑得合不拢嘴，苏曼妮对于岳崖儿的小礼物则无动于衷，李晓双呢，恨不得再从岳崖儿这里多讹走一些。

给Vivi和孙宴的礼物并没有亲手交到他们手里，而是摆放在他们的办公桌上，等岳崖儿安排完毕所有的礼物时，收到伊万发来的消息。

"为什么我没有礼物？"

"二姨说你临走的时候买了一堆东西啊，我以为你应该不需要。"

岳崖儿确实完全没有想到送给伊万礼物。

"女人，你完了。"伊万霸道总裁体正式上线。

岳崖儿回了个假装无视的表情包，想了想，又回道："我一会儿出去一趟儿。"

"你要去哪儿？跟谁？去多久？"伊万又化身为黏人的小奶狗，噼里啪啦地发过来一连串问话。

岳崖儿一本正经地回复："去余苼那里，给他送礼物。"

"去吧。"

云小虎见岳崖儿一直傻呵呵地看着手机屏幕笑，敏锐地嗅到了不寻常的八卦气息，把脸凑了过来："你在跟谁发短信呢？"

岳崖儿吓了一跳，手机直接被扔了出去，手机屏幕亮起，上面显示"我的老公大人发来一条短信"。

云小虎捡起手机："老公大人？岳崖儿你谈恋爱了？"

岳崖儿忙抢过手机捂在怀里，胡乱编了个谎言："我跟我闺蜜聊天呢，我俩平时都是老公老婆的叫。"

"哦。"云小虎觉得这个解释似乎也说得通，半信半疑地点了点头。

办公室真是个不宜久留的危险地方，岳崖儿三十六计先逃为妙，于是收拾好东西便打了辆车往余苼的工作室去了。

"我听公司的人说，你刚刚在跟一个叫老公大人的人聊天，是我吗？"伊万又发来消息。

恋爱后的伊万各种霸道总裁小奶狗玛丽苏梦话齐刷刷上线，与之前寡言少语的他形成的巨大反差让岳崖儿一时间没适应过来。

岳崖儿调皮地回了个"不是"的表情包，果不其然伊万开启了打破砂锅问到底的模式，两人你一言我一语地继续聊个没完。

余苼第一批作品的设计稿已经完成了，以 52 赫兹的鲸鱼和裹在蚕茧里的兔子为基础元素开发了包包、服装和首饰等一体化的衍生品。而岳崖儿给他拍的打树花的照片又激起了他新的灵感。

"树花完全可以加入到我的设计中来,成为一部分图案,不然我觉得自己的作品太单调太素了呢。"

岳崖儿笑了笑,鼓励余茔应该多出去走走,吸收点灵感。

余茔和岳崖儿一直保持着恰到好处的距离,他们两人是事业上的伙伴,但生活中谈天说地似乎又超过了合作的范畴。岳崖儿觉得自己跟余茔这种关系很舒服,互相欣赏、交心、认可。

岳崖儿在那晚来还星空礼服裙时,其实也有想过自己会不会跟余茔在一起,但他们之间比起恋人,还是更适合做朋友,余茔骨子里渗出来的便是孤独与清冷,若是成为他的恋人,会很累。他的心中有宇宙有银河,浩瀚到爱人在他心里只是一粒微小的星球。

余茔向往与世无争的山水田园,岳崖儿则痴迷声色犬马走四方,这是他们之间最大的分歧,如果强行在一起,势必会让双方筋疲力尽。

余茔把一张信封推到岳崖儿的面前:"送给你的小礼物。"

岳崖儿好奇地打开信封,从里面取出一张卡片,在打开卡片的瞬间,她的嘴张成一个夸张的形状尖叫了起来:"啊!这是真的?"

"当然是真的,你不是一直想去巴黎时装周吗?"余茔给岳崖儿的信封里装着的,正是巴黎时装周的邀请函。

"你怎么会有?"

"巴黎时装周从去年便有邀请我,不过被我拒绝了,我看你那么想去,所以跟主办方说了声,他们破例给了我一张邀请函,巴黎时装周的邀请函基本都发放完了,这张可是一票难求。"余茔从容地说道。

"你真的愿意把这个……让给我啊?"岳崖儿原本都已经放弃了巴黎时装周的梦想,没想到机会再一次降临到了自己身上。

"我说过的,我并不是很在意这些。"余茔的笑容轻浅,如一潭映照着明月的清澈湖水,"你可以代替我先去看看,我希望下一次你参加时,我的作品能出现在上面。"

"嗯。"岳崖儿用力地点点头,喜极而泣地拥住余茔。

Chapter 15
第十五章

　　三月的巴黎春光旖旎，曾在梦里出现的香榭丽舍大街、卢浮宫、埃菲尔铁塔、普罗旺斯，还有塞纳河畔的巴黎圣母院，一切似乎都没那么遥不可及了。

　　岳崖儿在11个小时的长途飞行上做了一场关于巴黎的美梦，等她迷迷糊糊醒过来时，头靠着的男人正在专注地看一本时尚杂志，岳崖儿瞥了一眼，上面全是密密麻麻的英文。

　　伊万注意到胸膛上的人有所蠕动之后，将杂志放到一边，转过弧度迷人的侧脸，微微低头捏了捏她的脸："醒了？"

　　岳崖儿从一张巨大的毛毯里探出小脑袋，像一只温顺的小猫，朝伊万眨了眨眼睛，"嗯"了一声。

　　"睡得香吗？"伊万的嘴角一直带着轻轻的温柔笑意。

　　岳崖儿再次"嗯"了一声，伊万终于把持不住，他伸手把座位旁边的帘子轻轻一拉，将两人的座位隔成一个暧昧的小包厢，再将毛毯举起来盖过自己的头顶，整个人蜷起身子，把脸缩到岳崖儿面前。

　　毛毯之下，岳崖儿眨巴着眼睛看着伊万，男人一动不动的目光和溢满笑容的嘴角，摄人心魂。

爆款女王

伊万将岳崖儿的头拨过来枕在自己的一只手臂上，另一只手轻轻抚摸着岳崖儿的脸。他手心的温度永远像刚刚好的棉花糖。

岳崖儿想到自己有这样一个完美的男友，突然嘻嘻地笑着，伊万的脸慢慢凑了过来，吻霸道而无声地落在她的唇上。

半明半暗中她看见男人发红的脸，听见他紊乱的呼吸声，甚至听得到他扑通扑通的心脏跳动声。

岳崖儿沉醉在他清甜的气息里，身子变得柔软，不自觉地往伊万身上贴去。他们缠绵亲吻，像两颗甜滋滋的糖，在炙热的爱意中恨不得融为一体。

"别闹，这是在飞机上。"伊万的声音低沉，带着几分克制。

岳崖儿的身体轻轻颤抖了一下，轻抬起头，飞快地在男人脸上落下一记轻吻。

伊万拿她没办法，松开了她的手躺到一边。岳崖儿转过头去看他，只见男人的额头上冒出涔涔汗珠，侧脸的弧度如一道刀锋，神色却很温柔。岳崖儿侧了个身，伸出一只手拨动着伊万额前的碎发。

她巴黎时装周的行程是余荦转赠的，本来跟伊万不是同一个航班。但伊万为了她临时改签了机票，将 Vivi 扔在另一架飞机上。

岳崖儿已经可以想象到 Vivi 火冒三丈却又无处撒气的抓狂模样，这是女人之间的战场，岳崖儿不善良地得意扬扬起来。

飞机抵达巴黎时，巴黎正下着绵绵小雨，天色昏暗，空气潮湿，冬天留下来的寒意还未完全褪去，这一城的繁花春色已如约而至。

坐专车从机场到酒店的这段路程，岳崖儿始终像个冒出土壤的小禾苗一样好奇地探望着这座城市。她微微摇下车窗，巴黎的雨水迎面而来，她的脸颊上、额头上落下细密的雨珠。

伊万伸出大手把她的脸拨回车里："傻吗？淋雨不怕感冒啊？"

"这可是巴黎的雨。"岳崖儿打掉伊万的手，执拗地继续把大脸贴在车窗上。

"要不我让酒店的服务生给你接几桶巴黎的雨水，你正好当洗澡水用？"伊万打趣笑道。

"哼！"岳崖儿脸鼓得像偷吃坚果的松鼠，恼怒地瞪了眼伊万。

酒店离巴黎时装周的会场不远，旁边正是香榭丽舍大街和古老神秘的 La Madelieine Place 广场。

岳崖儿进了酒店房间之后便迅速放下行李，迫不及待地想去领略巴黎的风光，但还没出门便被人拦腰抱到了床上。

俯视岳崖儿的那张脸似笑非笑，满眼的暧昧："刚刚飞机上的事情还没跟你算账呢！"

"什么事情？"岳崖儿装傻充愣，假装不知。

男人俯在岳崖儿的耳边："别装傻。"

岳崖儿动了动脖子，先是惊恐地瞪大眼睛，然后嬉笑道："伊总，我大姨妈来了。"

"这么巧？"

"嗯，就是这么巧。"岳崖儿双手撑着坐直了身子，理了理被伊万弄得凌乱的裙子。

伊万背对着岳崖儿像个落寞的小孩，岳崖儿觉得有些可爱，她半跪在床上，双手从后面环抱住伊万，鼻尖在他的脖子上亲昵地蹭了蹭，

男人没说话，沉默着站起来，看动作是在整理衣服，半响后转过身朝岳崖儿张开双手："走吧，巴黎我熟，带你逛逛。"

岳崖儿扑腾着从床上站起来，往后退了一步直接冲出去跳到男人的身上，双手双脚勾在男人的背部和腰部，嘴巴像小鸟啄木一般在他的脸上落下噼里啪啦的吻，大声地笑了起来。

遇上伊万，岳崖儿自知在劫难逃。

伊万和岳崖儿手牵着手走在宽敞的巴黎街头，已是傍晚时分，霞光暮影，一片片火烧云悬挂在天边，巴黎的街道像淋上了温柔的焦糖色，融化在甜滋滋的春风里。

岳崖儿望着身边来来往往的人、复古精致的街边小店、天边那抹

还未落下的云霞，感叹着巴黎真美的同时也感叹着这是一个不会阻止人熠熠生辉的时代，所有美梦在这座浪漫的城市都有无限可能。

巴黎就像一部流动的史诗，一部正在上演的永不落幕的影片，她的温情，她的浪漫，在春光明媚的三月，依靠在优雅的法国人身上，长在那些披着神秘面纱的古老艺术品上，落在每一个外乡人的瞳孔里，她美得毫不费力，美得触手可及。

岳崖儿和伊万走进巴黎圣母院，有如盛开玫瑰般的玻璃彩窗笼罩着他们，两个人静默在雕像前。

岳崖儿抬眼看了眼身旁缄默着的伊万，在心里默念着许愿："祝我和伊万往后山河辽阔，人间烟火，无一是你，清贫富贵喜乐无忧全是你。"

走出巴黎圣母院，在莎士比亚书店的门口，岳崖儿拉拉伊万的袖子问他："你刚刚在教堂里许愿了吗？"

伊万摇摇头："我无论是去寺庙还是教堂从不许愿，因为愿望一旦成真就必须来还愿。"他说着，像意识到什么，低头看着脸色突然黯然下来的岳崖儿，"你是不是许愿了？"

岳崖儿嘟着嘴不置可否。

"罢了，等我们度蜜月的时候再来还愿吧。"伊万口吻温柔道。

"为什么要度蜜月的时候来？"

男人轻轻叩了叩她的小脑袋，低沉的声音从头顶传来："因为不用说我也知道，你许的心愿肯定是希望……咱俩百年好合早生贵子之类的。"

"我没有！"岳崖儿大声地辩解道。

伊万笑了笑，笑容如巴黎的春风一样明媚温柔，让人看得心微微荡漾："解释就是掩饰，掩饰就是事实。"

"哼！"岳崖儿双手环抱在胸前，被拆穿了少女心事般羞红了脸，快步向前走去。

香榭丽舍大街上，坐落着 LV 总部。伊万问岳崖儿要不要用 FAS

的 VIP 通道进去逛逛，岳崖儿摇了摇头，相比起这些在职场上早已司空见惯的奢侈品，她更想去探索那些不知名的小众设计——她知道那些法国梧桐树下藏匿着数之不尽的精致小店。

伊万很认可岳崖儿的观点，为她的改变感到心花怒放。

法国人曾在歌里唱道："去香榭丽舍大街吧，在中午也好，在子夜也好，顶着太阳也好，下雨天也好，在那里总能找到所有我们想要的。"

岳崖儿不过才逛了几家小饰品店的工夫，就已经收获了满满当当的战利品，每家店都有老故事，每件设计品的背后都有不为人知的温情。

一个由白发苍苍的老人经营着的钟表店，墙上挂满了密密麻麻的钟表，钟摆来回晃动着，时间永不停歇。

伊万用流利的法语跟老人畅谈起来，岳崖儿听得一头雾水。

"他说这家钟表店是祖传的，他的家族从曾曾曾祖父那代开始就以制作钟表为生，一代传一代，但是不久前他唯一的儿子去世了，这家钟表店将面临无人继承的尴尬窘境。"伊万把自己和老人的谈话内容翻译给岳崖儿听。

岳崖儿不禁替老人感到难过，但老人的脸上似乎并没有太多的悲伤，仍旧重复着他那日复一日的制表与修表工作。

岳崖儿和伊万在这里买了三块机械表，其中一块岳崖儿打算送给佩琪。

出了钟表店，岳崖儿意犹未尽地钻进一家饰品店里，店内的陈设很简单，玻璃桌上摆放着一个巨大的纯白色鹿角装饰架，上面缀着耳环、胸针和项链，全是简单的几何图形设计。

这类设计有些熟悉，岳崖儿来回打量着这些首饰。直到她在玻璃橱柜里发现了那枚麋鹿胸针，一模一样的鹿头与钟表零件的拼接。

岳崖儿怔了怔。

听到有人进店的动静后，店主哗啦啦地拨开珠帘从里屋走了出来。岳崖儿一下子便认出眼前的人来，正是洛眉，穿着一条素色的 V 领连衣裙，衬出那淡如幽兰的气质。

洛眉看见两人时，微微有些惊讶。

岳崖儿本想放开伊万的手，却被他反手紧紧地握住，岳崖儿看向伊万，他一脸的从容。

洛眉自然是注意到他们之间不寻常的暧昧气息，却也只是笑笑，一张脸温和着看不出多余的表情："祝福你们呀，没想到也就几个月的时间。"

她的话里明明有几分不甘愿。

"有没有喜欢的？我可以给你们打折。"洛眉像是逃避什么似的挪开目光，垂眼去看玻璃柜里的首饰品。她的脸上仍旧保持着笑意，优雅矜贵的气质像是为巴黎这座浪漫复古的城市而生长的。

"这是你的店吗？"岳崖儿问。

"对啊，在国内名声臭了，只好来巴黎开店了。"洛眉自嘲道，但她轻淡的口吻却像是在讲一件稀疏平常的事情。

岳崖儿不知该说什么，在店里挑选了一套简单的麋鹿首饰之后便离开了。出店时，巴黎的天色已经暗了下来，华灯初上，岳崖儿抬头望着突然亮起的门匾，"MEI"的英文明晃晃，如星辰坠落。

"你那天去机场送洛眉了吗？"岳崖儿转身去问一直没有说话的伊万。

伊万摇摇头："没有，我跟她之间已经再无瓜葛了。"

岳崖儿透过店里的橱窗往里看，洛眉正拿着鸡毛掸子从容地拍去首饰上的灰尘，想起那晚她在昏黄路灯下低低啜泣的娇小身影，鼻尖不觉一酸。

岳崖儿握紧了伊万的手，听闻巴黎圣母院的钟声从远处传来，她望着眼前无比心爱的男人湿了眼眶，此生繁华尽处，只想与你晨钟暮鼓，安之若素。

岳崖儿和伊万回到酒店里，正好撞见了也刚从外面回来的Vivi和苏曼妮，她们手上拎着大包小包的奢侈品购物袋，看得出是刚刚血拼了一场。

Vivi自带强大气场的御姐范儿，搭配苏曼妮妩媚动人的模样，倒像是天生一对的好搭档。

苏曼妮轻柔地叫了声"伊总好"，伊万淡淡地点了点头。

四人进了电梯，伊万仍旧紧紧地牵着岳崖儿的手丝毫不避讳，Vivi的半张脸藏在巨大的墨镜下，看不清她的表情，常人难以驾驭的紫色嘴唇依旧紧闭着。

伊万按下电梯五层，苏曼妮按了六层。

然后电梯里便是一片死寂，谁也不说话。

电梯上升的速度似乎异常缓慢，一楼到五楼的短短距离变得十分漫长，岳崖儿感觉电梯里的气氛冷到了极点，她根本没法畅快地呼吸。

五层楼到了，伊万开口道："那我们先走了，明天时装周见。"

苏曼妮娇滴滴地回了句"好的"，而Vivi只是不痛不痒地"嗯"了一声。

伊万拉着岳崖儿的手走出电梯，朝走廊的尽头走去。

电梯门即将合上，Vivi突然伸出手挡住了电梯门，目光落在摆在电梯门口的花瓶上，停顿了几秒，才放开手让电梯门关上。

苏曼妮识趣地没问什么，她知道刚刚Vivi在花瓶上看到了岳崖儿和伊万折射出来的小小身影——必须看见他们同进一个房间，才死心。

岳崖儿跪坐在床上，呆呆地看着墙上挂着的那幅巨大无比的裸女油画。浴室里不断传来潺潺的流水声，岳崖儿已经能想象到正在洗漱的男人的性感胸膛和八块腹肌。想到这里她不免有些兴奋，从床上跳了起来，在行李箱里翻出那套性感兔女郎的制服，这是佩琪送给她庆祝她和伊万在一起的礼物，并祝他们缠缠绵绵到世界末日。

岳崖儿换上了制服，喷上YSL黑鸦片香水，在床上来回折腾换了好几个姿势，默默等着伊万。

浴室里的流水声终于停了，伊万在镜子前刮了刮胡子，拿起浴巾随意地裹住下半身,听到外面沉寂了很久,不禁猜想那个女人会不会早已呼呼大睡。

然后,看到的便是一只兔女郎匍匐在床上的香艳画面。

伊万以为自己进错屋子似的眨了眨眼睛,见那只兔子正撩拨着头发,伸出手指暧昧地勾了勾。确认眼前的景象为真的后,伊万慢慢地走了过去,却不敢靠近:"你不是来……"

"我骗你的。"兔女郎轻松一笑,"下午你一身臭汗的……"
她的喃喃话语还没说完,男人已经扑了过来。

窗外是巴黎的春色满城,屋内同样是收不住的春光。

巴黎时间下午一点一刻,岳崖儿已经画好了精致的妆容,伊万站在她的身后,给她轻轻地绑好礼服。

岳崖儿站在镜子前,看着身上华丽的 Chanel 粉色礼服裙,上面缀着一朵朵盛放的粉玫瑰,弥漫着浪漫的气息。

伊万将一条 Chaumet 项链戴在岳崖儿的脖子上,浅浅的桃粉色中间镶着一颗粉钻,甜美秀气:"送给你,喜欢吗?"

岳崖儿点点头,握着项链甜甜地笑着,伊万总是给她恰到好处的温柔与惊喜。伊万从背后抱住她,鼻子在她的颈间来回蹭了蹭,贪婪地闻着她身上的香气。

与伊万在一起的每一分每一秒,岳崖儿都觉得不真实到像是生活在童话里。

岳崖儿挽着伊万的手走出房间,等着电梯的到来,一边帮伊万理了理歪掉的领结。

这时,电梯门里传出来清脆的女声:"哎哟,真是恩爱秀到停不下来呀。"

苏曼妮站在电梯里,笑意盈盈地看着岳崖儿和伊万。

岳崖儿脸上一阵尴尬,走进电梯里,见只有苏曼妮一人,开口问道:

"Vivi 呢？"

"她已经先出发去会场了。"苏曼妮说道，她穿着一袭低胸的莫兰迪色礼服裙，蓬纱的裙摆像迪士尼里的公主一样高贵迷人。

苏曼妮的裙摆拖在地上不太方便，一个服务员推着行李车走了过来，车轮直接从上面碾过。苏曼妮本来就踩着十厘米的高跟鞋，整个人下意识地往前倾倒，跟跄了几步的同时只听见"刺啦"一声，纱裙被扯开了一道口子。

"啊！"尖叫声响起，苏曼妮崩溃地看着自己被扯坏的纱裙。

服务员连连用法语道歉，岳崖儿扶着苏曼妮不知所措。

"等我一下。"伊万对岳崖儿和苏曼妮说道，然后小跑到前台，与服务员交涉了大概十分钟。

岳崖儿和苏曼妮只好到一旁的沙发上等着，距离时装周正式开始只有不到一个小时的时间了。

苏曼妮一脸快要哭出来的表情，她控制着自己不要眨动眼睛，以免泪水落下来弄花了这个她一小时两百欧元请来化妆师上门画的妆。

过了一会儿，伊万走了过来："你这条裙子是 Dior 的吧？我已经让前台跟 Dior 那边联系过说明情况了，Dior 跟我们 FAS 有合作，所以愿意马上在巴黎调来一条一模一样的裙子，大约半个小时之后到。"

"那我陪曼妮在酒店里等着吧。"岳崖儿不好把苏曼妮一个人扔在酒店里，而且生怕礼服没能按时送过来。

伊万点点头："那我先去时装周那边，你们一定要准时赶来，有什么事情打电话给我。"

岳崖儿和苏曼妮便上了楼，苏曼妮的房卡由 Vivi 拿着，只能去岳崖儿和伊万的房间里等着。

岳崖儿收拾着一夜春宵后的凌乱痕迹，不好意思地笑了笑。

"没关系的，我都懂。"苏曼妮在沙发上坐下来，一脸感激，"谢谢你啊，岳崖儿，谢谢你愿意陪我等。"

"哎，小事一桩，再说我们都是 FAS 的人，一个团队来到巴黎，当然要相互帮忙了。"岳崖儿摆了摆手，一副无所谓的姿态。

"你来时装周的门票，是伊总帮你弄到的吗？"苏曼妮好奇地问。

"是我一个朋友把这次机会转让给我的。"岳崖儿诚实地回答道。

苏曼妮点了点头，焦灼地看了眼墙上钟表的时间，坐立难安，内心一阵焦躁。她有些口干舌燥："我能喝点水吗？"

"嗯，我去给你烧。"岳崖儿拿起水壶正准备往洗手池去接水。

"不用，我喝矿泉水就行。"苏曼妮随手拿起柜子上的一瓶矿泉水。

"嗯，那是没有开封过的，伊万不太喜欢喝冷的水，我也不喜欢。"岳崖儿把水壶摆回原位。

手随便一拧，矿泉水盖子便打开了，苏曼妮感到有些奇怪，这瓶矿泉水像是被打开过的，但她没想那么多，喝了几口。

礼服比想象中来得更快，苏曼妮拿到礼服后便在房间里赶紧穿了起来。岳崖儿帮她拉后面的拉链时，她有些意外地看到苏曼妮背后冒出些许红色斑点，就像热痱子一样。

岳崖儿将她的礼服弄好，又用了几个小别针固定收缩腰身，苏曼妮的腰细到不堪一握。

苏曼妮突然感觉全身一阵瘙痒，她先是抓了抓手又抓了抓背，最后连大腿根也痒得难以忍受："这件礼服是不是二手的？"

"应该不会吧，看上去像崭新的。"岳崖儿没察觉到苏曼妮的不正常。

像有无数虫子在身上来回爬，苏曼妮强行镇定，对岳崖儿说："你要不先走吧，我想洗个澡再去。"

"洗个澡，还来得及吗？"

"嗯。"苏曼妮点点头。

岳崖儿觉得苏曼妮有些奇怪，但见她一脸的坚持，也只好拿起桌子上的小包："那我先走了啊，你尽快，房卡我就先拿走了。"

苏曼妮点点头，直到岳崖儿走出门时她才松了口气，打了个激灵蹲下身子，只觉全身痒到恨不得在地上打滚。她快速地脱下了礼服裙。

伊万见只有岳崖儿一个人前来，关心地问了句"苏曼妮呢？"，岳崖儿只说苏曼妮有点事情需要一会儿过来，伊万也没多想，和岳崖儿转身走进会场里。

红毯上，伊万紧紧地拉着岳崖儿的手，像是在向所有人炫耀这是自己的女人，当岳崖儿看到随后走红毯的是一个比一个大牌的时尚圈人士时，她才真切地反应过来——自己是真的在参加巴黎时装周了。

伊万拿着马克笔在签名版上写下自己的英文名"Ewan"，岳崖儿调皮地把自己的名字写在他的笔迹上面，将两个名字重叠在一起。

Chanel 的秀在巴黎大皇宫举办，甚至在室内建造了一个缩小比例的埃菲尔铁塔，美丽的藤蔓蜿蜒垂在铁架上，晴朗的阳光从玻璃窗顶照耀下来，整个会场美轮美奂。风向南岸，暗香浮动，繁花四溢。17 世纪法式花园的池塘和小树林，将秀场连成一道花满枝头的风景线。

留给 FAS 的三个席位和岳崖儿的座位在秀场的头排，岳崖儿环顾四周落座的人，均是明星、杂志主编、品牌挚友等具有时尚话语权的圈内人，而 LV 的艺术总监 Virgil Abloh 就坐在她的旁边。

岳崖儿心潮澎湃，扯了扯坐在她另一边的伊万："LV 的艺术总监就坐在我身边哎！"

伊万一脸风云不惊，探了探头："Hi，Virgil！"

在岳崖儿震惊的目光中，伊万和 LV 的艺术总监友好地交流着，岳崖儿夹在他们中间，眼珠子简直都要掉下来了。

随后伊万向 Virgil 简单地介绍了岳崖儿一番，面对 Virgil 热情的招呼，岳崖儿僵硬地摆了摆手，嘴里吐出来的只有苍白的几句问候："Hi……nice to meet you！"

发现周围全是大佬的岳崖儿紧张不已，僵直了身子盯着秀场舞台，生怕自己有任何不恰当的动作给 FAS 和伊万蒙羞，反观身边的伊万一脸从容，在岳崖儿正襟危坐的这五分钟里，他已经熟络地和十个时尚大咖打了招呼。

岳崖儿在心里感叹自己的男朋友人脉竟如此之广，真是时尚圈里一颗璀璨的钻石，这颗钻石偏偏让她这平凡的人类夺了去。

作为时尚买手，来看秀可不仅仅只是凑热闹和一饱眼福那么简单，而是需要先做品牌功课，在天马行空的新款中挑选出能成为爆款的单品，一举夺标，带回国内经销。岳崖儿也早已做好功课。

音乐响起时，一场时尚盛宴马上就要拉开帷幕了。Vivi姗姗来迟，她穿着一身干练的黑色西服裙，而她身边苏曼妮的位置还是空的。

"Vivi，你看到苏曼妮了吗？"岳崖儿问道。

Vivi一愣，随后摇摇头，不紧不慢地落座。

岳崖儿低头给苏曼妮发消息："你到哪里了？秀已经开始了。"

随后岳崖儿关掉了手机，开始专心看秀。

模特们头顶着花冠，面戴轻纱，从盛开着繁茂茶花的回形花架拱廊里走出来，如仙女下凡，在花枝叶影中穿梭，身形婀娜多姿，高雅而又神秘。

一片春意洋溢在这座宫殿里，无论是鲜亮的粉色绸缎还是淡雅的素色软呢，都无一例外的用刺绣的鲜花作为装饰，岳崖儿身上这件粉丝玫瑰礼服也是今年的新款设计。

Vivi那件黑色礼服虽然颜色低调，但是边缘却是错落有致的花边裁剪，充满了设计感。

岳崖儿望着台上一个个花仙子般的模特，在巴黎大皇宫里感受着一场春之意向的Chanel大秀，感觉只有"云想花裳衣想容"这句诗能形容这天上人间般的美好境界了。

半年前那个在北京城墙脚下被城管追得四处逃离的地摊女王，而今已是以时尚买手的身份坐在巴黎时装周的殿堂里，这真是一个最好的时代——一个你努力向上爬，机遇总会砸中你的时代，一个让人能大呼有梦真好而熠熠生辉的时代。

时装秀的最后，模特们再次入场展示所有的look，然后是设计师出场谢幕，岳崖儿过于兴奋以至于都忘了拿手机拍照，一场秀算下来不过短短的二十分钟时间，这二十分钟，却饱含着设计师们日日夜夜的辛劳和模特们一遍遍地反复练习。

一场秀过后，有不少粉丝热络地来跟 Vivi 和伊万以及围坐在岳崖儿身边的时尚大咖搭话，顺便求合影、求社交账号，僵坐在原位的岳崖儿显得有些格格不入，还一度被热情高涨的人群挤到一边。

岳崖儿突然想起苏曼妮到最后都没有赶来，她环顾四周思考着苏曼妮会不会是迟到了不好意思挤上前，所以站在后排看秀，但是找了一圈也没有找到她的身影。

一个拿着话筒的东方面孔拦住了岳崖儿的去路，试探性询问道："Chinese？"

岳崖儿点点头，对方又用中文问道："我能采访你吗？"

"我？"岳崖儿惊讶地指了指自己，在记者点点头表示确认之后，岳崖儿忙理了理礼服，含糊地应答下来。

"你身上这套礼服跟今年的秀很搭呢。"记者见岳崖儿有些紧张，便先跟她随意地畅谈起来。

岳崖儿笑了笑："谢谢，这套礼服确实是 Chanel 的。"

"你是做什么的呢？我们社每年巴黎时装周都会采访一些坐在头排的人。"

"我是 FAS 公司的一名时尚买手，岳崖儿。"岳崖儿还是第一次这么官方的介绍自己的职业和名字，当她说出这句话时，内心翻涌着的是无比骄傲。

"啊，原来你是 FAS 的啊！"记者对 FAS 似乎早有耳闻，他看向被人群密密麻麻包裹着的伊万，"那等会儿可以采访下伊万吗？"

"那个……只要他同意就可以。"

从记者激动不已的神情看得出她是伊万的小迷妹："进 FAS 说实话也一直是我的梦想，你当初进 FAS 是不是特别不容易啊，我听说 FAS 对新人的考核要求特别高，尤其是品牌部，我也想成为一名时尚买手来着，那可是我的梦想，而且还有伊万在那里……"

记者说了一堆，直到旁边的摄影师大哥大声咳嗽了一下，女记者这才把话题转了回来："嗯……那言归正传，你对于今天这场秀有没有什么想说的？"

在女记者扯闲话的这段时间里，岳崖儿已经在心里快速组织好了语言："我感觉今天的秀场可以用两个词来形容，鲜衣怒马，烈焰繁花，Chanel 这场秀完全让人感受到了巴黎的气息，以花制衣，似乎在告诉大家，每个女人都是天生的花仙子，如花娇美，以花为裳……"

岳崖儿一不留神便说了一长串，女记者见她没有收口的意思，只好打断她："啊……非常感谢这位小姐的感言，说得非常好呢。"

"这段采访会在哪里放吗？"岳崖儿好奇问道。

"忘了介绍，我们是《女人装》杂志的，我还是一枚实习生，你刚刚说得那么好，应该会被我们杂志采编吧。"

《女人装》？岳崖儿听到这个杂志的名字差点没吓晕过去，那可是国内一流的时尚杂志，如果能够登上这份杂志那将是何其荣幸。

女记者冲还未回过神来的岳崖儿说了句"谢谢"后，又蹦蹦跳跳地往伊万和 Vivi 那边去了。

伊万似乎并没有接受女记者的采访，而是附在 Vivi 的耳边说了几句。之后他朝岳崖儿打了个手势，示意跟他往后台方向去。

Vivi 则留在原地，代表 FAS 接受女记者的采访。

"刚刚那个记者是《女人装》杂志的哎！"岳崖儿跟在伊万身后，大惊小怪道。

但伊万只是淡定地点点头："那本杂志我都上烦了。"

岳崖儿感受到一万点暴击。

伊万带着岳崖儿来到后台的 show room，这才是时尚买手在看秀之后的重中之重，对于局外人而言，巴黎时装周也许是一场看时尚、看华服、看明星的热闹盛宴，但对于业内人士来说，所有的时装周都是时尚产业链中重要的一环。

一届又一届巴黎时装周的巨大成功，离不开其背后的商业运作，时装秀结束后的 show room 是各路时尚买手了解产品和确认订货的场所，看一场时装秀是否成功，要看 show room 上的订货量和销售额如何，这才是一场时装秀的价值。

　　Show room 里不再有时装周上的华丽布景，时装周上的服饰以及还未呈现的设计被一排排地挂在衣架上，像走进了琳琅满目的服装店，伊万穿梭在 show room 里，精准地挑了九套满意的服饰。

　　当他一筹莫展地寻找第十套时，岳崖儿拿着一条白色裙子站到他跟前，得意扬扬道："你要找的是不是这条？"

　　岳崖儿的眼光和自己如出一辙，伊万笑了笑，拿着衣服用法语跟本场秀的设计师沟通了一番之后，确认了订单量。

　　"伊总可真忙啊，看完秀就马不停蹄地来 show room 拿货了。"钱鑫不知何时出现在 show room 里，今天看秀的时候他的位置正好面对着岳崖儿，在舞台另一侧的前排。

　　"我已经挑完了，您慢慢挑。"伊万随意地与钱鑫寒暄了几句，之后便走出了 show room。

　　"钱鑫如果跟你拿货一样怎么办？"出了 show room，岳崖儿把心中的疑虑问了出来。

　　"不会的，他们不至于这么针对我们，而且 FAS 和 HION 虽然面向的都是消费能力高的女性，但走的几乎是两种不同的风格，他这样做的话对 HION 没什么好处。"伊万不紧不慢地答道。

　　"哦。"岳崖儿若有所思地点点头。

　　巴黎时装周的一天虽然已经真真切切地发生了，但对于岳崖儿来说还是梦幻美好得不真实。此时此刻，她和伊万坐在埃菲尔铁塔上餐厅的临窗位置，俯瞰着巴黎和塞纳河的全景。

　　夜色降临，岳崖儿看到铁塔外塞纳河上川流不息的船只，如涌动着的星光。海明威曾说，"如果你年轻的时候在巴黎生活过，巴黎会一生都跟随你，因为巴黎是一场流动的盛宴。"岳崖儿觉得自己无论以后身处何地,都不会忘记自己曾来过巴黎的这场美梦。

在巴黎,仿佛永远有一束闪光灯照耀在你的身上,你的美梦在这里被无限真实的放大,变成触手可及的星辰。再多的言语,都无法形容这座城市带给你的美妙。

岳崖儿开心地喝着葡萄酒,埃菲尔铁塔外的景色朦朦胧胧,思考着巴黎究竟是对全世界的女人做了什么。

"我爱巴黎,我爱Paris!"喝醉的岳崖儿摇摇晃晃地走在街道上,几个路人奇怪地回头看她。伊万苦笑着搀扶着岳崖儿,费劲全力才将她带回宾馆里。

岳崖儿一躺到床上便睡得如死猪一样沉,伊万无奈地笑了笑,像对待新生儿一般温柔地褪去她的礼服和鞋子,给她换上睡衣,然后注视着这张沉睡的脸庞许久之后,还是忍不住宠溺地亲了亲她的额头。

而岳崖儿和伊万房间的上层,正是Vivi和苏曼妮的双人间,但苏曼妮并不在房间里。

Vivi知道发生了什么事情。

穿着单薄丝绸睡袍的她面色冷冷地走到房间的阳台上,点燃香烟抽了起来,朦胧的烟圈萦绕在她的脸上,又迅速地被冷风吹着四处散开。

Vivi的嘴唇因为抽烟变得有些干燥,这段时间工作上的压力让她渐渐有了烟瘾,但皮肤的管理工作还是做得一丝不苟,长期的美容保养让她的肌肤看起来吹弹可破,即便熬了好几个通宵达旦也看不出一点黑眼圈的痕迹。此时已经是巴黎时间的午夜,从这里能眺望到巴黎铁塔闪烁着的灯光,大街上倒是冷冷清清的。

岳崖儿的出现,让Vivi从没有像现在一样焦虑不安。

在伊万身边,Vivi总是非常沉默、非常骄傲,从不寻找、从不依靠,她像三毛笔下撒哈拉的一棵树,站成永恒,没有悲欢的姿势,一边辅佐伊万的千秋大业,一边对他的私生活缄口不言。

偏偏岳崖儿反其道而行之,她是个麻烦精,总能出各种各样的小状况,就像个坠入游乐场球球池的小孩,拉着伊万的手一起没心没肺地闹着,也常常不掩饰自己的缺陷,却让伊万慢慢深陷其中。

独立懂事的女人总是没人疼的,男人都喜欢撒娇好命的小白兔。伊万也逃不过这个魔咒。

呵,男人。

Vivi 不甘心地皱了皱眉头,她以为自己是伊万离不开的事业伙伴,却不曾想到这个男人会培养一个小白兔来取代她的位置,伊万对她的依赖就像是装在伏特加里的冰块,随着时间的推移,越来越少,最终消融不见。

人们只会大约记得伊万曾和一个叫 Vivi 的女人如影随形,之后想当然地默认了那个并肩同行的是后来居上的岳崖儿。

想到岳崖儿穿着 Chanel 梦幻系列的粉玫瑰晚礼服,神采奕奕地出现在时尚周上与伊万亲昵合照的模样,Vivi 就嫉妒得发狂。

这一切原本就是属于自己的。

伊万,如果能让你记住我,就算不是爱,恨也行吧。

当初巴黎时装周的名额原本是给岳崖儿的,但 Vivi 暗中做了手脚,在年会上抽奖信封里的邀请函用苏曼妮的名字替换掉。Vivi 坚信即便 Rex 察觉也不会怪罪到她头上,毕竟她跟着 Rex 这么多年,Rex 知道如何取舍,就像 Rex 当初在洛眉和自己之间,自始至终都站在她的阵营里。

但即使 Vivi 如此大费周章,岳崖儿还是来到了巴黎时装周,与伊万共度二人世界。

烟很快抽到了尽头,烟蒂落在她的脚边,Vivi 毫不犹豫地抬起今天下午刚从老佛爷百货抢到的限量款 Christian Louboutin 红底高跟鞋,狠狠地踩了踩。

Chapter 16
第十六章

"啊啊啊,这个牛我能吹一年!"

佩琪拿着《女人装》的杂志在岳崖儿的床上来回踩踏着床单,看着的那页正是岳崖儿在巴黎时装周被采访的画面,虽然只有小小的一栏,与她并列同框的还有很多大公司的不知名时尚买手,但这并不妨碍佩琪的高分贝尖叫声和难以抑制住的激动心情。

岳崖儿黑着脸盯着佩琪那走来走去的脚丫子,还好她刚刚洗了澡,不然自己一定把这肆意妄为的臭婆娘扔出去不可。

其实如果要认真算下来,岳崖儿跟佩琪认识也有十多年了,但学生时代的两人很少有交集,毕业以后联系方式也都断了,直到半年前在 FAS 面试会上互加好友,两人才阴差阳错成了无话不谈的死党。

人生有时候就是这么神奇,那些说着要永远在一起的最后天涯各一方,那些不期而遇的反倒成了最长情陪伴的彼此。

佩琪打开手机里的蹦迪神曲摇头晃脑起来,拉着岳崖儿一块儿蹦蹦跳跳,像是不把床震塌不甘心一般。岳崖儿头疼于佩琪精力充沛的造作,她觉得过不了多久隔壁邻居一定会来敲门投诉了。

佩琪手舞足蹈了大概半个小时之后,才终于瘫坐在床上,床单和被子已经被她蹂躏成一团。她双手杵着下巴，一双画着烟熏妆的大眼眨巴眨巴地盯着岳崖儿，岳崖儿看见她这不怀好意的笑脸就不由得打了个寒战，百分百猜到她想要问什么了。

"你跟伊万……"

在佩琪继续说下去之前，岳崖儿迅速点了点头，又补充道："穿了你给的衣服。"

"哎哟喂，看不出来呀！"佩琪哈哈大笑地拍了拍岳崖儿的肩膀。

岳崖儿翻给佩琪一个大白眼，赶紧转移话题："你呢？你最近桃花有什么进展？"

"我啊，和上次 ISY 那个小哥哥分了。"

"你什么时候谈恋爱了？"

"就是去三亚参加 ISY 的时候啊，我不是发了张电音节的图片，然后宣布我定心了吗？"佩琪翻了翻自己的朋友圈，找了半天也没找到她说的那张照片，"哦，好像被我删了。"

"为什么分手啊？"从 ISY 到现在大概四个月的时间，岳崖儿因为回家过年而后又参加巴黎时装周，忙得不可开交，这也是她年后第一次跟佩琪聚会。

"就都是玩玩而已啊，其实一开始我是走心了，但发现人家没有认真谈恋爱的意思，浪子一枚，既然大家都是出来玩的，我也好聚好散咯，没必要低声下气死皮赖脸地缠着人家不放，不然以后还怎么在这个圈子混啊。"佩琪一脸无所谓。

可是岳崖儿真心心疼佩琪，她是那种没有恋爱就会死掉的女生，好像她终其一生的目的就是寻找如意郎君，她在感情里一次次挣扎受伤又一次次在千锤百炼中重生，她总是容易陷入自我感动自我成全的情绪里，又总是很快投入到一段感情里，但好在她抽身还算潇洒自如。

是个玩得起也输得起的女人。

"对了，我们 FAS 要举办一个线下的时尚沙龙，你要不要来参加？"岳崖儿把一份邀请函发到岳崖儿的手机上。这个活动由云小虎组织，也是他在去年年末提出的活动策划方案。

"才不要呢,一定都是女的参加吧?有什么意思?我有你就够了。"佩琪连邀请函都懒得点开仔细看。

"不是哦,这次是跟 HION 共同举办的,算是联谊活动。"岳崖儿见佩琪还是不感兴趣的样子,继续说道,"这种活动总比你在网上认识一些杂七杂八的渣男好吧?我觉得脱单还是要从实际出发,起码找看得见摸得着的啊,就像之前那个澳洲骗子,以为是个真金白银的富二代,谁知跟流浪汉没什么差别,隔着手机屏幕谁都善于伪装,你压根不知道跟你在网上聊得火热的到底是什么人,何况现在还有好多作案团伙专门在网上撩妹诈骗,丢钱还好,惨的还失了身……"

岳崖儿的这番苦口婆心总算劝动了佩琪,她犹豫了会儿:"那你去吗?"

"我最近工作忙得连饭都快吃不上了,当然是没时间去了,所以把名额让给你。"

"行吧,我考虑一下。"佩琪打开邀请函看了起来,"哎,是睡衣趴啊,有意思。"她津津有味地研究了起来。

从巴黎时装周回来的岳崖儿又继续陷入昼日昼夜的工作中,每天加班到深夜已是常态。

FAS 的春季单品已经全部上线,其中包括不少从巴黎时装周采购回来的时装,有几件还是岳崖儿在香榭丽舍大街挖掘的,经由伊万的认可带回国内,销售量节节走升。

周一,伊万在例会上列出了在售单品的销售情况,光是岳崖儿挖掘的单品数量便在前十排行榜中占据了一半,岳崖儿渐渐成了品牌部炙手可热的时尚买手,她也终于感觉自己真正地融入时尚圈了,至少在这个圈子里不再是无名小辈,而是经常跟随伊万出入各大品牌时装周和时尚晚宴的举足轻重的人物,外界渐渐记住了她的名字,并给了她一个岳崖儿自己很满意的称号——爆款女王。

和伊万的恋爱也变得见缝插针，只要两人都在公司里便会一起吃个午饭晚餐什么的，实在累到筋疲力尽应接不暇就在手机里跟对方吐吐槽，尽管两人在公司里都没有什么过分亲密的行为，但谣言还是很快流传开来。

首先是从云小虎这张超级八卦嘴里传开的，在岳崖儿和伊万双方都没有站出来辩解的情况下，品牌部的同事们一致认定他们是承认了恋情。起先还流传着各种霸道总裁爱上女下属的玛丽苏版本，随后就演变成心机女死缠烂打成功上位的狗血大戏，再然后，当大家看到岳崖儿在品牌部令人佩服得五体投地的销售业绩，画风又变成了丑小鸭蜕变为爆款女王并虏获时尚圈单身贵族的励志故事。

岳崖儿感慨，果然女人还是要自己优秀才不会被看轻啊。

到最后大家都司空见惯了，被其他部门同事问道时，也就漫不经心地回一句"是啊，他们在一起了"，伊万和岳崖儿在公司里各司其职疲于工作，让大家渐渐没了什么闲谈的新料，反倒是Vivi成了大家重点关注的对象。曾经趾高气扬的Vivi在品牌部被心照不宣地认为是正品伊夫人的存在，如今岳崖儿成为伊万的正牌女友，Vivi虽然还是跟在伊万身边做事，但伊万似乎刻意保持了些距离。

从前Vivi进出伊万的办公室是随进随出，如今作为他的私人助理却也要经过敲门这道"程序"。

当然Vivi也很识趣地不去纠缠，仍旧把私人感情和公事区分开来，很快FAS里又开始杜撰孙宴正在追求失恋的Vivi，对此孙宴也懒得多做解释，仍旧嬉皮笑脸地跟在Vivi左右。

"岳崖儿，你的总裁找你了！"李小双拍了拍岳崖儿的肩膀，自打她知道岳崖儿跟伊万在一起之后，痴迷于霸道总裁文的她常常在岳崖儿面前打趣地把伊万称呼为"总裁"，岳崖儿则是"总裁的女人"。

岳崖儿从工作的海洋里钻出来，一堆眼花缭乱的时尚单品看得她头皮有些发麻。她走进伊万的办公室里，却四下无人，她奇怪地叫了声"伊总",结果腰却被一只手轻轻地揽住。岳崖儿转身,嘴唇便猝不及防地迎上了深深的吻。

岳崖儿想要推开他,呢喃道:"这是在公司。"

"反正公司里的人也都知道了。"伊总更加霸道地箍着她的腰,炙热的气息游走在她的耳边、颈间。

"工作太忙了,忙到都没有时间好好宠你。"伊万从背后抱着岳崖儿,半弯着腰,将下巴轻轻抵在岳崖儿的肩膀上。

"谁让咱俩都是事业型呢?"岳崖儿笑笑,但她很喜欢这种感觉。即便男人事业有成,女人也不应该停止前进的步伐,好的爱情,应当是成长值的同步。

当然伊万也从未想过让岳崖儿放弃时尚买手这份工作,他欣赏她的才华和能力,工作中的岳崖儿是迷人的,他十分乐意别人评价他的女朋友是女强人。

伊万抱起岳崖儿坐到沙发上:"周五 Rex 邀请我去他家吃饭,让我一定要带上你。"

岳崖儿有些受宠若惊,Rex 对她而言不仅仅是 FAS 的总经理,更是时尚圈里叱咤风云的大咖,能得到他的邀请是何等荣幸。

伊万见岳崖儿微微有些诧异,笑道:"你都是品牌部的爆款女王了,Rex 请你吃饭是应该的,你为公司做了很多。"

岳崖儿点点头,"我只是有些感慨,明明好像不久之前,我还是个摆地摊的,没想到时尚却成了我的事业,还给我带来了这么多殊荣与优待。"

"这一切都是因为你的努力,你值得。"伊万笑笑。

周五下班后,岳崖儿换上了伊万为她准备的一套私人订制的晚礼服,盛装打扮一番后来到 Rex 的家中。这是岳崖儿第一次体会真正的大佬果然都是住在庄园里,Rex 的家囊括了高尔夫球场、滑雪场、温泉中心……真正的即便足不出户,也能享受到度假的美妙。

她和伊跟随一个身穿制服的管家走过古色古香的庭院,穿过一条长廊,来到一处八角亭子里。亭子很大,摆放着一张精致的餐桌,Rex已经坐在那里,见到伊万和岳崖儿来时,一脸笑意盈盈。

他看出岳崖儿似乎有些紧张:"放轻松,在这里我们只是朋友,没有上下级之分,你不必把我当成FAS的CEO,也不必把我当成时尚圈的什么人物,就是简简单单的Rex。"

岳崖儿点点头,跟着伊万坐下来。

"听说你们其实在一起了,是吧?"Rex笑笑。

"是的。"伊万郑重其事地答道,用笃定的眼神看了一眼岳崖儿。

"挺好的,岳崖儿很适合你,你出生在云巅,而她也可以借着风扶摇直上,实属不易,这样的女孩子,必然能好好地辅助你的事业。"

Rex的这番评价让岳崖儿有些受之有愧,如果没有FAS、没有伊万,就不会有今天的她,自己的努力固然重要,但好的发展平台和慧眼识珠的伯乐更是可遇不可求。

Rex看着伊万,又补充道:"你和Vivi,都曾让我觉得太飘了。"

伊万微微颔首,一副谦卑聆听的模样。

FAS虽是业内龙头,曾经由伊万和Vivi这两个出身不凡的大咖坐镇,所筛选的时尚单品均是为富人所服务的,但这其实并不是Rex的本意,他一直觉得时尚不应是普通人无法触及的东西,而是被大众认可。

真正的时尚,应当是存在于人们生活中的方方面面,FAS正因为有岳崖儿、云小虎以及签约的设计师的入驻,带来了许多平民的气息,昂贵的奢侈品变成只是FAS公司的其中一项规划,推出了许多为大众所能接受的轻奢品,其背后的设计理念会更融入当下年轻人的话题,如余苼的孤独系列。

"好好珍惜吧。"Rex泡好茶,给伊万和岳崖儿各斟了一杯,"若是你们分手了,我第一个反对。"

来自长辈的口吻,让岳崖儿忍俊不禁。

之后Rex和伊万聊起公司的发展规划,提及了余苼签约的事情。岳崖儿想了想,鼓起勇气插了句话:"公司有没有想过再多签约一些像余茞这样有才华的设计师,他们所设计的单品也可以作为公司的主产品推出,毕竟 FAS 有强大的销售体系,而设计师们也能借此平台好好发挥他们的个人才华。"

岳崖儿的话正中 Rex 的想法:"你和我想到一块儿去了,我最近就在想这个问题,时尚圈和各个行业无异,商品的竞争说到底还是人才的竞争。"

Rex 讲起自己酿于心中的"FAS SHOW"计划,在遵循电商商业模式的基础上加入一些线下的尝试,类似于举办一场以 FAS 为核心的时装秀,期间除了展示 FAS 独家签约的设计师作品之外,也会开设 show room 来增加订单量和销量,意在把 FAS 打造成一个具有独立品牌价值的电商企业,余茞个人品牌"LIA"便是主推的产品。

岳崖儿终于也不再拘束自己,认真地和 Rex 以及伊万讨论起 FAS SHOW 的很多细节,期间的许多意见都得到了 Rex 的认可。

这场三人聚会此后一直镌刻在岳崖儿的脑海里,她永远也不会忘记那个夜晚,她和两位时尚圈的大咖一起,讨论关于时尚的前景和未来。

之后 FAS 给余茞正式注册了以他品牌名字命名的 LIA 工作室,并且给他配备了私人助理和设计师助手,但余茞凡事几乎都是亲力亲为,这两个助理直接被他安排到聋哑人学校里去当志愿者了。助理们一开始有点蒙,不是来辅佐设计师成就千秋大业的吗,怎么变成爱心援助的慈善了?

周一辗转各大卖场和线上寻觅新单品,周二找模特试穿拍摄宣传组图,周三分析时尚趋势制作品牌报表,周四签署订单并跟踪每日销售情况,周五联系供应商与仓库协调发货,周末敲定单品上线日期……这几乎是岳崖儿每周的行程表,紧锣密鼓安排得满满当当,连喘气的时间都没有。

五月份的时候,FAS 品牌部发生了一件轰动部门的大事,苏曼妮一连拿下了三个西班牙小众品牌的独家授权,并让三个设计师都集体签约在了 FAS 名下。苏曼妮人脉广人缘好这点在品牌部是大家有目共睹的，但是这三个品牌均来历不小，其中一个还曾是保守派，不肯拓展海外市场，想要得到其品牌渠道可真不是一件容易的事情。

周末闲暇的时候，伊万就在自己的公寓里做饭给岳崖儿吃，厨艺出奇的精湛，在岳崖儿心中，快赶得上米其林饭店厨师的水平了。

岳崖儿还打趣笑道，要是两人不在时尚圈里工作就去开个餐厅谋生，一番了解下来，岳崖儿才发现伊万的父亲曾经就是世界有名的厨师，后来又投资了众多的餐厅，早一个人跑去欧洲享福了。Rex 是伊万父亲多年的挚友，伊万正是从小被 Rex 带着参加各大时装周和秀场而爱上了这个多姿多彩的圈子，长大后更是执拗地待在国内，想在时尚业发光发彩。

伊万作为品牌经理，不是为了赚钱，而是真真切切地热爱时尚，他曾说过："时尚不是独享，而是传承。"

岳崖儿一脸苦情地问伊万他的父亲会不会不接受她这种平凡家庭出生的孩子，伊万只是扑哧一笑："放心吧，我父亲很开明的，也很支持我做的每一个决定，我想娶什么样的女人回家，不需要通过他的同意。"末了，又加了句，"况且，他和我继母还打算再努力生一个呢，压根没把我放在心上。"

"苏曼妮签下的设计师都是 Vivi 介绍的。"伊万将煎好的鸡胸肉切成小块，喂到岳崖儿的嘴里，"这几个设计师都是 Vivi 曾经费了很大心思联系到的，并且还亲自飞过西班牙好几次，每次都是带着满满诚意去跟他们合作，按理说应该是 Vivi 拿下的，她却把最终的签约权让给了苏曼妮。"

"这到底是为什么呢？难道 Vivi 和苏曼妮私底下的感情很好？"岳崖儿百思不得其解，完全猜不透看不懂 Vivi 的行事逻辑。

"以我这么多年对 Vivi 的了解，她是个聪明的女人，也是个精明的商人，她从来不会做亏本的生意，所以……"

"所以什么？"

"她跟苏曼妮之间一定是做了某笔交易，或者达成了什么共识。"伊万头头是道地分析着。

"那是什么呢？"岳崖儿追问道。

伊万摇摇头："这我就不知道了，但我相信 Vivi 不会做出有损公司的事情，这点我完全信任她，再说签下这三个设计师对于公司来说也是好事，至于是谁签的，不管 Vivi 还是苏曼妮，总归都是品牌部的人，对我来说没有任何差别。"

岳崖儿似懂非懂地点点头，看着一旦谈论工作表情就会变得一本正经的伊万，笑了笑："你谈工作的样子真可爱。"她伸出手，捏了捏伊万的脸。

伊万放下筷子："吃饱了吗？"

"嗯。"

"那吃饱了不就有力气干活了？"

"干什么活啊？"

岳崖儿反应过来的瞬间，男人已经绕到她身后了，两只手一上一下将她横腰抱起，岳崖儿挣扎着想要跳下来，但为时已晚。

"伊万，你个禽兽！"公寓里传来岳崖儿不满的嘶吼声。

一大清早，岳崖儿刚走进办公室，云小虎就像发了情的小狗一样扑上来，吓得岳崖儿往后退了几步，倒在身后伊万的怀里。

伊万神色紧张，揽着岳崖儿将她护在怀里，目光犀利地看向云小虎，语气冰冷："别想打我女朋友的主意。"

"把你的女朋友借我用一下。"云小虎直搓手。

"不行！"伊万义正词严，没有退让。

"伊总！这是我们闺蜜间的谈话，你就不要插手了！"

"可你是男的。"伊万护妻狂魔上线。

云小虎万分无奈，最后破罐子破摔道："我在岳崖儿眼里就不是男的,不信你问她。"

伊万回头看向岳崖儿,岳崖儿捣蒜般点头,她也很好奇云小虎究竟想对她说什么。

"那……给你们五分钟的时间。"伊万指了指透明玻璃的茶水间,他站的这个角度可以完完全全看到茶水间里的实况。

云小虎也顾虑不了那么多了,招呼着岳崖儿往茶水间里走。

"你怎么了啊?"岳崖儿从未见过如此坐立不安的云小虎。

"你那个闺蜜,佩琪,是个什么样的人啊?"云小虎鬼鬼祟祟地打听道。

岳崖儿这才想起佩琪应该是去参加了云小虎的线下时尚沙龙活动,因为昨晚在她的朋友圈里无意间刷到一张她穿着性感睡裙和众多网红聚会的照片,但是照片上并没有任何男性出镜。

"你俩见过面了?"

"嗯,她昨天来参加了我的睡衣趴,介绍说是你的朋友。"

"哦,她是我的闺蜜。"岳崖儿不置可否,"她是个挺好的女孩。"

"还有呢?"云小虎迫不及待地追问。

佩琪的样子有千万面,这取决于她面对的是什么样的男人,岳崖儿不敢妄下定论,毕竟她不知道云小虎被佩琪归在了哪类名单里,是可发展男友还是可持续备胎还是可无视的人,便反问云小虎:"你觉得她怎么样?"

"她啊,让人猜不透,感觉像是出来玩的,但又像是个一本正经的好女孩。"云小虎摇了摇脑袋。

岳崖儿一眼便看出他这是一见钟情陷入情网了,笑道:"你要是喜欢的话就去追,试试看呗。"

"我连你都追不到还追她啊。"

"喂!"岳崖儿生气地敲了敲云小虎的脑袋,"什么叫我都追不到还追她啊?我跟佩琪不一样好吗?佩琪现在是空窗期,你要是真喜欢就应该去鼓起勇气,拿出你的一片真心来。"

"你是说她现在没有男朋友？"云小虎惊喜道。

岳崖儿点点头，却在心里自言自语道：应该是吧。

毕竟佩琪的男友总是跟孙悟空一样从石头里凭空冒出来，变成她爱得死去活来的至尊宝，然后下一秒又像吃了失忆药一样嚷嚷着："什么男友？哪个男友？"

岳崖儿把佩琪的一些喜好实打实地告诉了云小虎，无意间转头看到还在茶水间门口环抱着双手等他们出来的伊万。已经有好几个同事陆陆续续来上班，并精神饱满地进入工作状态时，他们正容亢色的总经理仍旧站成一道刀锋杵在茶水间门口。

岳崖儿注意到伊万的目光后只觉得背后一阵发凉，最后她实在是受不了了，和云小虎匆匆敷衍了几句之后便打开茶水间的门走了出去："伊总，我们已经谈完了。"

伊万神色严肃地低头看了看手表："说好五分钟的时间，结果你们谈了十分钟，在谈什么那么起劲儿？"

岳崖儿知道自己要是回答私事的话伊万一定会想入非非，便嘻嘻笑道："一些业务上的事情，还有夸你啊，夸你帅，是个好上司什么的。"

"哦？你俩是不是商量着如何把公司搞垮然后卷钱私奔呢？"

岳崖儿深感伊万怎么谈了恋爱之后智商完全下线了："拜托，我要是想掏空公司的话得找财务部的人搞私情啊，找品牌部的能商量出什么对策来？"

"你还想找财务部的搞私情？"

岳崖儿翻给他一个巨大的白眼，回到自己的座位上工作起来。

伊万站在那里自行消化了一会儿之后，才回到他的办公室里。

岳崖儿趁工作闲暇的间隙，给佩琪发消息："我们部门的云小虎对你好像有意思哦。"

隔了一会儿，她收到佩琪回复的一个"哈哈哈"表情包。岳崖儿不明所以，也没多管闲事地追问。

FAS SHOW 的会场破天荒地决定采用露天场所，让更多的非业界人士也能参与到这场时尚大秀中来。

品牌部陆陆续续地提交了设计师及作品的名单，岳崖儿三天两头地就往余荜那里赶，不停地督促他早日完工。即便岳崖儿就差拿着鞭子抽他了，余荜还是不急不躁不紧不慢，露出天真好看的笑容说道："慢工出细活嘛，不急不急。"

岳崖儿不间断地开始参加各种大大小小的时装秀和订货会，试图找到更多有时尚潜力的设计师及单品，让自己看中的设计师及设计成为爆款，这是每一个时尚买手的终极目标——就如星探成功挖掘一个天团打造一线明星，时尚买手就等同于娱乐圈里星探的存在。

到六月份的时候，岳崖儿才最终敲定了两个设计师所设计的单品，一个是江南水乡里走出来的绣娘，她的作品充满了民族风的元素，一个是街头风格极强、极具个人意识和设计风格的独立设计师，他的作品总是集合了当下年轻人最热爱和崇尚的元素。

而苏曼妮那边战果累硕，除了三个西班牙设计师之外，她又靠着强大的人脉关系签下了两个海归，据说都是全球名牌学府毕业，在校期间已经拿过不少奖项，均为出类拔萃的人物。

云小虎则找准以自己的定位，主要负责策划一些线下活动和拉拢品牌联系的工作，在品牌部也是属于举足轻重的存在，而李晓双成了他的助理，每天跟着他东奔西走。李晓双嘴笨不太会说话，但她有个特别明显的行走江湖的优势，那便是——千杯不醉。每次云小虎带她出去应酬，最后喝得不省人事的反而是不胜酒力的云小虎。

所有人都在品牌部找到了一席之地，品牌部的新人们从一开始的手忙脚乱到如今的紧锣密鼓各司其职，和谐得像一支整齐有序的军队，朝着 FAS 繁荣的目标前进着。

FAS 一举签下了包括余荜在内的十个设计师，在他们设计完最终系列单品到投入生产都是一笔不菲的开支，FAS 此举的目的无非是想将人才纳入怀中，从一开始的品牌中转商转变为自创品牌的生产商，时尚买手的工作除了挖掘新一季的单品之外，还多了一项重任——挖掘可成大器的设计师。

FAS 第一届品牌秀的主题是"年轻"，签约的设计师平均年龄也在 30 岁左右，最年轻的是余荸，今年才 23 岁。

年轻，意味着无限可能，意味着充满活力，意味着包罗万象。

FAS 这几个月来太过于顺风顺水，销售额在业内独占鳌头，将排在第二位的 HION 远远甩在后面。但这一切仍让 Rex 不敢大意，生于忧患。

品牌部春季度的销售额下来了，同入职近一年的岳崖儿和苏曼妮不相上下，Vivi 似乎有意栽培苏曼妮让她成为第二个 FAS 女魔头，无论是出席时装周还是订货会，她的身边永远跟着苏曼妮，苏曼妮靠着出色的外表和灵活的交际能力，在时尚圈里很快就混开了名声，还独占了一期《女人装》的专访，被业内评为"冉冉升起的时尚买手之星"，并被贴上了"美女时尚买手"的标签。

苏曼妮对外永远宣称单身，包括在采访中问及私人感情问题总是一脸憧憬爱情的小女人模样，被问到为什么不谈恋爱时，她笑称因为工作太忙。

岳崖儿曾在三里屯的奢侈品店碰到过顾平，他的身边依旧跟着一位年轻漂亮的姑娘，两人看上去关系暧昧，但那个姑娘，并不是苏曼妮。

岳崖儿猜想顾平这个年纪的男人，给不了苏曼妮想要的爱情。苏曼妮或许只是他在一段时间里用来打发无聊的对象。

后来岳崖儿又在一次酒会上碰到了顾平，那是一个一线奢侈品与某个豪车品牌举办的联谊会，FAS 也在受邀名单内，来的全是非富即贵的潜在客户，伊万便带着岳崖儿参加了。

伊万得知岳崖儿认识顾平之后提醒她小心这个男人，岳崖儿索性问个明白，才知道原来顾平已经结婚了，妻子在国外，两人虽然一直过得都是有名无实的夫妻生活，但因为双方涉及的利益太多而一直没有解除婚姻契约，于是便各玩各的对对方压根毫不在乎，冷漠得像无关系的陌生人，确切来说，是只有合作关系的人。

岳崖儿感叹苏曼妮是个聪明的女人，她很明白自己想要什么，她知道自己跟顾平不可能走到最后，所以选择秘密恋爱也利用着他给的物质条件和人脉关系，在FAS混得风生水起，她深知女人最终还是要靠自己，男人不过是她的一块垫脚石，说到底，苏曼妮和顾平的关系也是相互利用、各取所需罢了。

在FAS SHOW即将开始的一周前，岳崖儿在朋友圈刷到了佩琪和云小虎的结婚照，配文"我老公@云小虎"，岳崖儿连忙去翻看云小虎的朋友圈，他也紧跟着发了结婚照，发文"我老婆@佩琪"，妇唱夫随，坐实了夫妻关系的样子。

岳崖儿向佩琪求证，佩琪发来一个简短的语音："是真的，领证了"，然后再无后续。

被吓得半死的岳崖儿在一个小时之后杀到了佩琪的公寓里，好巧不巧她正跟云小虎在一起："怎么啦，亲爱的？"

她的声音娇滴滴得可怕。

然后岳崖儿看到佩琪身边正在酣甜入睡的半裸着上身的男人，正是同部门、熟悉得不能再熟悉的云小虎。岳崖儿颤抖着身子，手抖道："你、你们……"

"嘘，别吵醒他，有什么事我们到外面说。"佩琪裹上睡袍，从床上爬了下来，把岳崖儿推到阳台上，关上玻璃门。

"你们什么时候在一起的？这速度也太快了吧？你以前是有男朋友我不知道就分了，现在是我还不确定你有没有男朋友呢你就扯证了，而且还是跟我认识的人！朝夕相处的男同事云小虎！"岳崖儿仍旧觉得是在做梦，恨不得抽自己一大耳光子，"这一切竟然是真的啊？"

佩琪捂住岳崖儿的嘴，示意她小声点："我其实也没想到爱情会来得那么快，本来第一次跟他见面双方都来电，以为不过露水情缘，没想到他这人还挺实在和真诚的，每天给我点外卖，嘘寒问暖的，会因为一句我想吃桥头糕了就大清早排队四五个小时去买,买完被风吹凉了还一直跟我道歉。我飞国外代购的时候,他比我爸妈都紧张,24小时为我开机,一定要确保我安安全全的,我在香港转机飞机延误,他怕我一个人半夜在机场里害怕,愣是陪我聊天到凌晨四五点,只睡了两个小时就要去上班了。

"他会给我煮红糖姜茶,甚至帮我洗脚……其实还有好多啊,他的好我是真的说不完了。"佩琪絮絮叨叨着,"其实当爱情真的来了,女人真的不在乎他有没有钱,而是够不够爱自己,我一直都是很感性的生物,谁对我好,我就跟谁走了,我从来没有遇见过像他这样把我捧在手心里的男人,和我爸爸一样疼爱我。"

佩琪转身去看在床上睡得正香的男人,眼里溢满了幸福:"他确实是没那么有钱,薪水还没我赚得多呢,可是他愿意把工资卡上交给我,我想要的东西比较贵,他就加班加点拿加班费凑齐了去给我买,他说,我值得被爱……

"所以,我并不是闪婚,是日积月累的爱情需要质变了。"佩琪幸福的微笑着,此刻的她只穿了一件简单随意的睡袍,素面朝天不施粉黛,头发也乱糟糟地被风吹着,岳崖儿却觉得她比任何时候都要美,她的气色很好,像被宠爱着永远也长不大的少女。

岳崖儿不禁有些动容,张开双臂轻轻地拥住佩琪:"是啊,你是个好女孩,值得被爱。"

佩琪,新婚快乐。

Chapter 17
第十七章

手机持续的震动声响起。

岳崖儿侧身拍了拍床头的柜子,没摸索到手机,便用胳膊肘推搡着身边的男人:"你的手机,快关掉。"

"明明是你的。"伊万翻个身,一只大手紧紧地揽着岳崖儿,俊气的脸往她的脖颈上蹭了蹭,眼睛始终没睁开。

岳崖儿不耐烦地爬起身来:"哎呀,你压到我头发了。"她大力地拍了拍男人的头,伊万极不情愿地将身子和头挪到一边,翻了个身子继续睡。

岳崖儿捡起掉落在地上还在震动的手机,扔到伊万脸上:"是你的!"

"大周末的……谁啊?"天还未亮,伊万看了眼时间,发现现在才凌晨四点半。

岳崖儿瞥了一眼:"公关部的。"

伊万接听起来,与此同时岳崖儿也翻开自己的手机,发现几分钟前有好几个李晓双的未接来电。

岳崖儿抓起手机按下接听键放到耳边:"怎么了?李晓双。"

伊万和岳崖儿两人双双挂完电话的同时，都赶紧打开电脑点。此时此刻的网络热点话题，排名第一的赫然是"FAS抄袭事件"，即使是大半夜，热度还在不断地往上飙升。

热搜来源于一名网友在网上扒出FAS签约的设计师有抄袭史，对于FAS在FAS SHOW上即将推出原创单品抱有不乐观的态度，而那个被爆抄袭的设计师，正是岳崖儿亲自签约的那位江南水乡的绣娘，据爆料她以往抄袭的作品都是民间手艺人的心血，更过分的是在一位无儿无女的手艺人去世之后，便光明正大地霸占了他的设计，把版权注册在自己的名下。

岳崖儿第一时间拨打绣娘的电话，手机关机，发消息也杳无音信。

一个小时后，FAS品牌部的全体员工聚集在会议室里，对此大家怨声载道，有人认为这是岳崖儿一个人应该承担的事情，为什么要让品牌部的全部员工来替她收拾烂摊子，还有人觉得这是伊万在包庇恋人，以权谋私。

岳崖儿走到前面，一脸诚恳："抱歉周末大清早还把大家叫来商量对策，这件事情确实错在我，毕竟绣娘是我挖掘并签下的，我愿意承担起所有的责任。我并不是想连累大家或者说分散责任，而是觉得大家有知情权，如果绣娘的事情是真的，我一个人确实应付不来，这关系到FAS品牌部的名声，我需要大家的帮忙。"

话音刚落，岳崖儿九十度鞠躬。

正襟危坐的伊万一脸严肃地开口道："一个好的部门应该像家人一样，出了什么事情大家一起解决，而不是想着如何撇清关系，试想如果这件事情是发生在你们自己身上，大家都躲得远远的，你会怎么样？让你一个人承担所有的责任，你又会如何想？这并不是岳崖儿一个人的错误，因为签约一个设计师不是她说了算的，也要经由我及公司上层开会最终决定的。"

他的眼球里浮着血丝，明显没睡好的样子，"FAS的品牌部应该是一个整体，少了一只胳膊一只腿就无法好好行动，我召集你们大家开会是希望大家心里都有个准备,如果这件事情是真的,你们能怎么做,能为公司做些什么,而不是想着这并不关我的事情。"

伊万说完,大家都沉默了。

云小虎举起手,问:"那伊总,现在该怎么办?我们也很茫然。"

"首先我和岳崖儿先去找绣娘确认这件事情的真假,负面新闻那边公关部一直在加班加点的扛,你们要做的,就是认真做好手上的事情,尤其是手上有签约设计师和单品的时尚买手,一定要反复确认和核实对方有没有类似的情况,一旦有,立刻跟我汇报,如果有外界来问抄袭这件事情,你们最好什么话都不要说,省得媒体断章取义。"即便是面对意料之外的突发情况,伊万也能始终保持头脑清醒。

"知道了,伊总。"声音不约而同响起。

岳崖儿长舒了口气,担忧地看了眼伊万,又环视了一周会议室里每个人的表情,Vivi仍旧面无表情,一向嬉皮笑脸的孙宴也笑不出来了,苏曼妮则已经低头去联系自己的设计师和供应商。

大家出了会议室,在朝阳刚刚升起的办公室里,像上了发条一样飞速运转地进入了工作模式。

"绣娘的电话还是不接,她可能回老家了,我前几天跟她聊天的时候,她曾说过家里有点事情要回去处理。"岳崖儿坐在伊万的车里,满脸焦急。

"她老家在哪里?"

"苏州。"

"好,你赶快订两张最快飞苏州的机票,我们现在去机场。"伊万启动车辆。

"可是我根本不知道她的具体住址在哪里啊?"

"如果她真的像网上说的那样祸害全村人的话,苏州不可能没人不知道她,而且爆料里有提及手艺人的店铺所在地,她住的地方肯定就在那附近了。"

岳崖儿点点头，立刻订了两张两小时后飞苏州的机票。

岳崖儿和伊万连行李也不带了，直奔北京机场而去。

两个小时后，他们便到达了目的地，整座城市仍笼罩在朦朦胧胧的雾气中。伊万和岳崖儿按照爆料人所说的手艺人住址找到了一个木头门，但大门紧锁着，从外表也看不出是做什么的店。

伊万正准备走，岳崖儿突然将他拉到一边的煎饼果子摊上。

"你要吃吗？"岳崖儿问伊万。

"都什么时候了还想着吃？"

岳崖儿没理会伊万，冲煎饼摊的店主竖起一根拇指："大娘，来一个煎饼，不要辣，多放点葱。"

大娘笑呵呵地开始铺面粉打鸡蛋，岳崖儿趁着她做煎饼的功夫跟她闲聊起来："大娘，你天天都来这里摆摊吗？"

"对啊，已经摆了两年了。"

"哇，那么长时间了……"

"小姑娘，一看你就是外地人吧，不然这里的人不可能不认识我。"大娘笑道。

岳崖儿趁机指了指那间紧闭着的木头门："我听有个朋友说这家做的手工艺品特别好，大老远跑过来，你知道他们家什么时候开门吗？"

伊万终于明白岳崖儿的用意了，站在一旁安静地看着。

"什么手工艺品？"大娘听得糊里糊涂，"这是我家的房子啊，只是我随儿子搬到城里了，他准备把这间屋子给卖了，我舍不得，就在这摆煎饼摊，一直看着。"

"你是说这里没有卖手工艺品的吗？"岳崖儿又确认了一遍。

"手工艺品不在这条街，你们弄错了吧，小河对面那条街道倒是有很多卖工艺品的。"大娘一脸认真地说道。

岳崖儿转身无奈地冲伊万摊了摊手。

"会不会爆料人不小心写错了？"伊万推测。

于是岳崖儿便一路拎着煎饼，和伊万把这条街道挨家挨户问了个遍,也没找到符合条件的手工艺人。

最后岳崖儿实在是筋疲力尽了,只能瘫坐在一块大石头上,一口一口地啃着煎饼。这时手机震动了起来,她连忙拿起来看,正是失联了的绣娘打过来的。

岳崖儿立马接听:"喂?你去哪里了?"

"我睡觉啊,昨晚手机没电关机了,我今早起床充了电,就看见你给我发来消息,然后又去网上查了查,才知道出事情了。"

绣娘的声音很平和,其实在岳崖儿心里,对方一直是个不易喜怒的人,常抱着本《金刚经》一脸谦和。

"网上说的是真的吗?"岳崖儿开了免提,好让伊万也听到。

"当然是造谣了,我也不知道谁跟我那么过不去胡编了一通,我的作品确实是借鉴了一些师傅,但这是经过他们同意的,因为我从小就是跟在他们身后长大的,网上说店里卖我抄袭的原作品,其实,那就是我自己设计的,然后摆到师傅们的店里去卖,怎么简单的事情全被搞得好复杂。"

"那网上说的你盗用去世师傅的作品,注册了版权的事呢?"

"这是真的,但是是老爷爷哀求我的,他无儿无女,又希望自己的手艺不要失传,所以才拜托我将他的作品传承下去。"

"你有证据吗?"伊万凑过来对着手机问道。

绣娘听到男人的声音愣了愣,然后回复道:"当然有啊,他留了遗书的,白纸黑字的,绝对没骗你们。"

岳崖儿长长地舒了口气,又跟绣娘再三确认了一些事情之后,挂断了电话。

"看来这件事情是有人蓄意而为之,就是想在 FAS SHOW 开始之前闹一些无中生有的风波,让大家对 FAS 失去信任。"伊万杵着下巴若有所思。

"会是谁干的呢?"

伊万摇摇头:"不好说,也许是敌对公司吧。"

绣娘那边很快就发来了一些自证清白的证据，伊万迅速联系了 Rex 和公关部，把事情的真相告诉他们，公关部拿到证据之后立刻整理了一番挂到网上，并一连发了三条证明，声称将通过法律手段起诉造谣者。

一时间事态反转，网民由开始的满天怒骂改为到 FAS 的官微下集体道歉。

等岳崖儿和伊万坐飞机回到北京时，网上的抄袭风波已经完全平复了，FAS 趁机借着热度放出了 FAS SHOW 的宣传片，引发关注。

但岳崖儿的心里总有不太好的预感，感觉这次的抄袭风波只是一个开始。

在 FAS SHOW 没有圆满落幕之前，加之闹得沸沸扬扬的抄袭风波，FAS 所有工作人员不敢有丝毫懈怠，岳崖儿几乎是两点一线的在办公室和设计师们的工作室两头跑，设计师们的系列单品已经全部完工，工厂那边也进行了小数额的批量生产。

筹备已久的 FAS SHOW 终于来临。

余苼的 LIA 作品当仁不让作为首秀，52 赫兹的鲸鱼和裹在蚕茧里的兔子玩偶率先出场，伴随着一首欢快的英文歌曲，正式拉开了本次 show 的序幕。

LIA 系列单品加起来不过十件，不到五分钟的时间便展示完毕，紧随其后的是苏曼妮签约的西班牙设计师作品，然后是岳崖儿签约的绣娘和街头艺人的单品。

岳崖儿站在后台，目光紧盯着舞台和观众席的一举一动，她的每根神经都像是拉到最大限度的弹簧一样紧绷着，生怕出任何差池。

坐在首排的 Rex、伊万也同样面色凝重，虽然他们的嘴角边保持着礼貌标准的笑容，但紧蹙着的眉头还是出卖了他们的内心，Vivi 和孙宴徘徊在会场的四周，观察着场内的情况，云小虎和李晓双则在后台做着后勤工作，协助模特们忙上忙下。

岳崖儿扫视着观众席，除了受邀前来参秀的钱鑫看起来太碍眼之外，其余都没有什么大问题。

从凌晨便忙碌到现在，还没吃上一口饭的岳崖儿终于饿了，她咬了两口面包，喝了点水，肚子突然疼了起来。岳崖儿立马拉来工作人员替她暂时站下岗，然后一人往厕所去了。

岳崖儿坐在隔间的马桶上，要不是突然听到厕所门外"咔嗒"的高跟鞋声，她几乎都要睡着了。

只听一个熟悉的女声响起："你别碰我。"然后是男子小声地劝慰，具体说什么岳崖儿没太听清。

岳崖儿轻轻地把隔间的门锁拉下来，推开一个小缝隙朝门外望去——一男一女在洗手池间推搡着，两人小声地说了些什么话，便离开了。

那个女人岳崖儿认识，是苏曼妮，但是与他说话的男人始终背对着岳崖儿，岳崖儿没看见他的脸，单看背影，岳崖儿猜不出是谁，至少不是顾平，应该是和苏曼妮年龄差不多的男人。

岳崖儿没再多想，毕竟她现在所有的心思都放在FAS SHOW上，不敢有任何的杂念，于是她上完厕所后便匆匆地回到岗位上。品牌秀已经轮到最后一个设计师的单品了，然后是设计师的轮番谢幕，除了余苙不在，其他设计师都上去了。

台下响起热烈的掌声，彩色的银条从半空中飘落了下来。

FAS给了这些设计师一个实现梦想的舞台，让他们的作品在大众能看到的地方熠熠生辉，而今后，他们在时尚圈的身份和地位也许会发生翻天覆地的变化。

是FAS，给了他们创造无限可能的机会。

岳崖儿望着设计师脸上骄傲的表情，望着热烈相拥的模特们，听见观众席上排山倒海的鼓掌声，听见人们嘴里说着的梦想，在这个地方，不会有人说梦想是不切实际的东西，不会有人批判梦想敌不过现实，梦想在这里是最美好最核心的词汇。

伊万的目光也看了过来,那个男人在人潮人海里给了她一个最真挚而温暖的笑容。

岳崖儿看着男人的笑脸不自觉地跟着笑了起来,她鼓足了勇气,突然穿越人群,扑到伊万的怀里,给了他一个猝不及防的拥抱。

大家忙碌着处理各自的事情,Rex正在跟一家商场的老板交谈着合作的事情,苏曼妮和孙宴趁机结识名流拉拢关系,云小虎和李晓双等人匆忙收拾着满地狼藉,只有岳崖儿和伊万两人抱在一起,岳崖儿把头埋在伊万的胸膛里,笑容绽得很大很大。

谁也没有注意到待在角落里的Vivi,正咬牙切齿地望着相拥的两个人,她画着大浓妆的脸因为愤怒而扭曲起来,像极了《白雪公主》里的黑心皇后。

FAS SHOW的圆满举办瞬间刷屏了各大时尚圈的头条板块,就连电视台上的娱乐新闻也提及了这场声势浩大的活动,有著名的时尚圈人士评论,"这是电商企业回归传统的一次巨大尝试",即便电子商务活跃了那么多年,人们只要动动指头就能在网络上随心所欲地淘到自己想要的东西,但是对于时尚,人们还是争先恐后地索要着各大时装周的门票。

时装周和品牌秀,它们的意义和存在,永远都不会消失。

FAS举办show的这个决策无疑是再正确不过的了,很快FAS旗下签约的设计师便一跃成名,在时尚圈里广为人知。最受关注的当属从不露面的余苼,有人表示LIA的设计理念治愈了孤独的心灵,让很多无依无靠在大城市里漂泊的人群找到了归宿感,余苼成了孤独与神秘的代言人。

余苼至今仍旧没有开通任何社交网络,他的意见和言论都是通过岳崖儿转达的,岳崖儿再整理成文字给公关部,公关部再在网上发布余苼的一些工作日常和他说过的话。

虽然热爱着LIA的人不知道余苼是谁,甚至连他的性别都无从知晓，但是 LIA 所传达的理念，治愈着每个在黑夜里行走的人，52 赫兹的鲸鱼终有一天会在深海里听到回声，被蚕茧包裹着的兔子有一天也会鼓起勇气出发去看看这个世界，就如小王子最后找到了挚爱玫瑰。

FAS 一夜之间获得了上百万的订单量，总收益高达一个亿，为此 FAS 又开设了几个工厂，来批量生产顾客们预定的单品。

确认 FAS SHOW 上的订单已经全部发出之后，伊万和岳崖儿终于能躺在办公室的沙发上，FAS SHOW 举办前的这半个月，他们几乎是天天睡沙发。

岳崖儿扫到日历上的时间，已经是八月底了，还有一个月，距离她来 FAS 就整整一年了，这一年发生了太多不可思议的事情，这一年带给她翻天覆地的改变，她始终怀揣着感恩之心，感谢 FAS 的每一个人。

伊万为犒劳大家这段时间来的努力，在郊外的一所别墅内组织了一次聚餐。

聚餐现场，佩琪跟着云小虎一起来了，她生怕云小虎被人抢了去。李晓双也带来了自己的男朋友，大家这才知道平日里话少、酒局上特能喝的李晓双有一场从校服谈到婚纱的爱情，两人最近也总算结束了一个在北京一个在深圳的异地恋生活，男方决意支持李晓双的事业来北京发展，他们恋爱六年来的高铁票几乎可以摞成一堆山。

玩狼人杀的时候，岳崖儿的身份总是能被伊万猜到，在同一个阵营时，更是能瞒天过海最后完美获胜，孙宴禁不住大声直呼："这游戏对单身狗太残忍了！"

吃烧烤的时候，男生负责烤，女生负责吃，孙宴再一次抓狂："这算什么聚餐，明明就是给你们来秀恩爱的。"

岳崖儿这才发现原来看似不缺女人的孙宴其实真的已经单身很久了，有些人看着像生活在花花世界，其实早已习惯了孤独。周围的人都以为他幸福着所以不敢招惹，最终生活却成了一个死循环。

在 FAS SHOW 举办后的第 33 天，FAS 出大事情了，一夜之间无数的投诉和谩骂声找上门来，FAS 的客服完全应接不暇，源头在于有一批顾客们收到了假货，FAS 旗下签约的设计师们的作品自然是没什么问题，但是从品牌供应商那里拿来的货却出了问题，而且是每样单品里都掺杂了假货，等于 FAS 品牌部所有人都有责任。

FAS 只好第一时间封锁了仓库和物流，将有问题的商品全部紧急召回，但有些顾客态度强硬不打算退货，非要 FAS 赔偿一笔。

这场负面浪潮被人称作"FAS 假货事件"，并且连续霸占头条头版热度不减，有越来越多的顾客表示自己收到了假货并且在公开的社交平台上纷纷晒了出来，FAS 的客服一个个去私聊解决问题已是筋疲力尽，但总有源源不断的假货被翻出来。

FAS 专门成立了一个调查组来调查此次的假货事件，这件事情轰动了消费局，相关部门也介入进来，FAS 的股票一时大跌。FAS 也遭遇了公司成立以来最大规模的退货量，本来 FAS 的商品都是有运费险的，这样一来 FAS 的物流系统直接崩溃中断，一切都乱了套。

岳崖儿和伊万这段时间都睡在公司里，来回奔波盯着各种风吹草动，最终找到了一点苗头，那就是所有的假货都来自于同一个仓库，而那个仓库是 FAS 为了 FAS SHOW 而新租赁不久的，很有可能被人暗中做了手脚掉了包，但是关于那个仓库的监控信息都被销毁了，从保安们的嘴里也问不到什么有用的信息。

一切都像是被人提前设计好的，安排得滴水不漏，就等着 FAS 乖乖往里跳。

这时候岳崖儿曾经卖盗版 Gucci 的黑料也莫名其妙地被人扒出来摆到了网上，网友们拿这件事情又带了一波节奏，说一个敢招聘卖假货员工的公司，出了假货事件也很正常。

所有的矛头，开始指向岳崖儿。

人们怀疑，或许就是岳崖儿投机取巧地把真货换成了假货，贪图中间的小便宜。

岳崖儿,一下子成了FAS的"内奸"。

最后岳崖儿实在承受不住心理压力,对伊万说:"要不我就承认是我制造的假货事件吧?"

"是你弄的假货吗?"

"不是。"

"那你为什么要承认。"

"为了保住公司。"岳崖儿一字一顿地说道,"这对于公司来说是最小的损失,只要我向公众承认假货事件是我制造的,那么我就会成为众矢之的,人们的关注点会落在我身上,而不会再去攻击FAS是个卖假货的公司了,我愿意牺牲我一个人的利益去换取公司的名声,当替罪羊背黑锅……也不是不可以。"

但是这个提议被伊万坚决地否决了:"你这样做改变不了什么,也许能让FAS避过一段时间的风头,但是长远来看这是非常不可采取的,你当替罪羊不就直接给那些真正从中作梗的人一个逃之夭夭的机会?牺牲了你一个人,他们不会就此罢休,他们还会卷土重来,那你觉得,FAS如果就靠推出背锅侠的办法,能持续得了多久呢?"

岳崖儿沉默了下来。

伊万伸出手轻轻地把岳崖儿揽入怀中,轻声安抚道:"我明白你对公司的一片忠心,可是有些事情,黑就是黑,白就是白,应该让那些真正犯罪的人受到应有的制裁,你要相信邪恶终究会战胜正义,我们不能认输,更不能缴械投降。"

"要是我当初没卖假货就好了。"岳崖儿悔不该当初,失声痛哭起来。

"每个人都有重新来过的机会,你已经意识到卖假货是不正当的行为,也用你的行动在FAS里证明了尊重品牌价值的诺言,你已经重生了,过去的事情就不要再埋怨了。"伊万擦干岳崖儿的眼泪,温柔地拧了拧她哭花了的花猫脸。

"可是如果我当初没卖盗版,就不会让人揪住小辫子了。"岳崖儿还是很难过。

"但是就算让你重新活一次，你还是会卖的，不是吗？你那时候为了生存别无选择。不是每个人生下来就能选择对的路，很多人都是要在穿越荆棘丛生之后才会回到正轨上，但是你没做过伤天害理的事情，你没有伤害过任何人。"伊万摸了摸岳崖儿的头，"也许这次假货事件，就是想让你直面心底的伤疤吧。"

岳崖儿点点头，突然问伊万："你为什么会选择我啊？明明Vivi，还有洛眉，她们都比我优秀太多了……"

"傻瓜，哪有那么多为什么。"伊万拍拍岳崖儿的脑袋。

他第一次对岳崖儿动心，是意识到她的蜕变，被她坚韧的性格和不服输的脾气所吸引，他欣赏她那些天马行空的想法和富有创意的思维，在一次次意外的接触中，两颗心靠得更近了。

伊万能回忆起很多很多，可是你若问他真正爱这个女人什么，他答不上来，因为只要是这个女人，她所有的一切都喜欢。

他没有参与她的过去，却也想领着那样一个令人心疼的她到阳光下，给她全世界最好的万里晴空，让她永远被温暖包裹着。

Chapter 18
第十八章

余苼得知岳崖儿的事情之后，也很心疼她。网上对岳崖儿的谩骂已经上升到了人身攻击的地步，甚至有部分伊万的小迷妹在得知岳崖儿和伊万在一起之后，直接蹲在 FAS 的大楼底下，每天就眼巴巴地等着岳崖儿出来冲上去打一顿。

伊万考虑到岳崖儿的人身安全，给她休了年假，让她待在公寓里不要出来，但岳崖儿根本坐不住，也拒绝了伊万的建议。她每天乔装打扮进入 FAS 公司，但有天下午还是被人给认了出来，岳崖儿就这样被一群义愤填膺的年轻人逼到了角落里，在逃跑的过程中不慎踩到一块钢筋，摔得肋骨断了两根。

岳崖儿被送进了医院里，但大家的谩骂声还是不依不饶，甚至有部分时尚圈人士也拐弯抹角地讥讽岳崖儿是活该，认为像她这样一个名不见经传的时尚买手是在博关注。

余苼悄悄地去医院里探望过岳崖儿，但是不善言辞的他不知道该如何安慰岳崖儿，最后他辗转反侧想出了一招。

这天凌晨，人们破天荒地发现那个一向神秘低调的 LIA 设计师余苼在各大平台开通了社交账号，而他的第一条长文推送就是关于岳崖儿的。余笙在长文中提到自己跟岳崖儿是如何认识、岳崖儿是如何理解 LIA 这个品牌的，以及岳崖儿现在所正在遭遇的暴力攻击——网络暴力也是一种能置人于死地的可怕力量。

余笙在长文中无不透露岳崖儿是个有着明确目标、非常善良也很尊重品牌价值的时尚买手，他在随后的第二条推送里发了份声明，正是他当初要求将 LIA 的负责权交给岳崖儿的那份声明文件。余笙以他的人格和 LIA 整个品牌的设计为担保，岳崖儿绝对不是假货事件的制造人，而且表示如果岳崖儿离开了 FAS，那他也将终止与 FAS 的合作，哪怕赔偿天价违约金也在所不惜。

余笙的声明对 FAS 来说是种无形的巨大压力，本来 FAS 决意静观其变，等舆论风向渐渐平息之后再还给岳崖儿一个清白，但眼下余笙的公开推文，看似是在保护岳崖儿，其实也是在与 FAS 公然叫嚣。

余笙的声明一出，公众舆论无不一片哗然。

岳崖儿这个名字在搜索引擎上出现的频率更高了。

本来不了解假货事件的围观群众也开始好奇这个岳崖儿究竟是何方神圣，男友是时尚圈人人想嫁的男神，眼下又有一个神秘的天才设计师在袒护她。

岳崖儿住院的这段时间，伊万为防止她胡思乱想便收走了她的手机，甚至把病房里的电视和收音机都撤走了，还规定每个进岳崖儿病房的人不管是护士医生还是亲人朋友都不许带手机，弄得岳崖儿万般无奈，只能抱着伊万塞给她的几本时尚杂志啃了起来。

所以岳崖儿完全不知道余笙在网上为自己发声这件事情，直到有天来看望她的佩琪不小心说漏了嘴："那个余笙是不是喜欢你啊？"

在岳崖儿的再三追问下，佩琪终于忍不住把所有事情抖了出来，岳崖儿知道后借了佩琪的手机给余笙打了电话，问他为什么要这么做。

余笙只在手机那端回了一句："因为不想无辜善良的人被冤枉，总要做一些什么，才会让事情好转。"

岳崖儿知道余笙这次几乎是倾其所有在帮她了，余笙是个孤儿，在北京孑然一身生活着，给他希望的是聋哑学院里那群天真烂漫的孩子们，而他的生活经济来源完全依靠LIA带给他的巨大利益，但是余荃从来都是只给自己留刚刚够生活的钱，其余部分全部捐赠给了学校。

所有人都在猜测LIA的设计师取得如此成功一定身价不菲，但是这样一个即便被世俗误解的他，仍旧低调地活着。

人这一生，要攒够多少运气，才能遇见这样一个人，又需要多大的勇气和决心，才能活成他那样的看空一切，说放就放。

很快，网上的舆论开始往好的苗头发展，在余荃的带头声明下，跟岳崖儿有过合作和正在合作的时尚圈业界人士也加入了支持岳崖儿的队伍，其中包括绣娘和活跃于街头的嘻哈少年。

你曾经的善良和正义也许微不足道，但也深深烙在人们的印象里，会在某个至关重要的关头被人忆起。

在一众人士的号召下，网友们突然清醒地意识到，他们攻击岳崖儿不过是因为嫉妒，嫉妒她也曾是市井小贩，却在二十多岁的年纪就能成长为光鲜亮丽的时尚买手，嫉妒她能跟伊万这样如明星般闪闪发光的男神在一起。所以当他们发现岳崖儿那段不堪回首的历史之后，便想要去揭开已经愈合的痂口，让那鲜血流淌出来，才感到心满意足。

但是岳崖儿这样的人，又哪儿来的能力能够制造出这么大的危机和风波？这样一想之后，人们又开始把目标放到了比岳崖儿级别更高的FAS高层身上，伊万、Vivi和孙宴等人都无辜躺枪。

苏曼妮很快成为下一个被锁定的目标。

因为她曾经在"双十一"活动中自掏腰包采购了超过六位数的单品，也曾在入职FAS不到一年的时间里签下三个西班牙设计师，更有声称是苏曼妮以前同学的网友爆料苏曼妮的家境其实非常落魄，但是她爱美又虚荣，一开始靠fake将自己包装成白富美，后来有个叫顾平的男人，包养了她整整十年之久。

FAS的负面舆论就像是一场没有终点的战争，又像是大型的屠宰场,每个在 FAS 工作的员工的过往都如刀俎上的鱼肉一般被人血淋淋地撕扯开展示在众人面前,网络暴力越来越可怕,到了已经完全无法控制的地步。

谁不曾有些不太光彩的历史呢?可是借着假货事件,每个人好像都成了罪人,仿佛现在的生活反而是偷盗来的,货真价值的应该是那个曾经做过错事的丑陋的自己。

互联网时代,已经没有隐私了。

网络暴力喜欢用人们最不想直视的那面去定义一个人,给一个人贴上他们恣意捏造或者说最想看到的不堪的标签,他们可能也这样活过,可是就如同犯人只要混迹在人群里就叫嚣得比谁都大声,仇视对方就仿佛自己成了好人一样。

可是,有时候喊得最大声的那个人才是最心虚的。

一向强大的苏曼妮也终于经受不住网络暴力躲回了家,后来又有记者拍到顾平深夜给她送宵夜的图片,舆论再次翻起新浪,顾平有家室的信息也很快被曝了出来,随即又迅速地被封锁了。

但苏曼妮的黑历史仍旧为人们津津乐道,后来又有人发出 FAS 年会时她与钱鑫交头接耳的照片。钱鑫在时尚圈是众人皆知的花花公子,明明跟他闹出绯闻的女明星女演员多了去了,但苏曼妮因为正处于风口浪尖上,一张照片也被人大做文章。

苏曼妮后来跟云小虎说,她真的怕极了这些键盘侠。

隔天,苏曼妮的朋友圈截图又上了热搜——苏曼妮说:是生是死不是我能决断的,你们想要看到什么,我就如你们所愿好了。

苏曼妮这条朋友圈带着很多不甘的语气,但是又似乎在承认假货事件是她一手操作的,随后 FAS 在官方平台承认了苏曼妮已经辞职离开 FAS 的消息。

从假货事件爆发的第一天开始,FAS 就已经回收了所有的假货,并且同意换货、赔偿,再加上消费局的协商,买到假货的卖家们在事情处理完毕后早没有那么义愤填膺了。

FAS不断发布关于假货事件处理后续的声明，并一再要求网友们不要再侵犯员工的个人隐私。

那些爆料岳崖儿和苏曼妮私事的 IP 地址终于被查到，痛斥岳崖儿卖假货的始作俑者竟是曹群，他痛哭流涕地跪在地上祈求岳崖儿的原谅，说自己不过是受人之财替人办事罢了。

岳崖儿问他对方是谁，曹群说了个让岳崖儿万万没有想到的名字。

而曝光苏曼妮不堪过往的确实是她的同学，她在上学的时候便嫉妒因为美貌一直被追求的苏曼妮，这么多年来她一直在苏曼妮看不到的角落里默默关注着她，搜刮着关于她的各种负面舆论，她总是用这些流言来安慰自己——之所以这么多年没有成功，是因为她做不到像苏曼妮那样违背道德伦理。

假货事件最终不了了之，一个月后的头条热搜又被新的热点事件所替代。

岳崖儿在医院里躺了一个月之后也终于出院了，出院那天伊万心疼地将她揽在怀里，说她憔悴了很多。

FAS 的一切恢复如常，经过这场声势浩大的舆论风波之后，FAS 变得低调很多，短期内不再活跃于各大时装周，在订货上保守选择曾经合作过的品牌，对于新生品牌暂时不敢触碰。

还好 FAS 成立至今已经积攒了不少老客户，即便是闹了这么大的假货事件，但老客户们对 FAS 的信任度仍旧不低。

岳崖儿感觉这一个月大家变了很多，品牌部不再有往常活跃的气氛，孙宴在他最重视的苏曼妮走了之后，便变得郁郁寡欢起来。曾经苏曼妮是他工作之余的调侃对象，他总是喜欢盯着苏曼妮婀娜的背影大肆赞叹一番；Vivi 仍旧跟在伊万的身边工作，她的表情依然倨傲，她黑色的瞳孔里透着的永远是目空一切的盛气。

云小虎也不再借着接茶水的名义四处打听八卦和小道消息了，他变得安分起来，总是安安静静地坐在自己的座位上，李晓双打趣他开始有一个居家男人的模样了。

佩琪和云小虎的婚礼在国庆节举行,佩琪说这是为了赶着假日好让更多的人来参加,多收一些份子钱。岳崖儿感叹着曾经那个大手大脚花钱的月光族什么时候变得这么精打细算起来,脑袋瓜里跟装了个小算盘似的。

在北京郊外的一座教堂里,婚礼现场布置得古色古香,花灯如昼。岳崖儿调侃佩琪什么时候变得这么中国风了,佩琪翻给岳崖儿一个巨大的白眼,告诉她这个婚礼的主题叫"三生三世",大唐一世,明清一世,现代一世,她感觉自己跟云小虎已经认识有千百年那么长远了,所以才想出这中西合璧的婚礼来。

"我本来还想着你的婚礼一定很现代,最好是开场舞还跳一曲抖音神曲什么的。"

"是想过啊,但是我怕我喝酒喝上头就爬上桌子直接蹦迪了。"

岳崖儿轻轻地抱了抱佩琪:"没想到你就这么嫁出去了。"

佩琪笑了笑:"其实大家都觉得云小虎配不上我,但我觉得是我配不上他。我总想,要是能早点遇见他就好了,就不会碰见那么多渣男了。我被伤害过,被背叛过,早已是伤痕累累,可是他统统都不在意,还说如果有来生一定要从青梅竹马开始。"她有些紧张地来回搓着手,"其实啊,小虎真的是一个很老实的人,你说我怎么这么幸福呢?上天真是太厚爱我了。"

岳崖儿轻轻拍了拍佩琪的肩膀:"好姑娘光芒万丈,这些都是你应得的。"

佩琪用力地点点头。

"别哭,要做最美的新娘。"

佩琪仰起头,让眼泪倒流回去。

可是当她身着华服朝云小虎走去,站在那边等着她的云小虎一脸憨憨地笑着,看上去还有些傻傻的样子。

云小虎痴痴地对她说:"老婆,你今天真美。"

这一刻佩琪还是忍不住哭了。

佩琪挥舞着小拳头砸向云小虎的胸口："你为什么这么晚才出现？我等你这么多年等得很辛苦你知不知道？"

在场的嘉宾都在议论这个新娘真可爱，牧师茫然无措地不知道该怎么把婚礼进行下去，身为伴娘的岳崖儿眼泪也跟着掉了下来，她衷心地替佩琪感到高兴。

后来云小虎和佩琪交换戒指，云小虎还紧张地把戒指戴在佩琪的小拇指上，佩琪打趣地笑道："你是不是希望我丧偶？"

"那你也给我戴错，咱俩一起丧偶，一起去阴曹地府把婚礼办完。"云小虎贫嘴道，这番话惹得在场的嘉宾哈哈大笑起来。

岳崖儿坐回到伊万的身边，继续看着正在念誓词的佩琪和云小虎。伊万目不转睛地看着岳崖儿："你是不是也想结婚了？"

"才没有，我才不要那么早结婚呢！"

"那如果我跟你求婚的话你答应吗？"伊万追问道。

"不答应！"

"真的吗？"伊万继续问道。

岳崖儿犹豫了会儿："那要看你求得有没有诚意了？"

伊万的脸上漾起温柔的笑意，从桌子底下紧紧握住了岳崖儿的手。

十月份中旬后，北京突然进入了漫长的雨季，像是夏季没下够的雨，一并攒到初冬来了，雨水将大红色的城墙染成了砖红色，整个皇城氤氲在朦胧的烟雨之中，更多了几分古韵之美。

岳崖儿来到FAS已经整整一年了，当她收到FAS颁发的一周年纪念品时，不禁心有感慨。岳崖儿偶尔会想起苏曼妮，那个在工作上也很出色的苏曼妮，这第一的业绩给她也罢，只要她还能留在FAS。

一年一度的"双十一"大战又要来临，FAS因为年中的时候发生了太多事情，停止了秋季的招人，也取消了新人的单品竞争，全交由他们这些入职一年以上的老油条来操刀了。

伊万在保守选择品牌的基础上，又挑选了一些历史超过百年的老牌子。同时，余茌的新品也在紧锣密鼓地筹备中，因为苏曼妮的离职，她签约的五个设计师中有两个选择了与 FAS 解约，并表示他们当初就是奔着苏曼妮来的，那两个人正是之前岳崖儿很感兴趣的海归，他们是一对双胞胎兄弟，设计风格却迥然不同，离职之后听说他们很快就加入了竞争对手 HION 公司。

HION 似乎有意效仿 FAS 的商业模式，也开始尝试签约设计师，开创自己的品牌。不止 HION，之后整个时尚圈的买手公司都纷纷尝试这条路子，但不少公司因为资金链断裂无力承担起设计师的日常开销，只能宣布破产，弄得一众设计师在满心欢喜地签约之后，就面临着解约的尴尬境遇。

FAS 再次被危机席卷。

FAS 原定"双十一"零点开售的单品有超过百分之七十在前一天出现在 HION 的官网上。岳崖儿曾经问过伊万如果 HION 的商品跟自己一样怎么办，那时候伊万还信誓旦旦地说 HION 如果这样做无异于自毁前程，但 HION 好像就是有意奔着 FAS 而来。

这导致 FAS 面临着两种尴尬的境遇，要么降低价格跟 HION 售卖同样的单品，但是这场价格战打下来 FAS 将亏损很大，要么就是在一天之内找到可替换的商品，最后 Rex 还是决意放手一搏，让 FAS 旗下签约的设计师的所有单品都展示到"双十一"页面上，撤下那些准备在"双十一"当天投放的品牌。

而鉴于这些品牌已经进了不少库存不可能挤压，FAS 会在接下来的"双十二"抢先一步上架，并适当地降低价格。

如此大规模地采用自己签约的设计师单品，这无疑是一件很冒险的事情，除了余茌的 LIA 频繁出现在时装周，其余作品总体只能算作小众，加上价格并不比许多大牌低，很可能是老顾客们无法接受的，可是事已至此，FAS 只能赌一把。

"苏曼妮加入了 HION 公司，她现在是 HION 品牌部的副经理，地位仅次于钱鑫之下。"岳崖儿带来一个惊天的消息，"这次单品重复事件应该是蓄谋已久的，苏曼妮把之前在 FAS 积攒的人脉和供货渠道全都带了过去，所以 HION 才能在短期内迅速联系到这些品牌的供应商，并且用高价格说服他们把货源给到自己。"

伊万皱了皱眉头："已经有百分之七十的品牌被说服，所以 Rex 的决策是正确的，如果跟 HION 卖同款商品的话，很可能最后会出现供应商把货都给了 HION，而我们将错失先机。"

"可是这样的话他们需要赔偿损失金啊……"

"那些损失金 HION 自然是会帮他们付的。"

"这些品牌怎么能见风使舵呢？"

"商业合作就是这样的，没有永远的朋友，只有永远的敌人。"伊万不动神色道，"HION 真的是铆足了劲儿想置 FAS 于死地啊，尤其是在苏曼妮加入之后。"

"可是苏曼妮当初辞职并不是因为 FAS 吧？FAS 也没想过让她背黑锅，她是被网络暴力给击退的，不是吗？"

伊万摇摇头："你忘了巴黎时装周的事情了吗？"

见岳崖儿不明所以，伊万又补充道："苏曼妮那次没参加时装周就一声不吭地回到国内，与 Vivi 有关。"

岳崖儿一脸迷惑。

至于事情的真正缘由是什么，伊万不肯多说。他最后只是淡淡地回应了一句："如果你知道的话，以后便再也无法与 Vivi 共处在一个办公室里了。"

后来岳崖儿还是控制不住自己的好奇心，在手机上试探性地问苏曼妮愿不愿意抽时间出来聊聊，没想到苏曼妮欣然应允。

等岳崖儿到指定的咖啡厅时，苏曼妮已经早早在包厢里等候了。她穿着一身看上去很昂贵的紫色皮草，仍是过往的模样。岳崖儿想起刚入职时她曾经因为穿皮草被 Vivi 批评不懂环保，竟已经像是很久前发生的事了。

"有什么话你就开门见山地问吧，我都会告诉你的。"苏曼妮一脸坦然，她好看的眉眼之间仍旧动人。

"巴黎时装周……究竟发生了什么事情？"岳崖儿问。

苏曼妮的表情突然变得痛苦，像是回忆起什么不美好的事情。她抿了口咖啡，不知道是因为咖啡太苦还是往事太难堪，她皱着眉头，慢慢说道："那天我过敏了，全身上下长满了红色的斑点……"

"怎么会这样？"岳崖儿震惊，随后她努力地回想那天在酒店里，帮苏曼妮穿晚礼服时她背部突然浮现的红色斑点，那时候岳崖儿还以为是热痱子，所以没有多想。

"我当时很抓狂，因为全身实在是太痒了，哪怕我冲水都无法停止。我伸手去挠，最后身上都是血淋淋的痕迹，后来是酒店的保洁人员发现了我，她给我叫了救护车把我送到医院里，我被送进了急诊室里。我从未想过我满心欢喜来到巴黎，最后却变成了一场噩梦。"

苏曼妮低下头用汤匙缓慢地搅动着咖啡，咖啡上的拉花图案被打乱，扭曲在一块儿："后来我终于感觉自己活了过来，躺在医院输液时，我开始回想，这一切究竟是怎么回事，为什么我会突然过敏？我从小到大体质都很好，也没有任何皮肤病。开始我觉得是那件礼服的问题，于是我打电话让酒店的人把礼服送过来，花了很多钱把那件礼服买下，拿去给医生调查，最终报告显示，那件礼服没有任何的问题。"

苏曼妮深深吸了口气，面色有些疲惫："医生后来告诉我，我的过敏源检查出来了，是液体。我那一天，因为要让化妆师化妆，所以一口水都没有碰，唯一喝过的，就是你和伊万房间里的那瓶矿泉水。"

"矿泉水？"岳崖儿一脸不可置信。

苏曼妮点点头："那瓶矿泉水是 Vivi 放进去的，因为她知道伊万不喜欢喝凉水，只喜欢喝煮开的水，所以她也就抱着试一试的心态指望你会喝下那瓶水，但没想到最后是被我喝了。"

岳崖儿恍然大悟，一切似乎都说得通了，难怪伊万坚持不让自己知道真相，伊万是在袒护 Vivi 吗？即便她曾经打算伤害自己？

岳崖儿心里一阵阵难过。

"说不恨 Vivi 是假的，我甚至都想在巴黎买把枪毙了她，可是我忍住了，我知道这样除了断送后半生的前途之外没有什么好处，所以我选择隐忍，克服内心的冲动，临走之前，我给她留了一张谈判的纸条。"苏曼妮说到这里时，脸终于舒展开来，"我收集好证据跟她做了笔交易，她答应把她手上即将要签约的三个设计师让给我。"

"而且，巴黎时装周的名额原本其实是你的。"苏曼妮又补充了一句。

"你这句话是什么意思？"岳崖儿怔住。

"你都是公司最出色的爆款女王了，时装周的名额理所当然是你的，只是 Vivi 在暗中做了手脚，Rex 后来也知道了这件事情，只是他选择了袒护忠诚于他那么多年的 Vivi。"

"原来是这样啊。"岳崖儿喃喃道。原来看似太平的表面下是波谲云诡与尔虞我诈，人心在利益前原来是如此的险恶，她想过 Vivi 讨厌自己，但没想过 Vivi 会不顾一切地想要报复自己，原来每天在办公室看到的那张面具都是虚假的，岳崖儿黯然神伤。

"明明有了那么好的把柄，后来 Vivi 也极力补偿你了，你为什么还要离开 FAS 呢？"岳崖儿继续追问道。

"呵，你不是都知道假货事件的初衷是什么了吗？"

岳崖儿知道一些，曹群痛哭流涕跪在她面前，说自己是受人指使替人办事的，而那个人正是 Vivi。但岳崖儿当时仅仅单纯认为 Vivi 是因为嫉妒和讨厌自己所以打算将她作为替罪羔羊推出，换取公司的平安，岳崖儿虽然愤愤不平，但换位思考之后竟也能理解 Vivi 的做法，因为在 FAS 身陷囹圄的时候，她所想的也是如何救公司于水深火热之中，哪怕是通过不正当的办法。

"Vivi 一开始就是想毁掉你，没有其他的理由。"

"你是说假货事件是她一手制造的?"

苏曼妮轻笑了一声,脸上尽是嘲讽的表情:"不然呢?你认为品牌部除了伊万之外,谁还有这么大的能力操持这件事情?FAS仓库的钥匙,不就只有三个人有吗?伊万、孙宴,和Vivi,孙宴在事业上没那么大的雄心,除非他喜欢Vivi,不然这件事情只能是Vivi做的。"

"Vivi为了毁掉我,连自己也要毁掉吗?"

苏曼妮呵呵一笑,喝了一口已经冷掉的咖啡,在嘴里漱了漱之后嫌弃地吐了回去:"我离开FAS是因为我不想与小人为伍,当初顾平在我出事的时候来找过我,说只要我愿意继续当他的情人,就帮我摆平这件事情,但是我一口回绝了,事实证明他就是个狠心绝情的男人,他之后封锁了自己的消息,继续把负面新闻扔回给我,还索性爆料出钱鑫的事情,这么多年来我其实一直生活在他的监视之下,我的一举一动他都了如指掌。如果我想变得强大,我就必须远离这些让我堕落的人,比如Vivi,比如顾平。"

"这次的'双十一'事件……你是要把FAS弄垮吗?"

苏曼妮戴上墨镜,微笑道:"不,这是钱鑫的目的,我针对的,只有Vivi一人。"她起身,优雅而从容地转身离开了咖啡厅,就像岳崖儿第一次见她的时候,仍旧美得张扬,美得恣意妄为。

岳崖儿没有去伊万的公寓,而是回到了自己的出租房里,她望着满墙的破败和四处堆放的奢侈品,回想着自己这一年究竟做了什么,雄心壮志地踏入时尚圈,最后才发现原来每个人都带着虚假的面具生活着,她一晌贪欢,醒来却道梦如南柯。

这一年来的折腾、一年来潮水般的暗涌起伏,究竟是为了什么,为了每天穿上华服走在光鲜亮丽的写字楼里?为了自己那颗永远也填不满的虚荣心?为了那个横竖都好看的男人?

岳崖儿不知道答案在哪里,每当她迷茫的时候她就喜欢去找余茎,余茎处事不惊的态度总能给她很多安慰,可是她知道自己自始至终都无法做到余茞那般丛然坦荡，余茞无欲无求，所以世间没有什么事情能够束缚住他，他看得开，也拿得起放得下。

而像岳崖儿这样活在尘世里的俗人，总是因为没法放弃一些东西而感到痛苦，总想要更好更圆的月亮和更远更美的梦想。

余茞的生活就很简单，玻璃屋里的潜水设计，周末陪孩子们的快乐玩耍，日复一日，他并不觉得枯燥，如果不是为了孩子们，他更宁愿一个人生活在一个世界里，无人来扰，安然自在。

可是岳崖儿就是无法摆脱自己的欲望，她想要的就是更多，多到跟永远一样，都是没有尽头和答案的。

岳崖儿在余茞那里打坐冥想了一天也没思考出个所以然，余茞笑着对她说："人生在世，随心所欲，不做违法的事情，活得开心就好，每个人都有每个人自己的生活方式，不是所有的鱼儿都生活在同一片水里。"

岳崖儿一无所获地回来了，除了余茞说的这话话可能会被她记录成"余茞语录"转交给宣传小组，再去以余茞的口吻发到社交平台。

伊万在一天都联系不到岳崖儿之后抓狂地等在她的房间里。见到岳崖儿回来之后，二话不说地把她揽在怀里。两人沉默了很久，岳崖儿终于忍不住放声大哭起来："为什么要袒护 Vivi？明明她试图做了那么多伤害我的事情，苏曼妮又何其无辜，已经替我挡了两次子弹了。"

伊万摸了摸岳崖儿的脑袋："我知道，Rex 也知道，Vivi 在 FAS 工作了这么久，公司对她没有感情是假的，Rex 在等着 Vivi 悔改，但他失望了。我不知道他们谈了什么，但是 Vivi 在今早向公司递交了辞呈，并且往公司的账户里打了假货事件的赔偿金。"

"Vivi 辞职了？"岳崖儿泪眼汪汪地看着伊万。

伊万亲了亲岳崖儿的额头："嗯，一切都结束了，'双十一'这场战役 Rex 知道 FAS 是必输无疑了，加上 Vivi 又离开了 FAS，FAS 已是身受重创，所以我们只能把损失降到最低，将 Vivi 的事情公布出来对谁都没有好处，还好她没有再继续伤害你了。"

岳崖儿埋在伊万宽厚结实的胸膛里:"一切还会好起来吗?"

"会的,天总是要亮的。"伊万将下巴抵在岳崖儿头上,神色平静。

他们就这样相拥站了很久,等到晨光升起,等到暖阳照耀。

想过很多不一样的结局,岳崖儿和伊万也许应该定格在光鲜亮丽的时装周上,满脸笑容,也许是出现应该在 show room 的忙碌身影,也许是两人重返巴黎的春光漫步,可是所有的结局,都不及那句"天总是要亮的",人生便是这样,除非死亡将我们终结,不然我们的生活就是一个又一个需要砥砺前行的明天。

天总会亮的。

等下一个天亮,我们继续厮杀回战场吹响胜利的号角。

等下一个天亮,我们继续朝着想要努力变成的人而为之努力。

不要忘记你的梦想。

因为,天总是会亮的。